I MITI

Alessandro D'Avenia

COSE CHE NESSUNO SA

MONDADORI

I edizione Scrittori italiani e stranieri ottobre 2011
I edizione NumeriPrimi° gennaio 2013
I edizione Oscar Absolute maggio 2016
I edizione tascabile I Miti giugno 2018

ISBN 978-88-04-70535-2

Cose che nessuno sa

Alle mie sorelle Elisabetta,
Paola e Marta, perle
che la vita mi ha donato.

Se ai mortali fosse possibile scegliere tutto da sé,
sceglierebbero il dì del ritorno del padre.

OMERO, *Odissea* XVI, 148-149

Prologo

Compie quattordici anni e sta seduta a prua. Gli occhi verdi, ridenti e malinconici, sono calamitati dall'orizzonte: una linea troppo netta per non averne paura. Il mondo è una conchiglia. Fa eco alla luce, dà tutta quella che riceve, anche sotto forma di ombre. E la luce è l'unico comandamento dell'alba. Un comandamento ruvido, perché quando si viene alla luce viene anche da piangere.

«Sembri una polena!» le urla il padre cercando di vincere il rumore del vento che sospinge la barca al largo della Baia del Silenzio. Gabbiani accarezzano l'acqua in cerca di prede e stanchi si posano sul mare. L'odore secco della costa è già lontano.

Margherita, le gambe abbandonate al vento e al vuoto, si volta e stende sul legno dello scafo i suoi quattordici anni nuovi di zecca. Lo fissa. Un sorriso scolpisce il volto del padre, giunto all'età in cui ogni riga o ruga è lì dove deve stare e il volto rivela con grazia impudica chi sei, chi sei stato e chi sarai. Ha folti capelli neri, come Margherita, e occhi se possibile più neri ancora dei capelli – i suoi, verdi e trasparenti, Margherita li ha rubati alla madre –, la pelle appena rasata, profumata dal dopobarba che la moglie gli regala da quando si sono fidanzati.

Eleonora è rimasta a casa con Andrea, il figlio più

piccolo, a preparare il pranzo della festa. Poggiando il mento sulle mani unite a forma di davanzale, Margherita, fingendosi offesa, dice:

«Una falena?»

«Non una falena... una polena!»

«Che cos'è una polena?»

Il padre, lasciando per un attimo il timone e lanciando un'occhiata ai filetti mostravento, ben aderenti alla vela, le risponde gesticolando, quasi dipingesse in aria le parole:

«Gli antichi marinai scolpivano sulla prua delle navi una figura umana, che aveva il compito di proteggerle. All'inizio erano solo degli occhi enormi, che consentivano alla nave di vedere la rotta. Poi li trasformarono in divinità femminili: donne bellissime, dallo sguardo ipnotico, capace di incantare i flutti e intimorire i nemici.»

Margherita sorride strizzando gli occhi. Si contorce e torna nella posizione di prima. I capelli la inseguono, una cascata nera scomposta dal vento e bagnata dalla luce. Bella e immobile come una polena, con i suoi occhi di mare: iridi verdi umide di lacrime, che l'aria asciuga troppo rapidamente per lasciarne anche solo un vago indizio. A quattordici anni si piange spesso, di gioia o di dolore, non importa. Le lacrime non si distinguono, e la vita è talmente tenera da sciogliersi come cera al fuoco che sbuccia una bambina e scopre la donna.

Margherita fa ondeggiare le gambe nel vuoto e il mare schizza coriandoli di luce e acqua contro le sue piante nude, che scalciano la linea dell'orizzonte nel tentativo d'infrangerla. Ma la linea rimane intatta. La fissa: filo della vita, sospeso tra cielo e terra, sul quale immagina se stessa in equilibrio. *A vita è nu filu*, dice sempre nonna Teresa, nella lingua carnale della sua terra.

E a quattordici anni sei un funambolo a piedi nudi sul tuo filo e l'equilibrio è un miracolo.

È l'estate della sua vita. È l'alba di una età nuova. Suo padre e lei, soli su una barca a vela, a pochi giorni dall'inizio delle superiori, nel giorno del suo compleanno. Per un attimo Margherita chiude gli occhi e distende la schiena sullo scafo, allarga le braccia. Poi li riapre e una forza invisibile inonda la vela. È il vento. Non lo vedi né lo senti sinché non trova un ostacolo, come tutte le cose che ci sono sempre state. Persino il mare sembra senza limiti, eppure canta solo quando li trova: infrangendosi sulla chiglia diventa schiuma; spezzandosi sugli scogli, vapore; sfinendosi sulle spiagge, risacca. La bellezza nasce dai limiti, sempre.

Il padre blocca il timone e si avvicina a Margherita da dietro, la sorprende con un abbraccio e la solleva. La luce entra in ogni cosa, attraversa la pelle, arriva dentro la carne. Le braccia forti di suo padre, coperte da una camicia bianca arrotolata sino ai gomiti, la stringono. Si mescola al profumo del mare quello caldo e secco del dopobarba. Appoggia il naso sulla nuca della figlia e le dà un bacio. Fissa l'orizzonte insieme a lei, che prova l'imbarazzo del suo corpo inquieto e nuovo, che sente quasi come una colpa. Però, con suo padre vicino, la linea che spacca in due cielo e mare non fa paura e le si va incontro, a percorrerla, esplorarla, bucarla con la prua, quasi fosse una scenografia di carta.

«Sei la ragazza più bella del mondo. La mia perla. Auguri!» le dice baciandola di nuovo. La chiama così perché il suo nome, Margherita, in latino significa "perla". Glielo ha ripetuto tante volte. «Ero bravo in latino» aggiunge sempre.

«Un giorno potremmo arrivare in Sicilia. Voglio vedere la casa gialla di cui parla sempre la nonna e il giardino con il rampicante di gelsomini sulla facciata e i fichidindia» dice Margherita imitando la voce della nonna e immaginando che frutti come quelli dei suoi racconti, così vermigli, gialli e bianchi, non possano esistere nella realtà.

«Lo faremo.»

«Me lo prometti?»

«Te lo prometto.»

Le onde lavano i fianchi della *Perla*, così si chiama anche la barca.

«Perché tutti i nomi delle barche sono di donna?»

Il padre non risponde, riflette in silenzio e tira su le parole come se le trovasse in fondo a un pozzo. Sa sempre tutto, suo padre.

«Sulla barca di Ulisse, disegnata nel libro che amavo di più da bambino, c'era scritto *Penelope*. Ogni marinaio ha un porto, una casa a cui tornare, perché ha una donna che lì lo aspetta, e il nome della sua barca gli ricorda il motivo per cui va per mare...»

Ci sa fare con le parole, suo padre. È un poeta, quando vuole.

«Come la mamma per te?»

Il padre fa cenno di sì.

«Papà, ho paura... di cominciare il liceo. Non so se sono all'altezza, se ce la faccio, se i compagni mi staranno simpatici... Se sarò mai qualcuno... Se troverò un ragazzo... Ho paura del latino, io non sono come te...»

«Anche a me il latino fa paura, sai... Sogno ancora di essere interrogato sui paradigmi dei verbi e di non ricordarmi niente...»

«Paradigmi? Che roba è?»

«Allora. Per esempio...» Sta per iniziare una delle sue spiegazioni interminabili e lei lo interrompe subito:

«Papà, ho paura...» Le lacrime assediano gli occhi.

«Qualsiasi cosa succeda ci sono io.»

«Lo so, ma questo non mi toglie la paura.»

«Allora stai vivendo.»

«Che vuol dire?»

«Quando hai paura, è segno che la vita sta cominciando a darti del tu. Stai diventando una donna, Margherita.»

Lei tace, soffermandosi a rigirare quella parola, *donna*. Le fa paura. Fa troppa luce.

Suo padre la stringe più forte.

Il golfo di Genova alle loro spalle amplifica l'abbraccio di suo padre sotto forma di scogli, coste, montagne, continenti, moltiplicandolo all'infinito, come se l'universo intero la stesse abbracciando attraverso suo padre.

Margherita inspira l'odore fresco di lui, capace di calmarla e di convincerla che è al mondo per esplorarlo, come durante il corso per sub che ha fatto quell'estate.

La *Perla* silenziosa taglia il mare, che si cicatrizza in schiuma leggera. Lacrime di gioia e paura non si distinguono. Sul volto di Margherita le prime lavano le seconde e il mondo intero è il dono di un padre alla figlia nel giorno del suo compleanno.

Il padre le asciuga le lacrime con l'indice ripiegato, simile a uno stelo su cui si è adagiata la rugiada. Ne mostra una a Margherita, brilla come perla.

Lui spiega: «Una volta ho sognato una donna bellissima, vestita di un cappotto bianco. Mi guardava e sorrideva. Le ho chiesto: "Da dove viene la tua bellezza?". E la donna mi ha risposto: "Un giorno piangevi e io mi sono strofinata il viso con le tue lacrime"». Fa una pausa. Poi aggiunge:

«Andrà tutto bene, Margherita, andrà tutto bene...»

Margherita si fida di quelle parole, si affida a quelle braccia. Non può sapere che niente andrà bene, forse per questo continua a piangere gioia e dolore insieme, e non sa quale dei due prevalga nella composizione chimica delle perle generate dagli occhi. Vorrebbe chiederlo a suo padre, ma si trattiene.

Sono cose che nessuno sa.

PRIMA PARTE

Il predatore

Ognuno può padroneggiare un dolore,
tranne chi l'ha.

W. SHAKESPEARE, *Molto rumore per nulla*

I

«Mita è nell'armadio» disse il bambino alla madre.

Margherita e Andrea erano rientrati a casa da poco. L'inizio della scuola incombeva e quella luminosa domenica di settembre sembrava non volersi rassegnare al fatto che le vacanze erano a ventiquattro ore dalla fine. Erano stati da nonna Teresa, come ogni domenica.

Margherita aveva le vacanze nel cuore e nella pelle: in quei mesi sembrava che il mare, come fa con la spiaggia di notte, le avesse levigato il corpo e l'anima, lasciando sulla battigia una di quelle conchiglie a spirale che ne custodiscono il suono e i segreti. Margherita amava portare all'orecchio la conchiglia che decorava il vecchio tavolino di cristallo a casa della nonna: riportava in vita le vacanze e le sussurrava di mondi perduti, di cui era rimasta solo un'eco indecifrabile, perché nessuno ne conosceva l'alfabeto.

Le vacanze dopo la terza media, un periodo che avrebbe voluto prolungare all'infinito: niente compiti, niente libri da leggere. Solo la paura del liceo: scuola nuova, compagni nuovi, professori nuovi. Stava per cominciare una vita nuova, i cui contorni erano incerti come quelli di un acquarello. Ma Margherita si sentiva sicura e pronta a finire quel quadro. Settembre ne prestava i colori.

Nonna Teresa era un pesce rosso, o almeno così aveva detto Andrea. D'altronde proprio la nonna lo ripeteva sempre, con una delle sue lapidarie sentenze sicule: *Si vu' sapiri a verità, dumannala ai picciriddi.* Viveva da sola. Suo marito, il nonno Pietro, era morto da tre lustri. Adesso la sua unica compagnia erano i nipoti e Ariel, un pesce rosso che abitava in una boccia di vetro. Andrea rimaneva a guardarlo per ore: aveva una striscia bianca sull'orlo delle pinne, un ricamo concesso alla bellezza, e due grandi occhi inespressivi. Si aggirava nella palla di vetro, in compagnia di un'alga sfrangiata e di un pezzo di corallo rosso, unico scenario della sua vita. Si muoveva a scatti, come se ogni volta scoprisse qualcosa di nuovo.

«Nonna, ma Ariel non si annoia chiuso sempre nella stessa stanza?»

«No, Andrea, i pesci rossi hanno la memoria *curta curta*, di tre secondi» gli aveva spiegato la nonna. «Al quarto dimenticano tutto, fanno un guizzo e ricominciano. Ariel ogni tre secondi vede la sua alga per la prima volta, si sfrega contro il suo corallo per la prima volta. È sempre *priato*, contento, non s'annoia mai.»

Andrea non aveva risposto nulla: si rifugiava spesso in una silenziosa bolla infantile, fatta di realtà e fantasia mescolate.

Con il passare del tempo, durante le loro visite, nonna Teresa aveva cominciato a ripetere sempre più spesso le stesse cose, se per ricordarle meglio o perché le dimenticava troppo in fretta nessuno lo sapeva, e allora una volta Andrea aveva detto a Margherita:

«La nonna è come i pesci rossi.»

Margherita lo aveva guardato con curiosità, smettendo per un momento di scrivere l'ennesimo sms di tre parole, e si era limitata a pensare che suo fratello avesse qualcosa di geniale nel dna. In realtà era la genialità naturale dei bambini, che dicono le cose come stanno: *Si vu' sapiri a verità, dumannala ai picciriddi.* L'anima della nonna con il passare del tempo diventava simile a quella di Ariel: chiedeva se avevano messo le uova nell'impasto, quando lei stessa lo aveva fatto poco prima. Margherita a volte si indispettiva, mentre Andrea non si scomponeva, perché per i bambini ripetere è la cosa più normale che esista: anche lui voleva sentire sempre la stessa storia prima di addormentarsi, con gli stessi particolari.

Le parole per i vecchi e per i bambini non servono a spiegare, giustificarsi, giudicare, ma sono come nodi su un filo, servono ad assicurare che il mondo è rimasto in ordine: *Cu' nun fa lu gruppu a la gugliata, perdi lu cuntu cchiù di na vota.* Così diceva la nonna, ma nessuno capiva che affermava una verità semplice come le sue ricette: chi non fa i nodi perde il filo. Anche nella vita.

Erano rientrati a casa, con la torta ben impacchettata nella carta color nocciola e chiusa da uno di quei nastri rossi che la nonna conservava in un cassetto che non ricordava mai. Margherita era andata in camera sua e si era lasciata abbracciare dalla luce di settembre che entrava dalla finestra spalancata. Aveva acceso la radio e lo specchio aveva calamitato il suo viso, sempre più asimmetrico da qualche settimana a quella parte, in preda a una strana trasformazione che era iniziata allungandole le guance, evidenziando gli zigomi e tagliando gli occhi verdi, prima troppo rotondi. Mani invisibili le impastavano il corpo come una torta, e quanto avrebbe voluto infilare le sue nello specchio per partecipare a quel rito misterioso. Anche il suo corpo emetteva un'eco, il respiro sempre antico e sempre nuovo della vita.

Margherita ruotava il viso a destra e sinistra per controllare il corpo in cui si stava trasformando, si consolava con i capelli neri, lunghi e mobili, la parte di lei che insieme agli occhi le piaceva di più. Invece le orecchie le sembravano ancora troppo piccole, le tirava come se le potesse allungare. I denti erano bianchi e regolari, le labbra sottili ma docili all'espressione dei sentimenti più diversi, il seno ancora appena accennato.

La radio riempiva la stanza di parole, il sole di luce, il vento di odori contrastanti:

Maybe I'm in the black, maybe I'm on my knees.
Maybe I'm in the gap between the two trapezes.

Gli occhi di Margherita si persero nel vuoto. Ricordava le parole del padre in barca, come un ritornello orecchiabile che non si riesce a strappare via dalla testa:

andrà tutto bene.

Il mondo fuori assomigliava a un palcoscenico in attesa della sua danza e, sebbene il pubblico le incutesse timore, sapeva che dietro le quinte c'erano persone che l'amavano e la rendevano forte: il padre, la madre, il fratello, la nonna, le amiche.

Andrea entrò senza bussare nel santuario di Margherita e lei neanche se ne accorse. Le si aggrappò al braccio, cercando di scuoterla dalla sua trance adolescenziale.

«Poc-corn!» disse sporgendo leggermente in fuori il labbro inferiore, come era solito fare quando doveva convincere la sorella, incapace di resistere a quell'atteggiamento da gatto abbandonato sotto la pioggia.

Aveva cinque anni, il viso diafano, i capelli biondi, gli occhi blu. Parlava spesso da solo, seguendo il filo di trame e personaggi immaginari. Credeva di saper già leggere, quando in realtà riconosceva soltanto alcune lettere senza ancora riuscire a metterle insieme. Margherita gli aveva insegnato a distinguerle stampando grandi fogli, simili a quei cartelloni delle scuole elementari, con enormi ed eleganti lettere associate a immagini vivide: farfalle e ciliegie, gnomi e draghi... Purtroppo però l'inchiostro della stampante, messo a dura prova dall'esperimento, si era esaurito, e Andrea si era dovuto accontentare di poco più di metà dell'alfabeto, e quindi del mondo. Ma a lui bastava inventare le storie nascoste di quei personaggi, che nel cuore della notte si scollavano dai fogli: lo gnomo goloso divorava tutte le ciliegie, mentre il drago sputafuoco si innamorava perdutamente della farfalla.

Ogni volta che poteva Andrea le chiedeva di preparare i "poc-corn", più per sentirli esplodere che per mangiarli. Margherita, da donna quale cominciava ad essere, resistette. Le piaceva che il fratello la pregasse, con quel labbro sporgente e gli occhi languidi. Poi sorrise.

«Aspettami in cucina. Arrivo.» Voleva ascoltare la fine della canzone. Non sopportava l'interruzione di una canzone, era come se qualcosa di incompiuto rimanesse sospeso nell'aria e nel mondo, e lei non voleva lasciare qualcosa in disordine. La canzone si spense:

Every tear
Every tear
Every teardrop is a waterfall.

Non capiva tutte le parole, ma le piaceva l'idea che ogni lacrima si trasformi in una cascata.

Andrea in cucina aveva già indossato il grembiule da cuoco che gli avevano regalato i genitori. In realtà era un bavaglione gigantesco, con la scritta *Assaggiatore ufficiale*. Se ne stava lì fermo con le mani alzate, riproducendo i gesti imparati da nonna Teresa, che vietava qualsiasi operazione culinaria se prima le mani non erano ben in evidenza, lavate e asciutte. Aspettava che Margherita desse istruzioni, simile a un chirurgo pronto per un'importante operazione.

Margherita notò il lampeggiare della segreteria telefonica. Non le era sembrato di sentire il telefono: o la musica a tutto volume l'aveva isolata dalla realtà e dalle sue apparenti emergenze, o la telefonata era arrivata mentre erano dalla nonna. C'erano due messaggi. Il primo era di Anna, un'amica della madre, con le sue solite novità assolutamente imprescindibili da comunicarle, che in genere riguardavano un vestito apparso in una vetrina del centro, perfetto per il suo fisico e per i suoi occhi: «Eleonora, chiamami appena puoi».

Il secondo messaggio era di suo padre.

Lo ascoltò tre volte in un silenzio incredulo.

Margherita divenne pietra. La pelle tenera dei suoi quattordici anni si indurì, e avrebbe potuto sgretolarsi da un momento all'altro. La domenica e il mare le uscirono immediatamente dai pori. I suoi occhi verdi si chiusero e sembrarono arrugginirsi, macchiati di paura. Le mani le tremavano sul tavolo della cucina, le labbra fremevano tormentate dai denti. La luce del viso si spense come una lampadina fulminata.

Si diresse nella camera da letto dei suoi, in silenzio, a passi piccoli, come erano i suoi piedi di quattordicenne, funambola sospesa sul filo della vita. *A vita è nu filu.*

«Dove vai, Mita?» chiese Andrea. Pronunciava così quel nome troppo lungo, eliminando la parte centrale.

Margherita non rispose. Aprì l'armadio dei genitori, nel quale da bambina si nascondeva, la domenica mattina, per spaventarli al loro risveglio. Conoscevano le regole del gioco e ripetevano ritualmente la frase convenuta: «Andiamo a svegliare Margherita, chissà come dorme quella pigrooona». E allora lei usciva dall'armadio. Amore e felicità erano sinonimi di vita e la paura non esisteva. Lei usciva dal grembo dell'armadio e i suoi la abbracciavano e la sollevavano sul lettone, sul quale cominciava a saltare. Il buio dell'armadio era dimenticato nell'abbraccio domenicale dei suoi.

Aprì l'armadio e le sembrò un deserto di legno. Per metà era vuoto, il vuoto tristemente desolante delle cose che siamo abituati ad amare solo piene: le piscine, le buste, le culle.

Il vuoto onnivoro dell'abbandono divorò la luce di Margherita. Rimaneva solo il profumo dei vestiti assenti del padre e il sentore fresco e secco del suo dopobarba. In quel preciso istante la nostalgia diventò il sentimento dominante della sua vita, cristallizzato nelle cavità dell'anima, come corallo del cuore, prezioso perché raro e inaccessibile.

Si accovacciò nell'angolo, come un gatto nel motore di un'auto. Gli occhi spalancati di suo fratello la seguivano e cercavano di capire quale gioco stesse escogitando per lui, quale parola sconosciuta definisse quella novità. Ogni mistero, anche il più doloroso, a cinque anni è solo un gioco: si aspettava da un momento all'altro un assalto come quelli della tigre Hobbes a Calvin nei fumetti di suo padre.

«Chiudi» gli disse fredda Margherita.

Andrea obbedì, strizzando gli occhi, in attesa di istruzioni.

«Fino a quanto devo contare, Mita?» le chiese oltre quello strato di legno divenuto un muro di cemento. Il bambino cercava di trasformare in gioco il più perfetto dei dolori. Ma il dolore per definizione non ha regole, canoni, leggi: è irregolare, asimmetrico, illegale.

«Per sempre.»

«Che numero è? Io non lo conosco.»

«Tu conta» disse Margherita.

Andrea, cercando un aiuto sulla punta delle sue dita ancora troppo corte, si allontanò urlando i numeri dal fondo del corridoio, ma già attorno al quattordici cominciò a inventare.

Margherita nel buio era un mollusco chiuso in una conchiglia, che un predatore ha sorpreso aperta e indifesa. La carne tenera cerca di far aderire i lembi perfettamente, come una cassaforte capace di resistere a tutta la pressione del mare, ma impreparata alle chele affilate e chirurgiche del nemico. Il predatore cercava di strapparla dalle sue pareti sicure, lasciarla vuota, deserta, guscio spezzato, sbattuto dalle correnti. Suo padre la chiamava così: *la mia perla*. Questo vuol dire

Margherita, le aveva ripetuto mille volte. Mille volte bugiardo, lui e il suo profumo.

Margherita sentì di nuovo il cuore batterle ferocemente, come quando il padre l'abbracciava. Pompava forte, sollecitato dalla minaccia di morte, dal veleno, dal dolore.

«Mita è nell'armadio» ribadì il bambino alla madre.

«Andrea, smettila di giocare!» rispose secca Eleonora.

«Dov'è papà?»

Eleonora non rispose.

Andrea la precedette nella stanza da letto.

«Che numero c'è dopo quattordici?»

«Quindici.»

«E poi?»

«Sedici.»

«E *persempre* quando è?»

Eleonora aprì le ante dell'armadio e il vuoto si riversò all'esterno. La figlia era rannicchiata nell'angolo svuotato, col corpo attorcigliato intorno al dolore: una conchiglia a spirale, un nautilus costruito in perfetta proporzione geometrica dalla sapienza del tempo attorno a un centro. Chi conosce il dolore ne riproduce l'eco per tutta la vita, come le conchiglie fanno con il mare.

La testa di Margherita era sparita tra le braccia, uscivano solo i capelli neri. Non aveva occhi, sua figlia.

Le si sedette accanto e cercò di abbracciarla, ma la conchiglia non poteva essere abbracciata se non a costo di essere strappata via dal suo scoglio e dispersa in balia della corrente.

Andrea chiuse le ante dell'armadio e ricominciò a contare, felice che giocasse anche la mamma. Mancava solo papà.

«Giochi anche tu a *persempre*, mamma?»

La madre rispose con un sorriso buio e inutile.

Nell'ombra non si sentiva che il respiro di quelle due donne.

«Dove è finito il mondo che mi avevi promesso?» fu l'unica cosa che Eleonora sentì dire a sua figlia, con un tono di voce che apparteneva a una Margherita sconosciuta.

«Non lo so» rispose la madre.

Margherita non aggiunse altro, non avrebbe parlato mai più a sua madre.

Andrea tentava invano di contare fino a *persempre*, cercando numeri troppo grandi sulla punta delle sue dita. Ma che nascondino era se sapeva dov'erano nascosti gli altri? Forse era il papà che doveva cercare. Dove si era nascosto papà?

Si fermò dinanzi all'armadio chiuso:

«Non mi piace questo gioco! Io conto sempre e nessuno vince!»

Il professore vagava nella sera di Milano con la sua bicicletta nera chiazzata di ruggine, la catena che ogni tanto scappava e un fanale che lampeggiava a intermittenza. Assomigliava a un don Chisciotte moderno sul suo Ronzinante di ferro, ma nei suoi occhi non si scorgeva follia, piuttosto lo sguardo trasparente di chi vede spettacoli preclusi a occhi che si fermano sulla soglia delle cose.

La bicicletta era la velocità giusta per lui: la velocità di chi può permettersi di fissare persone e fatti al ritmo adeguato. Solo in bicicletta puoi sorprendere le cose senza essere visto, come sanno fare i poeti. E lui aveva gli occhi dei poeti: non importa il colore, ma il fatto che siano luminosi, che imprigionino a stento il fuoco che portano dentro, come credevano gli antichi. In macchina non scopri nulla, a piedi vieni continuamente scoperto. La bicicletta era la posizione giusta: vedere senza essere visto, mentre l'aria di settembre scompigliava i capelli neri, liberi dalle armature richieste dai mezzi a motore, e penetrava nelle pieghe della camicia bianca. Le scarpe di tela blu assecondavano i pedali.

Parcheggiò in cortile, senza legare un ferro che nessuno avrebbe mai rubato. Accompagnò il portone con delicatezza, così da evitare che la signora Elvira – portinaia munita di scopa come fosse un arto in più – lo sentisse e bloccasse. Oltre a essere la portinaia, era la padrona del suo monolocale e tanto per cambiare lui aveva investito i soldi dell'affitto in libri, la sua droga.

Si tolse le scarpe e a passi felpati salì al primo piano, scalando lentamente i gradini a due a due. Aprì di soppiatto la porta dell'appartamento, girando la chiave lentissimamente per coprire gli scatti, e si infilò dentro. Era un unico ambiente, con angolo cottura: trenta metri quadri. Interamente foderati di libri, farciti di libri, invasi di libri.

Un libro può contenere tutto il caos del mondo, ma le sue pagine sono cucite insieme e numerate, il caos non scappa da lì. Ordinare i propri libri dando loro la forma dei suoi interessi e domande era un piacere non comune, che ripeteva ogni giorno per non annoiarsi troppo. Credeva ai libri con la fede di una religione, trovava più realtà tra le righe che per le strade, o forse aveva paura di toccare la realtà direttamente, senza lo scudo di un libro.

C'era un unico spazio sulle pareti che era stato lasciato libero dai libri, e c'era scritta la frase *Timeo hominem unius libri*. Gli uomini da un libro solo sono i più pericolosi. Era proprio vero. La scritta l'aveva tracciata Stella, ed era in una elegante grafia corsiva, ma la signora Elvira non aveva apprezzato l'estro e gli aveva aumentato l'affitto di dieci euro. Anche quello che doveva essere il letto non era che una tavola sorretta da quattro pilastri di libri, tre o quattro per ogni angolo, periodicamente rinnovati: garanti del suo sonno o della sua veglia, dei suoi sogni e dei suoi risvegli. In quel periodo dormiva su un pilastro tolstojano:

Anna Karenina, Guerra e Pace (in due volumi) e *La sonata a Kreutzer* (come correttivo a un fastidioso, impercettibile dislivello, aveva sostituito *La morte di Ivàn Il'íč*). Nell'altro angolo sullo stesso lato c'erano *Moby Dick, Don Chisciotte* e alcune tragedie di Shakespeare. Uno dei due angoli dalla parte dei piedi – quello opposto a Tolstoj – poggiava su *Delitto e castigo, I fratelli Karamazov, L'idiota* e *Le notti bianche*. L'altro era fondato sui classici antichi: un volume di tragedie di Sofocle, l'*Eneide* di Virgilio, le *Metamorfosi* di Ovidio e un'antologia di lirici greci.

Per buone dormite erano necessarie letture di peso e in qualche modo lo rassicurava ritrovarsi in quell'abbraccio. Sulla scrivania un leggio accoglieva un'edizione dell'*Odissea* aperta sul sesto libro, quello di Nausicaa, il più dolce innamoramento mai narrato nella storia della letteratura.

Mancavano poche ore al primo giorno di scuola. Quell'anno avrebbe avuto una prima scientifico: italiano e latino, otto ore. Rivide la scena dantesca, con gli aspiranti stipati come vacche al macello in quello stanzone dell'Ufficio scolastico di Milano, dove voci senza corpo offrivano spezzoni di cattedre come destini tragici e ineluttabili. Aveva dovuto accettare e non gli era andata troppo male. Le graduatorie per entrare di ruolo erano lo stillicidio burocratico dell'infelicità. La scuola era intasata da spenti professori senza passione, che rendevano impossibile un ingresso stabile a giovani che ormai non erano più giovani. Quella supplenza annuale lo avrebbe salvato, non dalla miseria, ma almeno dalla depressione. Aveva combattuto per diventare insegnante. Prima di tutto con i suoi, che gliel'avevano ripetuto mille volte: «Farai la fame».

Aveva dovuto cambiare città, e andare in Lombardia dove c'erano più posti disponibili: non poteva più limitarsi a dare ripetizioni private, anche se erano molto più redditizie di quelle poche ore di lavoro a scuola, che gli avrebbero fruttato circa cinquecento euro netti al mese. Quei soldi venivano inghiottiti dalle tasche voraci della signora Elvira, ma almeno sperimentava la sottile e dolce gioia di un lavoro capace di nutrire non solo il corpo ma anche lo spirito, proprio e delle giovani, inesperte, aride menti che gli erano affidate.

Mentre preparava un panino con i resti di qualcosa di indefinibile e si consolava con la voce rauca di Paolo Conte, ricordò il giorno in cui aveva deciso di diventare insegnante. Il professore di Lettere gli aveva prestato il suo libro di poesie preferito. Si trattava di una vecchia raccolta di Hölderlin, piena di annotazioni a matita.

«Dagli un'occhiata, forse lo puoi capire» gli aveva detto.

Quel prestito, quel giorno, aveva chiamato a raccolta, come ogni gesto che sia frutto di un'attenzione speciale, tutte le sue risorse nascoste. Il professore, occhiali spessi e testa pelata, aveva saputo cogliere dei segnali ancora tenui, che in qualche maniera erano una profezia sul suo futuro. Gli voleva bene, e aveva visto in anticipo l'uomo che sarebbe stato, senza dar troppo peso anche all'immagine smagrita del disoccupato che sarebbe diventato.

Quel libro, nelle sere del quarto anno di liceo, era stato una specie di rifugio notturno. E, attraverso quelle parole e quei segni di matita, aveva visto per la prima volta la notte: "Scintillante, cangiante è la notte, nell'irrompere del buio riposa la città, il vicolo acceso azzittisce". Le cose rimangono invisibili senza le parole adatte. La notte che se ne stava muta là fuori dalla finestra gli era comparsa, viva, per la prima volta. Grazie alle parole. Capiva poco di quei versi, ma avevano risvegliato in lui la sete di mistero. Lo affascinava il fatto che quello strano poeta credesse agli dèi e avesse dedicato l'ultima parte della sua vita a scrivere soltanto poesie sulle stagioni. Ma la cosa più strana di tutte era che alcuni testi riportavano le date di un secolo prima o un secolo dopo ed erano firmate con uno pseudonimo italiano. Quel poeta era, in poche parole, impazzito. Oppure, e questo lo aveva affascinato ancora di più, era ormai libero dal tempo e dallo spazio, e la poesia gli consentiva di sentire il ritmo delle cose del mondo, in ogni tempo e in ogni uomo. La libertà, la gratuità, la fiducia di quelle sere silenziose, gravide di un futuro non prestabilito, lo avevano convinto a diventare professore. O pazzo, che è lo stesso.

Avrebbe fatto la fame, ma per fortuna c'erano le ripetizioni in nero. Il mercato degli ignoranti è come quello dei morti: non conosce flessioni.

Provava a immaginare i volti dei ragazzi che avrebbe accolto quell'anno, ancora bambini, e che voleva riempire del suo entusiasmo per la fantasia umana, quella dei Greci in particolare. Avrebbero affrontato l'epica e aveva deciso di abolire le asfissianti antologie di poemi. Aveva intenzione di fregarsene del programma e di far leggere l'*Odissea* per intero. Niente e nessuno ridotto a brani ha il profumo della vita, e lui si rifiutava di fare a pezzi Omero... Sapeva di carogna. Voleva che i suoi alunni penetrassero nel mondo in cui lui entrava tutte le volte che leggeva l'*Odissea*; che sentissero il profumo amaro del mare, l'odore acre del sangue, le lacrime di una madre, il sudore di un padre che torna a casa. Voleva condurli dove solo la letteratura sa portarti: nel cuore delle cose del mondo, quando furono fondate e se ne perse il codice. E l'arte è il codice che rende visibili le cose che tocchiamo tutti i giorni, che proprio perché le tocchiamo troppo diventano opache, abusate, invisibili. Voleva trasmettere tutto questo a trenta quattordicenni, ancora bambini nel volto e nel cuore, ma che nel giro di un lustro sarebbero diventati adulti: uomini e donne. Come aveva fatto il suo professore, anche lui voleva donare loro una possibilità in più di riuscire a essere se stessi.

Addentò una mela, inserì il cd della *Quinta* di Beethoven, si sdraiò sul letto e cominciò a leggere ad alta voce le parole con le quali avrebbe esordito l'indomani in classe: Rainer Maria Rilke, *Lettere a un giovane poeta*. Avrebbero dovuto contenere il "ta-ta-ta-ta!" di quella sinfonia. Li avrebbe lasciati a bocca aperta, dovevano essere le note tonanti del destino a investirli: "ta-ta-ta-ta!". Muoveva la mano come un direttore perso nel golfo mistico dell'orchestra e declamava le parole che avrebbe consegnato ai ragazzi come "programma di vita scolastica":

Tu sei così giovane, così al di qua di ogni inizio, e io ti vorrei pregare quanto posso di aver pazienza verso quanto non è ancora risolto nel tuo cuore, e tentare di avere care le domande stesse come stanze serrate e libri scritti in una lingua molto straniera. Non cercare ora risposte che non possono venirti da te perché non le potresti vivere. E di questo si tratta: di vivere tutto. Vivi ora le domande. Forse ti avvicinerai così, a poco a poco, senza avvertirlo, a vivere un giorno lontano, la risposta.

Era totalmente assorbito nella declamazione, quando qualcuno batté forte sul muro e urlò di abbassare lo stereo. Lui obbedì, pensando ai bicipiti di Sancho. Così avevano ribattezzato lui e Stella il vicino: birra, calcio e grattaevinci. Il destino con il suo "ta-ta-ta-ta!" si spense e Stella, come sempre, si intrufolò nei suoi pensieri e li riscaldò come il sole che filtra tra le nuvole di una giornata fosca.

Si lavò i denti e ci passò sopra più volte la lingua, per sentirne la superficie. Spense la luce dopo avere letto alcuni versi di Rimbaud e nel dormiveglia il vecchio cellulare si illuminò. Sul display solcato da una crepa, in nero su verde, campeggiava un "Domani dove sai tu. Ti devo dire una cosa importante. Portati sia cuore che testa, mi raccomando. Ti amo. S.".

"Va bene" rispose, ma nessuno poteva vedere l'inquietudine che percorreva le sue dita. Una cosa importante per una donna è una dichiarazione di guerra. Ebbe paura e inconsapevolmente si difese: non scrisse "anche io", come faceva di solito (scrivere "ti amo" non lo considerò nemmeno, sarebbe stato dire sì a scatola chiusa). Si addormentò a fatica. Si chiedeva perché amare, così semplice in poesia, è così difficile e rischioso nella vita. Nel buio della notte e dei suoi pensieri interrogava i suoi scrittori, senza trovare risposta alcuna, e si sentiva come Balzac, che ormai in fin di vita chiedeva soccorso all'unico dottore di cui si fidasse: uno dei suoi personaggi. E così morì.

Quella stessa notte avvolgeva i pensieri di Margherita, simile a un ragno che tesse la tela attorno alla sua vittima. Mancavano poche ore all'inizio dell'anno scolastico. Era una funambola sospesa a un milione di metri da terra. Senza nessuna rete di protezione.

Dettagli sommersi come coralli risalivano il pozzo della memoria e riguardavano tutti suo padre. La memoria delle donne non è situata nella testa, ma nel corpo, dappertutto. Anima e corpo in una donna sono più uniti, e ogni parte del corpo ricorda, soprattutto quando ha perso la mano che l'accarezzava, le braccia che la sollevavano, le labbra che la baciavano. Rivide il sorriso di suo padre, quando gli aveva chiesto perché al circo ci fosse sempre quella rete così grande.

«Anche i trapezisti perdono l'equilibrio. Ma se cadono c'è la rete e non si fanno male. Il circo è un gioco, Margherita.»

Ma la vita no. Fuori dalla finestra la gente si aggirava nel buio come se fosse tutto a posto e invece lei vedeva una folla di funamboli senza rete sui fili fragili e intrecciati della vita.

Mentre tutti i suoi compagni stavano scegliendo i vestiti giusti da indossare per coprire la pelle inconsistente dell'adolescenza, Margherita doveva scegliere la pelle da indossare, perché non ne aveva più una. Era scorticata dal dolore, e nessuno può mostrarsi così nudo. Tanto meno il primo giorno di scuola.

Quando Eleonora entrò nella stanza senza bussare, attirata dalla striscia di luce sotto la porta, scorse nel fioco bagliore elettrico il corpo nudo e immobile di Margherita al centro della stanza, in piedi.

La madre si avvicinò, e quando Margherita se ne accorse tese le braccia.

Per allontanarla.

II

5000.
1000.
5.

Scrisse così senza dire una parola, poi si sedette dietro la cattedra e cominciò a fissarli uno per uno, come se quel silenzio potesse svelare il loro vero volto.

Aprì il registro e cominciò a pronunciare i cognomi dei ragazzi con solennità eccessiva.

Dopo ogni cognome si fermava e fissava chi, timidamente o con spavalderia, a seconda della maschera più rassicurante, alzava la mano o pronunciava attestati più o meno convinti di presenza. Li fissava negli occhi e non si rendeva conto che aumentava la loro paura già incontrollata. Non voleva si trattasse del solito appello di un'ora di italiano che sarebbe finita di lì a poco e dimenticata. Tra quelle mura si sentiva invincibile, poteva riempire lo spazio di personaggi usciti dalle pagine dei libri e metterli in dialogo con quei ragazzi, ai suoi occhi personaggi anche loro, più che persone. Nel guardarli li paragonava alle creature conosciute nei romanzi: il ragazzo con la faccia da bambino assomigliava a Oliver Twist, la ragazzina con le guance rosse sembrava uscita da *Alice nel Paese delle Meraviglie* e quella con lo sguardo timido rivolto verso il basso era uguale a Nausicaa.

Alla fine di quella litania terrificante, fatta di cognomi e sguardi, disse:

«D'ora in poi quando formulo l'appello ciascuno di voi risponderà: *Adsum!* E se qualcuno è assente gli altri diranno: *Abest!*»

«Perché in inglese?» chiese un ragazzino spavaldo con la zazzera bionda.

«È latino! "Oh creature sciocche, quanta ignoranza è quella che v'offende!"» rispose il professore, citando Dante. Il ragazzino diventò paonazzo per la vergogna.

Nessuno fiatava, ma tutti si chiedevano quale fosse il pianeta da cui era fuggito quel professore. Gli altri venivano da Marte, ma questo da qualche pianeta sperduto e più lontano ancora...

«All'appello si risponde in latino! La parola *rispondere* viene dal latino *respondeo*, da cui anche l'italiano *responsabilità*. Quando io vi chiamerò voi sarete invitati a rispondere così: ci sto.»

Un ragazzetto allampanato con la faccia da gatto dispettoso alzò la mano.

«Come ti chiami?»

«Aldo Cecchi.»

«*Loquere*.»

«No, non Luca, Aldo!» soffiò quello.

«Ti ho detto: *parla*, in latino, imperativo deponente.»

«Figo sto latino! Perché quei numeri? Lei non fa italiano e latino?»

Il professore fissò il soffitto e gli scagliò contro un sospiro.

«Mettiamo in chiaro alcune cose. Intanto la parola *figo* e i suoi derivati sono banditi da questa classe! Qui si usano aggettivi italiani e si cerca quello più adeguato alla sfumatura che si vuole attribuire alla parola: bello, interessante, affascinante, notevole, piacevole, ameno, leggiadro, elegante, armonioso, equilibrato, singolare, stimolante, intrigante, avvincente, appassionante, curioso, nobile, dignitoso, illustre, pregevole, mirabile... e così via! E poi usiamo l'aggettivo dimostrativo completo: *questo latino*, non *sto latino*. Aldo, sono stato chiaro?!»

«Io volevo solo sapere perché c'erano quei numeri alla lavagna...»

Il professore si avviò alla lavagna e accanto a 5000 scrisse: *ore*. Poi accanto a 1000: *giorni*. Infine accanto a 5: *anni*.

«Questo è il tempo che durerà la vostra storia d'amore.»

Tutti si misero a ridere, o quasi. Margherita rimase seria.

«Quella che comincia oggi con quest'ora è una storia di cinque anni, fatta di quei numeri lì. Ogni anno scolastico è fatto di duecento giorni e mille ore. Riuscite a immaginarlo? Cinquemila ore, mille giorni, cinque anni. È il tempo che passerete al liceo, salvo imprevisti per coloro che si appassioneranno in modo eccessivo ad alcune materie e avranno voglia di ripeterle... Tutto questo tempo dovrà servirvi a qualcosa. Altrimenti l'unico scopo si ridurrà ad assolvere un dovere. Non avete più l'età per fare le cose semplicemente perché ve le dicono i vostri genitori. Fino a oggi hanno deciso tutto loro. Ora è venuto il momento di prendere le vostre decisioni. A questo servono i cinque anni di liceo. "Ché perder tempo a chi più sa più spiace"» Li fissò per scovare qualcuno che avesse notato la citazione dantesca, ma il vuoto riecheggiava sulle loro facce. Continuò:

«Un tempo magico, in cui potrete dedicarvi a cose che probabilmente non farete più nella vostra vita. Un tempo per scoprire chi siete e che storia siete venuti a raccontare su questa Terra. Non sopporto di vedere ragazzi che finiscono la scuola e non sanno se andare a lavorare o scegliere una facoltà universitaria o quale scegliere. Significa che hanno buttato quelle cinquemila ore, quei mille giorni. L'unico modo che abbiamo per scoprire la nostra storia è conoscere quelle degli altri:

reali e inventate. E noi faremo questo con la letteratura. Solo chi legge e ascolta storie trova la sua. Quindi quello che oggi comincia è un viaggio con queste coordinate temporali e questo mare da navigare. Io sarò con voi solo per quest'anno, a meno che non mi confermino anche l'anno prossimo. Comunque vada ce la metteremo tutta, come si fa su una nave, in cui ciascuno ha il suo compito. Ecco perché farò l'appello, ogni volta. Per sapere se accettate la sfida, se salpate con me.»

Rimase in silenzio mentre passeggiava per i banchi e guardava a turno ciascuno dei suoi ragazzi.

Riprese posto alla cattedra, afferrò il registro e poi disse:

«Cinquemila ore, mille giorni, cinque anni per trovare la propria storia nell'età che serve a questo. Ci state?»

Il silenzio era calato in aula. Nessuno osava chiedere se si trattasse di uno scherzo o di un gioco. La mistura di rigore e fascinazione provocava un effetto ambiguo in ragazzi ancora incapaci di dare forma alla vita.

Il professore si avvicinò alla lavagna e scrisse:

Inde quippe animus pascitur, unde laetatur.

«Mirabile!» disse Aldo con la coerenza del ragazzino sveglio.

La classe accennò una risata collettiva, contenuta. Il professore la ignorò.

«Sapete che cosa vuol dire?»

Una ragazzetta cosparsa di efelidi scosse platealmente la testa dando un volto allo spaesamento generale. Quel professore era strano, ma almeno era interessante.

«Significa: "Nutre la mente soltanto ciò che la rallegra". E sarà il nostro motto.»

«Che vuol dire?» chiese la ragazzina, candidamente.

«L'ho appena detto» rispose un po' stizzito il professore.

«No, non in latino, in italiano...» aggiunse lei riempiendosi di chiazze rosse.

«Significa che qui studieremo solo quello che rallegra il nostro cuore e la nostra mente. L'unico modo di imparare è rallegrarsi. È così che succede con i libri. Quali vi hanno appassionato di più? Sono sicuramente quelli da cui avete imparato di più e che ricordate meglio. Tu, per esempio? Sebastiani Elisa, giusto? Qual è il tuo libro preferito?» chiese alla ragazza con le lentiggini.

Le chiazze si diffusero in ordine sparso anche sul collo.

«*Harry Potter*.»

Il professore sollevò lo sguardo al soffitto per la seconda volta e la ragazzina stava quasi per mettersi a piangere.

«E che cosa ti ha colpito di più?» chiese il professore.

«Mi piace...»

«Che cosa?»

«Non lo so... La storia... I personaggi...»

«Ecco, vedete! La storia, i personaggi! Brava, Elisa!»

La ragazzina sorrise sollevata.

«E tu, Aldo?»

«La biografia di Gattuso.»

«E chi è?»

«Un calciatore.»

«E come mai ti ha colpito?» chiese il professore cercando di contenere il proprio disappunto, mentre tormentava il gesso e si sporcava le mani di polvere bianca.

«È un eroe, non si arrende mai.»

«Un eroe! Interessante...» commentò il professore portando la mano alla bocca, ma era chiaro che non era sincero. Una striscia bianca rimase sulla guancia, ma lui non se ne avvide.

«Anche noi studieremo eroi che non si arrendono mai!»

«Di altre squadre?» chiese Aldo.

Il professore non rispose e lo incenerì con uno sguardo.

«E tu?» chiese a Margherita, rifugiata all'ultimo banco e protetta dai capelli neri, che le coprivano in parte il viso.

Margherita fece finta di non aver capito.

«Dico a te, come ti chiami?»

Margherita sentì il filo sotto i suoi piedi di funambola ondeggiare pericolosamente.

«Margherita» rispose guardandolo solo a tratti, un occhio coperto dai capelli e l'altro congelato dall'imbarazzo. Con voce grave e solenne il professore disse:

«Nel nome abbiamo il nostro destino. Aldo significa "vecchio" e quindi "saggio, esperto", o almeno così dovrebbe essere...» disse dirigendo lo sguardo sul ragazzino estroverso e poi sulla classe. Gli studenti sgranavano gli occhi incuriositi dal destino che il nome riservava loro.

«Margherita è un bellissimo nome. Viene dal latino e significa...»

«Perla» lo interruppe Margherita fredda.

«Brava. Viene da un'antica radice indoeuropea che vuol dire "pulire" e quindi "ornare, rendere bello"...»

«E cosa c'entra questo con il fiore?» chiese una ragazza con i capelli cortissimi e a metà tra il rosso e l'arancione.

«Un fiore delicato, semplice, che serviva a ornare le case. Ma originariamente il nome si riferiva alla perla che nasce dentro l'ostrica...»

«Strafigo!» disse lei, e se ne pentì portando subito la mano alla bocca e aggiungendo un mugugno: «Mi scusi, mi è scappato...»

Sorrise. I ragazzi lo fissavano con le pupille dilatate. Le pupille si aprono quando gli occhi hanno fame, come la bocca. Vogliono mangiare di più. Vedere di più. Quei ragazzi avevano fame. I loro occhi avevano fame.

«Gli antichi credevano che la perla nascesse da una goccia di rugiada caduta dal cielo, che si depositava dentro la conchiglia aperta nel periodo della fecondazione.»

Aldo sorrise. Elisa divenne rossa.

«La goccia di rugiada celeste rimaneva chiusa nello scrigno della conchiglia come nel grembo di una madre e ne nasceva la perla, che assumeva il colore del cielo che la goccia aveva registrato quando si era depositata. Gli antichi avevano una storia per tutto: una perla nera nasceva da una tempesta, più rara di quelle bianche, nate in giorni e ore luminosi. Questa però è una versione un po' romantica...»

«Intrigante!» disse Aldo, che aveva memorizzato almeno la metà degli aggettivi usati in precedenza dal professore come sinonimi accettabili del più comodo *figo*. Margherita ascoltava, sollevata di non dover parlare lei. Il professore continuò, infastidito da quel ragazzo troppo estroverso.

«In realtà quando un predatore entra nella conchiglia nel tentativo di divorarne il contenuto e non ci riesce, lascia dentro una parte di sé che ferisce e irrita la carne del mollusco, e l'ostrica si richiude e deve fare i conti con quel nemico, con l'estraneo. Allora il mollusco comincia a rilasciare attorno all'intruso strati di se stesso, come fossero lacrime: la madreperla. A cerchi concentrici costruisce in un periodo di quattro o cinque anni una perla dalle caratteristiche uniche e irripetibili. Ciò che all'inizio serviva a liberare e difendere la conchiglia da quel che la irritava e distruggeva diventa ornamento, gioiello prezioso e inimitabile. Così è la bellezza: nasconde delle storie, spesso dolorose. Ma solo le storie rendono le cose interessanti...»

Il professore si fermò, consapevole del potere che esercitava sugli occhi ipnotizzati di quei ragazzi.

«Come lo sa?» chiese Margherita.

Il professore atteggiò il volto in forma interrogativa, stringendo l'occhio destro più del sinistro, come fanno nei film western prima di sparare. Quella era una ragazzina difficile.

«Sono cose che tutti sanno» rispose con una punta di durezza, e aggiunse: «Margherita, qual è il tuo libro preferito?»

«Ma io non volevo sapere della perla, ma del motivo per cui la bellezza nasconde storie dolorose.»

«Sarebbe troppo lungo... Magari un'altra volta. Allora, il tuo libro?» evitò di rispondere alla domanda: non aveva una risposta.

«Il dolore è brutto. Non può essere bello.»

«Non hai mai letto nulla?» chiese lui seccamente.

Margherita sentì che gli occhi erano puntati su di lei, e serrò la bocca come una conchiglia. Quella reazione le conferì immediatamente il titolo di "strana" agli occhi dei compagni: una rivale in meno agli occhi delle compagne.

«Tutti scappano.»

«Di chi è? Non lo conosco...»

«Tutti scappano davanti alle domande vere» aggiunse Margherita ostentando una freddezza sicura, con la coerenza spaventosa e l'irriverenza dell'adolescente in fuga troppo rapida verso l'età adulta.

La classe rimase in silenzio, tutti si voltarono verso Margherita e poi verso il professore, per cogliere i sentimenti che attraversavano i loro volti. A Margherita tremavano le labbra. Batteva spesso le palpebre. Il professore stringeva la mascella e conteneva il proprio disappunto.

«E tu, ricordami come ti chiami...» chiese il professore indicando un ragazzo macchiato dai brufoli e piuttosto paffuto, per cambiare discorso.

«Geronimo Stilton.»

La classe esplose in una fragorosa risata.

«Cioè no, volevo dire, Federico Ricci. Geronimo Stilton è il mio libro preferito.»

Il professore non si scompose.

«E chi è?»

«Un topo» rispose il ragazzo, che aveva già cominciato a sudare.

«Vedo che c'è un gran lavoro da fare qui. Ma noi faremo miracoli!»

I ragazzi cominciavano a essere divertiti da quell'alieno che cercava di insegnare la propria lingua.

Il professore tornò alla cattedra, prese dei fogli e distribuì una fotocopia con le parole di Rilke, che declamò solennemente:

«Per domani mi scrivete tre colonne su questo passo.»

Margherita domandò:

«Posso andare in bagno?»

«Ma non è neanche terminata l'ora e già mi chiedi di andare in bagno?» chiese il professore con stizza, senza aspettarsi in realtà risposta: era una di quelle tipiche domande da professori, che rimproverano gli alunni senza dare loro la minima possibilità di spiegarsi, tanto hanno già capito tutto, prima e meglio.

Margherita si alzò e fece per andarsene.

«Ehi, senti! Dove vai? Mica ti ho dato il permesso!?!»

«Non mi interessa una lezione in cui non ricevo risposte alle domande» replicò lei quasi senza riflettere.

Il professore abbassò lo sguardo sulle parole di Rilke che aveva distribuito: "Vivi ora le domande", e gli sembrarono un enorme castello di sabbia. Alzò gli occhi. Margherita era bloccata sulla porta e lo fissava, supplicandolo. Vide gli occhi umidi e l'ombra di tristezza che li arrugginiva, il viso rosso di vergogna.

«Va bene, vai... Ma la prossima volta aspetti la fine dell'ora.»

Margherita uscì e solo quando si chiuse la porta alle spalle la pelle smise di bruciarle.

Il professore guardò i suoi alunni piegando in giù gli angoli della bocca a forma di "boh", e si chiese sconsolato perché talvolta la scuola si sforzi così tanto di assomigliare alla vita, con i suoi imprevisti e il suo disordine, invece di seguire la lezione composta e ordinata dei libri.

Margherita entrò in bagno: era già al capolinea, non c'era nessun viaggio da cominciare. Era stufa di parole, perché gli uomini con le parole dicono bugie. Dicono "ti amo", dicono "andrà tutto bene", ma poi se ne vanno. Il guaio delle parole è che sono solo parole, le puoi far nascere anche quando sono già morte. Non voleva più menzogne, non voleva più fidarsi di nessuna promessa. Rimase chiusa in bagno.

La sua pancia si contrasse violentemente a caccia del nemico e lei vomitò tutto il dolore che riuscì a trovare.

In quello stesso bagno, separato da una sottile parete di cartongesso, Giulio stava finendo una sigaretta, già annoiato dalle prime ore di lezione del primo giorno di scuola. Andava a scuola per abitudine e perché poteva farsi soldi e ragazze facilmente. Aveva una maglietta nera con la silhouette bianca dei protagonisti di Arancia Meccanica e sotto la frase *L'uomo deve poter scegliere tra bene e male, anche se sceglie il male. Se gli viene tolta questa scelta non è più un uomo, ma un'arancia meccanica, S. Kubrick.* Leggeva le scritte sulle pareti del bagno, inneggianti a squadre di calcio, osannanti anatomie femminili, denigranti identità professorali. Tirò fuori un pennarello nero dalla tasca e scrisse: *Il primo passo per la vita eterna è che devi morire.* Questo gli era chiaro almeno quanto a Tyler Durden, il protagonista di *Fight Club*: ci teneva a ricordarlo alla massa di rammolliti che andava avanti e indietro nel bagno a scrivere nuovi messaggi sui soliti tre argomenti del cazzo.

Per vivere non bastano la scuola, il calcio e gli amichetti, occorre attraversare tutti gli strati della paura per non averne più. Spingere il corpo al limite dell'adrenalina, fino a controllare persino l'istinto di sopravvivenza e scegliere tutto quello che lo contraddice con perfetto calcolo. Una vita che non attraversa la paura non esiste, è una maschera, è finta. E lui faceva sul serio. Non per comodità o per soldi. I soldi se li procurava senza problemi. Era questione di scelte. Lui non era come tutti quei frocetti perbenisti, che fingevano di essere dei bravi bambini e poi si facevano di qualsiasi cosa o pagavano le ragazze. Stavano dentro le regole e le infrangevano di nascosto, che è il modo più bieco di accettarle. Per lui le regole non c'erano e basta. Chi aveva deciso che doveva prendere dei voti? Essere giudicato? Fare una carriera? La vita è anarchia pura e l'istinto di sopravvivenza è l'unico ordine accettabile imposto al caos delle cose.

La solitudine lo esaltava e se la gustava tra le volute di fumo. Al posto della pelle aveva una corazza di ferro. La sua pelle era fuggita via molto tempo prima in una notte senza tempo, come quella in cui Pollicino viene lasciato nel bosco e deve ritrovare la strada da solo. E la ritrova facendosi più furbo e forte della notte. Il segreto per vincere la notte è farsi la pelle e il cuore più duri di lei.

Giulio era dotato di un'intelligenza straordinaria, gli bastava ascoltare e capiva cosa sarebbe stato detto cinque minuti dopo. Anche la sua bellezza era fuori dal comune. La bellezza di una stella lontanissima e irraggiungibile, fredda e nervosa, e per questo ancora più seducente. Quella luce l'aveva negli occhi, lampeggianti come stelle invernali. Occhi azzurri, quasi bianchi, capelli neri lisci e fini come un dio della notte. La natura lo aveva dotato di un altro dono: le mani. Le mani per lui non avevano segreti, né le sue, capaci di ogni illusione, né quelle degli altri, segnaletica infallibile della verità e della menzogna. Soffiò sull'ultima nuvola di fumo cacciando fuori i pochi grammi d'anima che gli rimanevano e uscendo dal bagno si fermò a fissare allo specchio il più forte dei Pollicini.

Suonò la campanella. Il primo intervallo del primo anno di liceo, quindici minuti in cui ci si gioca praticamente tutto. Si cerca di farsi piacere chi si dovrà sopportare per cinque anni. Si formano i gruppi come piccoli bunker, per difendersi dalla timidezza che rende impossibile essere se stessi. Margherita avrebbe voluto infilare la testa dentro un sacchetto di plastica e strisciare invisibile lungo quei quindici minuti.

Il bagno delle ragazze, cosparso di urla di dolore e d'amore, è il luogo più vero e sicuro dell'intera scuola, il posto in cui puoi dire ciò che pensi e farlo sapere agli altri senza essere sospeso. Ma non poteva rimanere chiusa in bagno per sempre. Uscì e si trovò faccia a faccia con due occhi azzurri, quasi bianchi, stelle di una galassia perduta. Margherita, come un marinaio sotto il manto notturno del cielo, si immerse in quegli occhi e vide qualcosa che le assomigliava. Giulio, sorpreso da quelle due ferite verdi e malinconiche, la guardò di rimando, il tempo sufficiente a un poeta per ricevere l'ispirazione. Pupille nelle pupille, provarono la sensazione di chi attraverso una fessura si sporge su un abisso fino a farsi cogliere da un'inebriante e sacra vertigine. Per non cadere dovettero distogliere lo sguardo. Lui lasciò scivolare il proprio lungo le braccia di lei e le guardò le mani esili, affusolate, mobili: era come se avesse trovato l'assoluzione di cui aveva bisogno e che non sapeva di cercare. Si voltò e si incamminò dall'altro lato del corridoio, con le spalle nude, senza armatura. Per la prima volta in vita sua ebbe paura: ciò che voleva, forse senza nemmeno saperlo, gli era apparso nella cosa più fragile che avesse mai visto. Lui, creatura invincibile del buio, si era lasciato incantare da una minuscola e insignificante lucciola vagante in una notte estiva.

I corridoi erano pieni di ragazzi altissimi e ragazze bellissime che si salutavano, alcuni addirittura abbracciandosi; i volti abbronzati lasciavano trasparire poco di quello che erano veramente. Un ragazzo biondo, alto e robusto, si dirigeva sorridendo verso Margherita, cercando di intercettare il suo sguardo. Lei, ancora stordita dall'incontro con il ragazzo all'uscita del bagno, non si accorse di nulla finché il biondo non le toccò il braccio esclamando a gran voce:

«Cugina!», e la baciò sulla guancia.

«Ciao» rispose Margherita, mettendo a fuoco suo cugino Giovanni e controllando contemporaneamente se qualcuno dei suoi compagni la stesse guardando, per recuperare un po' della credibilità perduta durante l'ora precedente. Ma in corridoio non c'era nessuno di loro. I ragazzi del primo anno se ne rimanevano per lo più rintanati in classe, come cuccioli in attesa di cibo.

«Ci vediamo in giro» concluse rapidamente il cugino, e Margherita lo guardò sparire sotto braccio a una ragazza alta due volte lei, bella come una modella di "Flair" e circonfusa da un alone di Love di Chloé. Non avrebbe mai lasciato una scia così seducente, non sarebbe mai stata all'altezza della perfezione: non era neanche ai piedi della scala. Lei era una trascurabile primina, ancora acerba e invisibile, buona a suscitare risate e attirare figuracce. Ed era senza padre.

Per un attimo le tornò in mente lo sguardo di Luca che al mare le aveva detto «Sei carina». Lei si era aggrappata a quell'aggettivo come a un'ancora di salvezza e se lo era ripetuto tutte le volte che poteva, perché per una donna le parole hanno un peso, non sono leggere come per un uomo. Una donna ci crede alle parole, soprattutto quando è un uomo a pronunciarle, solo a lei.

Rientrò in classe. I compagni si voltarono quasi all'unisono e la fissarono. Margherita tenne lo sguardo sulle punte delle ballerine e se ne andò al proprio posto: prese il diario e cominciò a disegnare figure astratte. Nessuno la disturbò, anche se lei avrebbe tanto desiderato che chiunque le dicesse qualsiasi cosa, per essere sicura che quel suo corpo occupava un po' di spazio e non era un fantasma inconsistente. Solo una ragazzina attorniata da un gruppetto bisbigliante la prese in considerazione: le poteva sentire, anche se fingeva di non ascoltare. Le donne sentono tutto, contemporaneamente, e sanno distinguere le singole voci, soprattutto quelle cattive. La ragazza parlava di lei: «Quella è strana forte». Le altre ridevano, senza crudeltà, ma con tutta la fragilità di chi ha bisogno di ripararsi sotto un luogo comune e schierarsi contro qualcuno per sentirsi protetto dalla piccolezza della propria identità. La ragazzina al centro del crocchio petulante era sinuosa, con la sua spalla lasciata scoperta dal camicione ampio, stretto ai fianchi da una cintura che metteva in evidenza un bacino perfetto, da cui partivano gambe intollerabilmente lunghe. Una sciarpa leggera ne esaltava il collo, capelli biondi le cadevano sulla schiena in una cascata di luce e occhi azzurri saettavano certezze a destra e a sinistra. Solo i belli possono permettersi un'identità. Chiunque avrebbe voluto essere amico di quella ragazza, ma per Margherita era già troppo tardi. E forse non avrebbe avuto comunque speranze, lei così esile e sgraziata, nelle sue insipide ballerine, la camicetta anonima, i jeans inespressivi.

I ragazzi se ne stavano tutti in un angolo e sembravano bruttissimi. Alcuni avevano le gambe lunghe e il busto corto, altri non si lavavano ancora tutti i giorni, altri non avevano né un pelo né un po' di acne sul volto: sembravano appena usciti dalle elementari, ancora impegnati con le tabelline, e trasportati di peso in un mondo troppo grande, fatto di integrali e derivate. Parlavano di calcio. Questo era tutto: una massa indistinta con una vaga comprensione di ciò che erano, figurarsi di ciò che li circondava. Per un attimo Margherita desiderò essere un maschio, avrebbe visto un terzo della realtà e sentito un decimo delle emozioni, ma le sarebbe toccato giocare a calcio, e questo non poteva neanche immaginarlo...

Era sola in mezzo a tante persone. Avrebbe voluto trovare argomenti da condividere: smalti, cinture e scarpe, ma le veniva in mente sempre e soltanto il suo ingombrante dolore.

«Ciao, io sono Marta.» Una voce squillante esplose all'improvviso vicino al suo orecchio, come quando parte una canzone e il volume è troppo alto.

Margherita sobbalzò e squadrò il viso che aveva accanto, senza dire nulla. Un apparecchio rendeva il sorriso alquanto metallico, ma quella ragazza non sorrideva tanto con la bocca, quanto con due occhi tondi, blu petrolio. Una fontana di capelli rossi ricci e attorcigliati zampillava in tutte le direzioni, come se le fosse esploso un fuoco d'artificio sulla testa.

«Di che segno sei?» chiese la ragazza, improvvisamente seria.

Margherita non rispose. Marta si fece ancora più seria.

«Perché hai pianto?» chiese poi con voce più affettuosa, dimostrando che un sorriso può avere gradi di intensità insospettati.

Margherita la guardò dentro gli occhi: erano buoni, oltre che stravaganti.

«Per la paura» rispose.

Marta le diede un bacio sulla guancia e si allontanò. Afferrò la borsa e si andò a posizionare accanto a Margherita, che era rimasta isolata in fondo.

«Io sono un acquario.»

Margherita rimase impassibile.

«Lo sai che è impossibile leccarsi i gomiti?» rincarò Marta, e per dimostrarlo ci provò, contorcendo la lingua in direzione del gomito destro. «Vedi?»

Margherita scoppiò a ridere.

«Ci sono un sacco di cose che nessuno sa» disse Marta fintamente seria, e poi si mise a ridere di cuore lasciando scintillare apparecchio, occhi e capelli.

La ragazza bionda e le sue amiche rimasero in un silenzio attonito e sprezzante, mentre i maschi non si erano accorti di nulla.

Le ore scivolarono via. Margherita ripensava agli occhi azzurri, quasi bianchi, di quel ragazzo e le veniva da piangere. Erano lacrime diverse: provenivano da quel pezzo di anima che a tenerlo intatto e pulito, e magari ad ascoltarlo, ci si salva.

E invece si fa a gara ad asciugarle subito le lacrime. Le lacrime, un lusso che solo i deboli possono concedersi.

III

Aprì il portafogli e dentro c'erano dieci euro e un documento con un'improbabile faccia da bambino. Sorrise schifato e gettò il portafogli in un cestino con studiata naturalezza.

Sottrarre il portafogli a un primino nella ressa dell'uscita era un gioco di prestigio a una sola mano: un allenamento per i borseggi più complessi. Non rubava, erano pezzi di bravura. A uno di prima bastava avvicinarsi da dietro e sfilargli il portafogli che sporgeva dalla tasca dei pantaloni a vita bassa. Si guardò intorno, nessuno aveva notato nulla. Si sentì vivo.

Non era ancora uscito e accese una sigaretta. Si appoggiò al muro d'ingresso della scuola, quello che all'inizio di ogni anno veniva imbiancato per cancellare le scritte dei graffitari, che segnavano il territorio come i gatti. I suoi occhi freddi frugarono tra gli studenti in cerca degli occhi che gli avevano rubato qualcosa senza che se ne rendesse conto.

Un ragazzo che conosceva era già appoggiato allo stesso muro, la mano con la sigaretta sollevata oltre la testa, in una posa innaturale, per far risaltare il bicipite scolpito da ore di palestra. Una ragazza si passava la mano tra i lunghi capelli per aggiustarli, ma in realtà la tensione delle dita manifestava il desiderio inquieto che qualcuno la notasse. Un professore teneva il capo chino e con la mano destra tormentava i radi capelli, scacciando ombre troppo impalpabili per essere scovate dalle dita. Giulio osservava le mani e i gesti delle persone con la minuziosità di uno scienziato. Sapeva bene che il corpo non può mentire, che il novanta per cento del linguaggio è non verbale e che i gesti spontanei dicono sempre la verità, a differenza delle parole. Quando qualcuno mentiva, bastava far caso alle mani o ad alcune minime pieghe del volto.

La nicotina, penetrando nel sangue, si mescolava alla noia che gli era entrata dentro in quelle prime ore di scuola. Il ragazzo che fumava vicino a lui aveva una maglietta incollata agli addominali. Non si guardavano in faccia.

«Hai visto la bionda di prima?» gli chiese.

Giulio lo ignorò. Non parlava delle ragazze come fanno i bambini delle medie.

Intanto gli studenti sciamavano dal portone d'ingresso. Quelli di prima li riconoscevi dalla foga con cui muovevano le mani e dai sorrisi aperti e inconsapevoli, ancora suggestionati dal primo giorno di scuola. Le ragazze poi portavano la mano alla bocca per sussurrare alla compagna quanto era bello un ragazzo, come se non ne avessero mai visti. Era ridicolo: nei loro occhi brillava la speranza di chissà quale cambiamento nelle loro vite, mentre nelle loro mani si agitava la frenesia di afferrare qualcosa che non esiste. Sembravano pugili che si battono contro l'aria. Erano entrati in quel ring artificiale che è la scuola e le loro energie sarebbero state risucchiate da interrogazioni, compiti, esercizi... Un impegno capace di riempire le loro testoline, illudendoli di dare un senso alle loro piccolissime vite, mentre non erano che strumenti inconsapevoli al servizio dell'autostima ferita di adulti falliti, che speravano di potersi vantare almeno dei voti dei figli. Sai che soddisfazione! Liceo, università, lavoro, famiglia, figli, vecchiaia, tomba. Un percorso lineare, deciso non si sa da chi, e che va a finire per tutti nello stesso modo: cenere.

"Tu non sei il tuo lavoro, non sei la quantità di soldi che hai in banca, non sei la macchina che guidi, né il contenuto del tuo portafogli, non sei i tuoi vestiti di marca, sei la canticchiante e danzante merda del mondo!" avrebbe detto Tyler Durden, e lui era d'accordo. Quei ragazzi non sapevano niente della vita, si accontentavano di sfiorarne la superficie. Lui no. Andava fino in fondo, e trovava sempre lo stesso cartello arrugginito: capolinea. La gente prende l'autobus convinta di avere un percorso da compiere, sale, scende, parla, legge, mangia, dorme. Così ogni giorno. Un modo come un altro di rimandare il capolinea. Ultima fermata, si scende. La morte. Non c'è altro. Per questo amava così tanto i cimiteri. Se parti dalla consapevolezza che la meta è un capolinea, tutto il resto diventa spietatamente chiaro. Non vale la pena affannarsi, la natura va avanti benissimo senza di te, di te se ne fotte. Con la ferrea legge del più forte e quella cinica dell'autoconservazione, inesorabili, il destino di tutto e tutti si compie. L'unica libertà concessa è resistere con dignità fino al capolinea, giocando come il gatto con il topo, consapevoli però di essere il topo, non il gatto, e di non avere scampo. Cercare di divertirsi, almeno. E poi scendere, soddisfatti. Almeno un poco. Capolinea.

«Hai visto quella lì? Sembra uscita dalle elementari...»

Giulio non rispose, ma alzò lo sguardo. Era lei, la ragazza che aveva incontrato fuori dal bagno.

«Probabilmente il papà è venuto a prenderla» ridacchiò il ragazzo, mentre lanciava il mozzicone poco distante.

Giulio seguì i movimenti della ragazza che, la borsa calcata sulla spalla destra e la testa inclinata verso il basso, galleggiava alla deriva in quel mare tumultuoso di speranze. Una mano teneva la cinghia della borsa, l'altra era contratta in un pugno lungo il fianco, pronto a sfigurare la vita se solo avesse avuto un volto. La vide allontanarsi da sola.

Avrebbe voluto vedere i pensieri di quella ragazza. Un solo pensiero gli sarebbe bastato. Voleva la conferma dell'odore che aveva sentito. L'odore del dolore muto.

«Giulio!»

Ma cosa volevano tutti da lui? Più cercava di starsene solo più gli si attaccavano addosso, come se fossero invidiosi di chi sa stare solo con se stesso. Cercò l'origine della voce che lo chiamava, ed erano capelli neri, occhi neri, collo flessuoso, pelle di porcellana.

Giulio la fissò, serio. Lei avvicinò le labbra all'orecchio di lui, gli sfiorò il lobo e sussurrò:

«Ti voglio.»

Giulio appoggiò la guancia contro la sua e annusò, alla ricerca di una tenerezza che non aveva mai ricevuto da nessuna ragazza. Quella pelle liscia, quel profumo leggero scioglievano un po' del dolore di cui era impastato, ma non raggiungevano mai il nascondiglio dove quel dolore era rintanato. Per arrivare sino a lì ci voleva la tenerezza di una madre, e in ogni donna che toccava Giulio cercava la pelle di sua madre, senza trovarla mai.

Le loro labbra si mangiarono e il profumo umido delle superfici lavò via un po' di tristezza. L'altro, invidioso più che curioso, li interruppe:

«Ma l'hai visto quello sfigato in bici?»

I due si staccarono e videro passare, nel tramestio di macchine, motorini e corpi, una bicicletta nera, che sferragliava penosamente, con il fanale che penzolava da un lato, privo di vetro. Una bici guercia.

«Chi è?» domandò svogliata la ragazza dal collo flessuoso.

«Deve essere un supplente, è troppo giovane per essere un prof...» rise il ragazzo.

Il professore portava una borsa di tela che lo abbracciava di traverso, gli spigoli vivi ne lasciavano intuire il contenuto. La barba appena accennata sulle mascelle tese nello sforzo della pedalata e lo sguardo perso chissà dove gli davano l'aria di un uomo che sarebbe stato maturo un giorno.

«Se lo mangeranno» aggiunse lei.

Giulio seguiva con gli occhi la bicicletta, chissà quali erano i segreti di quell'uomo, ma era ormai di spalle e solo la borsa piena di libri ne tradiva l'anima fatta di pagine.

«Sfigato» disse il ragazzo.

Giulio, sorpreso da un desiderio improvviso, si mise a frugare tra le schiene, ma quella che cercava era scomparsa.

«Andiamo» disse sicuro di sé, fissando gli occhi della ragazza, senza sapere dove.

Il professore attraversava la città all'ora di pranzo e odori accennati e incerti lo investivano in quel tiepido settembre. Le ruote accarezzavano l'asfalto senza fatica. Le persone erano ancora felici di aver ripreso a lavorare, ma sarebbe bastata una settimana perché la routine del lavoro alimentasse una struggente nostalgia di vacanze.

La catena della bici, oliata per l'occasione, scivolava sui rocchetti come un romanzo dall'ingranaggio perfetto. Lui non apparteneva a quella folla, lui apparteneva alla folla dei suoi autori, apparteneva alle sue pagine, dove non c'era spazio per la noia, per l'anonimato, per la routine. Nelle pagine tutto è sempre nuovo: si genera di continuo agganciandosi ai rocchetti dell'immaginazione in un abbraccio perfetto, facendo ruotare le cose del mondo al ritmo giusto. Nelle storie c'è la vita senza i momenti di noia, e lui pedalava in un mondo reso perfetto dalla sua immaginazione, incapace di sentire i clacson che svelavano la larga e subdola imperfezione della vita.

Lo aspettavano le pagine dell'*Odissea*, che avrebbe spiegato l'indomani. Si sentiva quasi in colpa ad aver lasciato Nausicaa a struggersi nel suo sogno e Ulisse addormentato in un cespuglio nell'isola magica dei Feaci.

Prima però c'era Stella con i suoi occhi da guardare e il suo temibile discorso su quella *cosa importante*.

Rallentò e scese al volo, poggiando prima tutto il peso su un unico pedale, mentre la bicicletta continuava ad avanzare, dotata di vita propria. L'eleganza di quel gesto, così imprevedibile e studiato al tempo stesso, lo faceva sentire perfetto. Legò la bici a un palo, più per non farla cadere che per proteggerla, il cavalletto infatti si era staccato da un pezzo.

Il Parnaso Ambulante era una piccola libreria da due vetrine, con una incantevole zona dedicata all'usato e un furgoncino che si trasformava in bancarella, nelle piazze o nei vicoli. Una libreria a gestione familiare, in cui i libri erano parte della famiglia. Attraversò la soglia per concedersi l'odore delle novità e lo sguardo delle copertine: erano loro a guardare lui. I libri erano bambini: ciascuno aveva il suo odore buono, i suoi occhi e i suoi vezzi. Amava leggere le trame, spesso neanche per intero, nei risvolti di copertina, e poi fantasticare sul seguito mescolandolo a quello del libro successivo.

Una copertina lo guardava con gli occhi di un bambino vestito da uomo, lo sguardo rivolto verso l'alto, impaurito e sorpreso. Mentre lo fissava quasi ipnotizzato, una voce scherzosa lo chiamò:

«Prof?»

Sollevò la testa dalla copertina per incontrare gli occhi glicine di una donna poco più giovane di lui, che lo fissava con un misto di ironia e tenerezza.

«E tu che ci fai qui?» domandò il professore sorridendo.

«Cercavo un libro...»

Ogni volta che dovevano dirsi qualcosa lo facevano tramite un libro, che nascondeva nel titolo, nella copertina, nello strillo o nella storia un messaggio, come bottiglie nell'oceano. Stella era la figlia dei proprietari e li aiutava nella gestione. Era entrata nella sua vita come succede coi libri per cui si prova un'attrazione immediata, come un pezzo di anima scappata via in un tempo dimenticato. Tutto era iniziato tre anni prima quando lui, mentre faceva un giro in quella libreria vicina alla scuola in cui aveva preso la cattedra quell'anno, le aveva chiesto:

«Cercavo *La voce a te dovuta* di Pedro Salinas.»

Mentre guardava tra gli scaffali, lei aveva mormorato tra sé e sé: «*Cuando tú me elegiste / – el amor eligió – / salí del gran anónimo / de todos, de la nada...* Quando tu mi hai scelto / – fu l'amore a scegliere – / uscii dal grande anonimato / di tutti, del nulla».

«Scusa?» aveva chiesto lui.

«Oh, niente. Mi sono rimasti in mente alcuni suoi versi...» aveva risposto lei, indicando il libro come fosse una persona.

Il sorriso con cui aveva accompagnato quelle parole era stato una rima perfetta sul suo viso. Gli dèi donano soltanto il primo verso, poi il compito dei poeti è esserne all'altezza nei successivi, e così è l'amore: accade come un dono del cielo e poi il testimone passa a noi, chiedendoci il coraggio e la fatica di lasciarlo accadere, senza paura della nostra inadeguatezza.

«Come va?» iniziò lui.

«Come un bel libro a pagina cinquanta...» rispose lei, ricorrendo a un espediente che avevano inventato per descrivere i sentimenti: in questo caso una gioia ignota ma sicura. "Un libro abbandonato a pagina dieci" indicava un dolore forte, "un libro interrotto alla penultima pagina" il culmine del desiderio o la paura che qualcosa finisca troppo presto.

«E tu, come stai?» aggiunse Stella.

«Ho una classe interessante, farò un ottimo lavoro» rispose lui.

«Ti ho chiesto come stai, non cosa hai fatto.»

Il professore abbassò lo sguardo sulla copertina del libro che aveva ancora in mano, cercando la risposta negli occhi di carta del bambino e difendendosi da quelli di carne che frugavano dentro i suoi. Poi lei disse:

«Ci hai pensato?»

«A cosa?»

«A quello che volevo dirti...»

«Come facevo a pensarci se non so di cosa si tratta?»

Lei gli mise le mani sulle guance e gli scosse la testa:

«Quanto sei arido! Alle donne piace pensare un pensiero senza contorni...»

«E qual è?» la interruppe lui impaziente, ma lei lo ignorò.

«Alle donne piace crogiolarsi nell'attesa... Per poter poi ricordare meglio quel momento, registrando ogni dettaglio, ogni segno sul volto altrui, ogni colore e profumo...»

«E quindi?»

«A noi donne piace essere intuite, indovinate e a volte persino inventate... E ci fa impazzire scoprire che l'uomo che abbiamo accanto vede in noi cose che nemmeno noi sappiamo» disse lei civettando con gli occhi e giocando con la punta dei capelli.

«Dammi qualche indizio...»

«Che giorno è oggi?»

«Lunedì.»

«Ma no, scemo» rise lei. «Oggi è l'anniversario del nostro primo incontro. Ti ricordi?»

«Sì, certo...» rispose lui guardando l'orologio in imbarazzo. Mai che ricordasse una data o un compleanno.

«Oggi sono tre anni esatti, caro prof. Mi ricordo quei quattro secondi... Se incanti una donna per quattro secondi di seguito, senza annoiarla, è fregata...»

«Dobbiamo festeggiare!» esclamò lui, lasciando trapelare la speranza che quella fosse la cosa importante.

«Aspetta... Non è questo quello che volevo dirti. Non sospetti nulla?»

Il professore si rabbuiò, sperò che qualche cliente entrasse, ma il suo silenzio rimbombò dentro il piccolo locale e i libri sembravano testimoni in trepidante attesa.

Lei rise per sdrammatizzare, conosceva fin troppo bene i modi con cui si difendeva. Sparì tra gli scaffali, che la inghiottirono.

Tornò con un libro e lo sollevò davanti al suo viso, in modo che se ne leggesse bene il titolo, e lasciò sporgere sopra la copertina i suoi occhi tramati di linee blu e viola, *Di cosa parliamo quando parliamo d'amore*. Sorrise.

Lui rimaneva serio in cerca di una via di fuga da quell'indovinello.

«Da quando sto con te sono migliorata. E anche tu lo sei, professore. Insieme siamo migliori che presi singolarmente: siamo più reali. Certo non siamo perfetti, ma la perfezione, lo sai, è sempre a un gradino dalla perfezione e la lasciamo agli altri. A me piace la sacrosanta e intensa imperfezione della vita...»

«Sì. Capisco.»

«Sai di che parlo, prof. Io voglio continuare a crescere con te.»

«Anche io.»

«Ma voglio darti un'opportunità per farlo più in fretta...»

«Quale?» chiese lui evasivo.

«Vivere insieme!»

«Lo sai che da me non c'è spazio» si difese lui.

Lei abbassò il libro:

«Non è quello che intendevo. Sto molto più comoda a casa mia, se è per questo. Voglio che andiamo a vivere insieme, in una casa nuova.»

«Insieme» ripeté lui in un'eco inespressiva.

«Insieme: lo sai, no, come va quando due persone si amano?»

«Che succede?» fece lui fingendo ignoranza.

«Succede che si sposano, vanno a vivere insieme, mettono su casa, la riempiono di libri e... di bambini.»

«Di bambini...» Avrebbe preferito fermarsi ai libri.

Lei sorrise e la luce le riempì gli occhi a tal punto che si sarebbe potuto pensare che luce e amore siano la stessa cosa, una per gli occhi e l'altro per il cuore. Ripeté: «Di bambini.»

Lui si fece serio. Sospettava qualcosa del genere, ma non che le cose potessero precipitare in quel modo. Nei libri le cose hanno i tempi giusti. La vita invece ha sempre troppa fretta, bisognerebbe prima scoprirla un po' meglio, insegnarle a vivere. Fissava Stella nel silenzio della libreria ancora troppo vuota e lei la illuminava tutta con la sua solarità.

«Prof, io ti amo» bisbigliò lei. «E sono stata stupida a dirtelo così poco. Forse se lo avessi detto più spesso, adesso ci crederesti... Io ti amo» disse puntando l'indice sul titolo del libro che teneva ancora in mano.

Tra le parole di lei e lo sguardo di lui c'era il bancone delle novità, come un fiume che scorre tra due amanti, senza un ponte o almeno un guado per attraversarlo. Lui abbassò gli occhi sui titoli e ne lesse alcuni alla rinfusa, mescolandoli, nella speranza di trovare una battuta e una via di scampo. Ma nella realtà i dialoghi non funzionano mai; nei libri i personaggi hanno la risposta giusta, anche quando è sbagliata, nella realtà invece le persone, quando si tratta della verità, non sanno mai cosa dire.

Poi sollevò di nuovo il libro che aveva adocchiato prima e si rese conto che era *La vita davanti a sé*. Le labbra si piegarono in un sorriso ferito, gli occhi si chiusero per un istante poco più lungo di un batter di ciglia, difesa troppo tenue per escludere il mondo fuori. Rimase in silenzio a fissarla: negli occhi viola in cui si era perso tante volte scorgeva i riflessi di un vino impregnato di sole e un mare da attraversare con la promessa di un porto lontano. Chissà quante cose nascondevano quelle acque, quante tempeste e quanti venti propizi, quanti tesori e quante creature sommerse. Al trasporto si affiancò subito un altro sentimento che ormai era l'ombra del primo, il sosia, la maschera: la paura di essere inadeguato, di spegnersi, di abituarsi. La paura di non sentire più il sapore di quel vino e non riuscire a fidarsi di quel mare, con il passare dei giorni, dei mesi, degli anni.

«Dimmi, Folle, cosa è Amore?» lo scosse lei citando dei versi che lui conosceva bene, nel tentativo di aprire il primo dei catenacci che serrava il suo cuore impaurito.

«Amore è ciò per cui i liberi divengono prigionieri e i prigionieri liberi» rispose lui d'istinto, ingannato da un gioco al quale non sapeva resistere e del quale lei conosceva come nessun altro le regole. Poi, acciuffandolo dallo spiraglio che si era aperto nel muro della sua autodifesa, la paura, con la sua mano artigliata, lo ricacciò nel buio.

«Stella, noi invece stiamo insieme e siamo liberi. Stiamo così bene... Perché vuoi rovinare tutto?»

Senza aspettare risposta uscì. Le ruote della bici si mossero a fatica, sembrava di dover spingere la strada più che i pedali.

A lei, immobile tra i suoi libri silenziosi, il sorriso cadde come una maschera mal applicata.

Il sole di settembre che penetrava dalla vetrina si frammentò in piccole scaglie umide che cadevano dalle sue guance. Si sentì sola in mezzo a tutti quei poeti e scrittori. Le lacrime bagnarono il libro che teneva ancora in mano. Di questo parliamo quando parliamo d'amore: di lacrime.

Chissà se quelle dell'amore ferito raccolte tutte insieme formano un oceano più vasto di quelle scaturite dall'amore corrisposto. Chissà se sono in equilibrio come le salite e le discese.

Sono cose che nessuno sa.

Margherita non tornò a casa per pranzo, ma si rifugiò dalla nonna, che abitava vicino alla scuola. Non voleva rischiare di trovarsi sola con sua madre, che magari proprio quel giorno avrebbe avuto la geniale idea di tornare a casa prima, per tenerle compagnia e farsi raccontare il primo giorno di scuola. Andrea usciva nel pomeriggio e lei aveva bisogno di vedere la nonna dopo un esordio così disastroso.

Quando entrò, il profumo di gelsomini le riempì le narici. Galleggiavano al centro di una bacinella di vetro sul tavolo della cucina.

«Devi mangiare?» chiese la nonna senza neanche darle il tempo di salutarla.

«Non ho fame.»

La nonna manifestava l'affetto in calorie, come tutti i siciliani. Margherita si sedette a tavola e si chinò ad annusare i gelsomini, che la nonna coltivava sul balcone.

Teresa prese una pentola, la riempì d'acqua e la mise sul fuoco. Nel naso di Margherita si scatenarono tutti gli odori possibili, anche se solo ricordati: l'aroma dei bucatini con le sarde, la mollica abbrustolita, il finocchietto, i pinoli e l'uva passa, la fragranza degli anelletti al forno, croccanti, con il ragù, il formaggio e le melanzane... La nonna si sedette di fronte a Margherita con le braccia incrociate. Gli occhi grigi e buoni portavano i segni di un dolore antico, depositato sul fondo, o solo la stanchezza di una vita.

«Mi ha chiamato la mamma.»

Margherita abbassò la testa sul tavolo e nascose il viso tra le mani. Il corpo sussultava in singhiozzi violenti.

«*I guai d'a pignata i sapi u cucchiaru che l'arrimina.* Piangiamo allo stesso modo in famiglia...» constatò la nonna, paragonando i segreti di famiglia a un cucchiaio che conosce i guai della pentola di cui rimescola il contenuto.

Margherita staccò le mani dal volto e lo sollevò. Era come se i lineamenti fossero rimasti attaccati sulle mani e si potesse guardare dentro di lei.

«Lo dici come fosse una cosa bella, ma non c'è niente di bello, nonna.»

«E che ne sai tu? Ne saprò qualcosa io a ottant'anni...» rispose la nonna con tono sicuro.

«Cosa c'è di bello?»

«Che quando hai finito stai meglio. Soprattutto se qualcuno ti ha visto piangere.»

«Cosa ti ha detto mamma?»

«Che ha bisogno del tuo aiuto...»

«E a me chi m'aiuta?»

«Io.»

La nonna si alzò a controllare l'acqua che ormai cominciava a tremolare prima di bollire.

«Corta o lunga?»

«Io voglio che papà ritorni.»

«Diglielo. Corta o lunga?»

«Corta... A chi?»

«A tuo padre.»

Margherita rimase di sasso. Il dolore le aveva nascosto la possibilità più ovvia.

«Non so neanche dove sia...»

«Quello non è un problema. Basta chiamarlo e chiederglielo.»

La nonna scartocciò il pacco delle pennette e ne gettò almeno due etti nella pentola.

«È troppa, nonna! Non ho fame, ti ho detto.»

«Signorina, stai al tuo posto. È una vita che cucino e so io di quanti etti di pasta ha bisogno un cuore rotto.» Lo disse con quella *r* arrotolata e impronunciabile per chi non l'abbia ascoltata sin da bambino. Sembrava che il cuore fosse veramente rotto, ad ascoltare quel suono.

Margherita rise, e se avesse potuto guardarsi allo specchio forse avrebbe scoperto di essere bella. Come l'amore dopo un litigio, così il sorriso dopo un pianto è lo spettacolo migliore che una donna sappia mettere in scena.

«E se non mi risponde?»

«Riprovi.»

«Ho troppa paura che non mi risponda.»

«E allora tieniti la paura e rimani col dubbio.»

Margherita contrasse le labbra e stava per ricominciare a piangere: avere paura e sperare sono i due ingredienti inestricabilmente fusi in quel sentimento che chiamiamo più semplicemente *nostalgia*. Questo lei provava.

«Puoi chiamarlo tu?»

«No, Margherita. Tocca a te. *Diu a cu' voli beni manna cruci e peni.*»

«Che hai detto? Non parlare in arabo» rise Margherita.

«Dietro ogni dolore c'è una benedizione...»

La nonna lasciò la frase in sospeso come se stesse mettendo a fuoco un ricordo, poi aprì il frigorifero e rimase a guardare, in cerca di qualcosa che non sapeva più cos'era. Margherita intuì il motivo di quell'esitazione, si alzò, prese il vasetto del sugo fresco, che la nonna chiamava *salsa*. Ci metteva una foglia di basilico fresco ogni giorno. Glielo porse.

«Grazie, gioia mia. Sono fatta *stolita*...»

«Non ce la faccio, nonna. Non ce la faccio.»

«Margherita, la vita è come i dolci. Puoi avere tutti gli ingredienti e le istruzioni della ricetta, ma non basta perché siano buoni.»

«Cioè?»

«Per cento volte in cui facevo un dolce riuscito, altre cento non mi veniva: piatto, *'nguttumato*, scipito, troppo *chiummuso*...»

«E cosa avevi sbagliato?» chiese Margherita senza aver compreso tutto.

«Niente.»

«Come niente?»

«Nella procedura niente.»

«E allora?»

«Non ci avevo messo il cuore.» La nonna pronunciava la *o* così aperta che la vocale sembrava fare l'eco dentro la parola.

«Vuol dire?»

«Pensavo ad altro, seguivo le regole, ma pensavo ad altro...»

«Che c'entra con me?»

«Se non ci metti *u sangu e u cori* nelle cose che hai di fronte, la vita non riesce. Devi amare quello che fai. Ogni dolce ha la sua storia: la persona per cui lo prepari, i sentimenti che provi mentre lo prepari... ogni cosa entra nelle mani e mentre impasti pensi con le mani, ami con le mani e crei con le mani. I dolci più buoni mi sono venuti quando pensavo di prepararli per tuo nonno. Anche adesso che non c'è...»

Margherita ascoltava la sapienza della madre di sua madre. Nonna Teresa era sicura che non bastasse conoscere le cose per riuscire a farle, bisogna invece sapere chi si è e chi si ama.

«Devi cercare tuo padre e gli devi chiedere di tornare. E se non vuole tornare lo vai a prendere. Non sei più una bambina, gioia mia. *O ri lignu o ri nuci ogni casa avi a so' cruci...*» Si voltò e assaggiò la pasta portando una pennetta bollente alla bocca, senza fare una smorfia. Aggiunse un po' di sale e mescolò, superando ancora una volta le regole con il gusto della vita.

Margherita si era persa in pensieri nuovi. Simili alle torte della nonna: semplici ma intense, come i fiori della sua terra.

«Lo farò» sentenziò Margherita dopo un lungo silenzio, e il suo volto era quello di una donna.

La nonna scolò la pasta, la scodellò, aggiunse la salsa, poi strappò un fiore di gelsomino e lo adagiò sul bordo del piatto, dopo averlo lievemente sfregato. Il vapore delle pennette al sugo si mescolò all'aroma intenso del gelsomino stropicciato.

Lo stomaco di Margherita, sedotto da quegli aromi, si aprì e lei cominciò a mangiare, prima con lentezza, poi con partecipazione crescente. Mentre mangiava guardava la nonna, la fissava. La nonna le sorrideva.

«Gioia mia.»

Il sugo disegnò un contorno rosso attorno alle labbra di Margherita.

La nonna scoppiò a ridere.

«Che c'è?» chiese Margherita.

La nonna rideva ancora di più, il petto le sussultava e gli occhi grigi e buoni le si inumidirono.

Margherita capì, prese una pennetta ripiena di sugo e se la passò sul volto, sul naso e sulle guance, come faceva da bambina per fare arrabbiare la mamma.

La nonna non riusciva più a contenersi. Margherita le andò vicino e la baciò su una guancia, mentre la nonna si difendeva inutilmente.

Ridevano, ridevano e ridevano nel modo semplice che ha la vita quando smette di prendersi troppo sul serio.

Nel pomeriggio Teresa e Margherita andarono a prendere Andrea all'asilo.

Il bambino sembrava entusiasta della sua vita prescolare e si tuffò subito in quelli che chiamava compiti, nell'unica epoca dell'esistenza in cui fare i compiti significa immaginare, inventare e creare. Si mordeva la lingua tra i denti per la concentrazione. I suoi capelli erano chiari e i suoi occhi blu bizzarri come le sue creazioni.

Ariel galleggiava nell'acqua appena ripulita, un dovere che Margherita si assumeva quando era lì, perché la nonna se ne dimenticava, l'acqua diventava giallastra e allora Ariel andava a sbattere continuamente, quasi fosse ubriaco. Ora apriva e chiudeva la bocca ritmicamente e ogni tanto gli sfuggiva una bolla. Poi dava un guizzo, segno che aveva dimenticato la sua vita precedente e tornava a stupirsi della boccia di vetro come di un oceano mai visto. Margherita lo fissava senza dire nulla e desiderava una vita come quella. Avrebbe dimenticato interrogazioni e brufoli sul naso, ma il dolore chissà...

L'oceano in miniatura di Ariel le ricordò i giochi sulla spiaggia con il padre. Da sola non riusciva a costruire nulla, tutto ciò che faceva cadeva giù. Poi arrivava lui e costruiva dalle fondamenta un castello indistruttibile, con eleganti merlature, porte e persino finestre. Adesso la sua vita le sembrava sabbia che si disfa al primo tocco.

La nonna, che non si era mai abituata al freddo di quella città, e sferruzzava uno dei suoi maglioni da Polo Nord, interruppe il filo del fantasticare di Margherita:

«Tuo nonno mi raccontava sempre storie, ne sapeva centinaia. Mi vedeva fare i dolci e diceva che la pasta delle cose sono le storie. Una volta mi raccontò di un'isola in cui gli abitanti non dividono le cose e le persone in *masculi* e *fimmini*, ma in cose che vengono dal cielo e cose che vengono dal mare.» Le rughe della nonna si rilassavano quando ricordava il marito e la sua passione per i racconti, che era passata in eredità a lei.

«"Cosa viene dal cielo?" gli chiedevo anche se sapevo già la risposta. E lui con un sorriso rispondeva: "L'amore".»

«Perché?» chiese Margherita.

«Perché dal cielo viene e al cielo ritorna...»

«Quello tra papà e mamma è finito sotto terra...» sussurrò Margherita.

La nonna rimase in silenzio.

«Il nonno diceva che anche il dolore viene dal cielo...» aggiunse a se stessa, come ferita da un ricordo inconfessabile o troppo doloroso.

«Perché?»

«Perché dal cielo viene e al cielo ritorna.»

«Come l'amore?»

«Come l'amore.»

«E che differenza c'è?» chiese Margherita.

«Anche io glielo chiedevo. Lui ci pensava un attimo e poi dava una delle sue spiegazioni da maestro di scuola. Diceva che *passione* significa sia "amare" sia "patire"... Avere passione è provare amore e dolore insieme: è *na fevre ca trase 'nta l'ossa*... "Tu sei la mia passione, Teresa, l'unica passione vera" mi diceva.»

Il viso di Teresa si trasformava in una carta geografica piena di tappe, partenze e arrivi.

«E tu?»

«E io cosa?»

«Che rispondevi?»

«Rimanevo in silenzio.»

«E lui?»

«Mi dava un bacio.»

«E com'era?»

«Questi sono affari miei!»

«Ti vergogni...» disse Margherita indicandola con il dito e sogghignando.

«No, c'è *u picciriddu*» rispose la nonna accennando ad Andrea.

«Io non sono un *picciriddo*. Sono un bambino» si ribellò lui offeso.

«Gioia mia» disse Margherita facendo il verso alla nonna.

Margherita e la nonna si misero a ridere e Andrea non capì il perché. Non capiva tante cose che facevano i grandi. Per questo disegnava. Riusciva a infilzare la realtà sulla punta delle sue matite colorate, sognando sempre la scatola enorme che aveva visto in un colorificio: una scatola da più di cento matite colorate, di tutte le sfumature. Ma costavano troppo, diceva la mamma, e avrebbe dovuto aspettare di diventare più grande.

«Fammi *taliare* questo disegno» gli chiese la nonna.

Piccole figure passeggiavano tutte concentrate nello spazio a sinistra su una strada blu lunghissima che si contorceva come un gomitolo, un filo che si dipanava e intrecciava simile a un labirinto. Il resto del foglio era bianco: nessuno sapeva a chi appartenesse quello spazio vuoto.

«Questa strada sembra uno dei miei gomitoli, tutti

inturciuniati... Perché qui non disegni gli alberi, i fiori, il cielo?» chiese la nonna, indicando quel vuoto bianco.

Andrea le rispose con lo sguardo ignaro e sincero di chi ha fatto una cosa senza pensarci.

«Ci sono gli alberi, ci sono i fiori...» aggiunse la nonna, quasi sconfitta.

«Ma non ho i colori, ci vogliono quelli della scatola grande» rispose Andrea.

«*Cori forti consuma a cattiva sorti*» si augurò la nonna fissando il gomitolo e lo spazio bianco.

Margherita incuriosita guardò in quello spazio bianco in cui si perdeva il lungo filo attorcigliato: ci vide nascosto un telefono che squilla, ma nessuno lo sente.

IV

La città rumoreggiava in uno dei suoi sussulti tipici di metà pomeriggio, quando uomini e donne escono dal lavoro e intasano le vie con la loro fatica giornaliera da lasciar evaporare alla ricerca di affetti, vetrine o programmi sportivi. I ragazzi che hanno finito di fare i compiti a quell'ora percorrono le strade in senso inverso, abbandonano il porto che li tiene prigionieri e prendono il largo, si lanciano nel grembo dell'ignoto per fuggire alla noia, nella speranza che là fuori ci sia veramente qualcosa di nuovo. Le ragazze indossano abiti leggeri, come se la giornata iniziasse, e amano essere viste, più che guardate.

La ragazza fumava lentamente sul davanzale, aveva indosso soltanto una maglietta. Alle sue spalle Giulio se ne stava sdraiato in silenzio su un divano in disordine e rispondeva a un messaggio. Era girato dall'altra parte per nascondere la solitudine che accompagnava quelle estasi. Gli sembrava ogni volta di toccare il cielo, ma poi inesorabilmente ricadeva a terra da altezze vertiginose, spaccandosi l'anima in minuti pezzi di vetro. L'amore non offriva la consolazione promessa. Nessun abbraccio, nessun bacio, nessuna carezza, nessun amplesso era capace di guarire la ferita. Cerotti. Uno sopra l'altro, una montagna, su un taglio che non era mai stato pulito e disinfettato.

Le librerie alle pareti erano riempite da romanzi, dvd e cd. La gente legge romanzi d'amore, guarda commedie romantiche, ascolta canzoni sentimentali. E pensa che l'amore riempia il vuoto della propria solitudine. Ma nessuno può riempire ciò che non ha fondo. Aveva l'anima come un pozzo e non smetteva di buttarci dentro pietre per riempirlo, ma non affioravano mai: sparivano nel nulla e lui non aveva il coraggio di sporgersi a guardare dentro. Non voleva bere la sua acqua avvelenata, voleva solo riempire il buco una volta per tutte.

Da piccolo gli capitava spesso di fare un sogno: era un cavaliere dotato di una indistruttibile armatura forgiata apposta per lui, in viaggio ai confini di un regno minacciato dal Grande Drago. Lo cercava in boschi, montagne, caverne. Senza risultato. Si spingeva sino alle spiagge estreme del regno e avvicinandosi lo trovava in riva al mare. Insieme al suo cucciolo. Si fissavano a lungo, poi il Grande Drago, che in realtà era una madre, lo puntava e investiva con la sua dura corazza, mandando in mille pezzi la sua armatura e forse anche il suo corpo. Ma lui non sentiva dolore. E d'un tratto, al posto dell'armatura e di un cavaliere, su quella spiaggia restava solo un bambino che giocava con la sabbia e rideva. Poi si svegliava, quando la risacca della sera arrivava a bagnargli le gambe e si ritrovava scoperto nel suo letto. Infreddolito.

Giulio voleva giocare, come un bambino. Ma non c'era una madre disposta a guardarlo giocare. Provava a giocare lo stesso, ma il suo era un gioco pieno di tristezza e di rabbia. Giocava con quella ragazza, con la scuola, con il rischio, con la vita e persino con la morte.

Afferrò la camicia.

«Dove vai?» chiese la ragazza.

«Affari miei.»

«Perché non resti ancora, mangiamo qualcosa, guardiamo un film e parliamo un po'» propose lei accarezzandogli i capelli.

«Di cosa?» chiese lui divincolandosi.

«Di noi» rispose lei. E si illuminò.

«Noi scopiamo, non parliamo» disse lui, lanciandole uno sguardo freddo. La baciò sulla guancia e uscì.

Si avviò a piedi lungo il parco, dove qualche padrone cercava di tenere a bada il suo cane e qualche bambino incespicava dietro a un pallone troppo grande, mentre una baby sitter indolente lo sgridava senza muoversi. Si avvicinò a una panchina sulla quale due ragazzi si scambiavano effusioni, sollevò la borsa di lei, poi si allontanò, silenzioso come un gatto, gli occhi ridotti a due fessure. Gettò la borsa in un cestino poco oltre, dopo aver trattenuto un foulard ancora con l'etichetta. Un bambino con un pallone in mano lo fissava, alla ricerca di un compagno di gioco, e Giulio gli sorrise. Il bambino incoraggiato gli lanciò il pallone, che Giulio rimandò indietro con un colpo di testa.

«Sei bravo!» gli urlò il bambino.

«No, no» si allontanò, lasciando il bambino a guardarlo andar via, deluso.

Poi vide una ragazza con il cane che procedeva verso di lui. Quella era la sua specialità. La guardò negli occhi.

«Posso fare un complimento al cane?» chiese chinandosi ad accarezzarlo.

«Ma certo!» rispose lei emozionata.

«Hai proprio una bella padrona!»

La ragazza arrossì. Giulio allora le si avvicinò e cominciò a farle domande, a guardarla negli occhi, a starle sempre più vicino. Muoveva le mani come un prestigiatore.

«Come ti chiami?»

«Sara.»

«Bel nome, Sara.»

«Grazie.»

«Ci scambiamo i numeri di cellulare?»

«Volentieri!»

Era in quei momenti che Giulio compiva i suoi piccoli capolavori. Standole accanto con la scusa di controllare che digitasse bene il numero, le teneva la bocca vicino all'orecchio, così da svuotarle la mente, e intanto lasciava scivolare la mano nella borsa.

«A presto.»

«Ciao» rispose lei inebetita.

«E lui come si chiama?»

«Argo.»

«Come quello di Ulisse?»

«Non saprei... Lo ha scelto mio padre...»

«Ciao, Argo. Ciao, Sara.»

Le voltò le spalle, lasciandola sognante dietro di lui. Svoltata la curva, aprì la mano e ci trovò un bel rossetto nuovo. Lo ficcò nello zaino e proseguì. Era imbattibile, non falliva un colpo.

Non sapendo cosa fare, entrò nella chiesa ai margini del parco. Gli piaceva il silenzio delle chiese, oltre a quello dei cimiteri. Si sedette su una panca in fondo, abbandonò lo zaino per terra davanti all'asse per inginocchiarsi. Fresco e penombra. Un gruppo di vecchie davanti a lui cantilenava qualcosa e i dipinti sembravano poco più che fumetti in quello scorcio di luce. Fissò l'affresco che riempiva l'abside: un uomo crocifisso e una madre in lacrime che gli sfiorava i piedi con le labbra, mentre un ragazzo tentava di sostenerla. Rimase un minuto a guardare il dipinto. Pensò che non aveva neanche una madre a piangere per lui. Dov'era sua madre? Dove viveva? Cosa guardava in quel momento? Lo pensava ogni tanto? Non lo avrebbe mai saputo. Questo era il patto. Tutto quello che sapeva era che era rimasta incinta durante il liceo. E di chi poi? Era entrato nel mondo orfano di padre, prima ancora di nascere. Ma non si sarebbe lasciato crocifiggere dalla vita, avrebbe avuto la sua rivincita.

Uscì dalla chiesa ed entrò in un locale poco distante, uno di quei posti da happy hour a otto euro. Si sedette e inviò un messaggio. La cameriera si avvicinò: aveva dimenticato di depilarsi le braccia, ma aveva dedicato tutte le sue attenzioni allo smalto viola. Ordinò una birra, la più forte e amara, e la sorseggiò lentamente, abbandonandosi al suo passatempo preferito: osservare le persone, scrutare i loro gesti.

Un uomo tentava di confondere una bionda liscia raccontando qualcosa, ma il modo in cui inarcava le sopracciglia e difendeva la bocca con la mano svelava che stava mentendo. Lei, le labbra piegate in un sorrisetto ironico, non nascondeva di rendersene conto, ma accettava il gioco e si lasciava ingannare volentieri da quelle parole così seducenti.

Due ragazze parlavano tra loro e l'apparente curiosità di una delle due era solo una profonda invidia, come suggeriva la mano contratta sul bicchiere, nonostante gli occhi sgranati a recitare sorpresa. L'altra invece gesticolava troppo, ed era palese che stava ampliando i contorni di qualche avventura sentimentale.

Giulio scovava la menzogna dappertutto. I gesti degli uomini e delle donne rivelano sempre le loro riposte intenzioni. Da quando era bambino aveva imparato a non fidarsi di nessuno. Si era abituato a riconoscere dai tratti del volto o dal movimento delle mani se qualcuno lo voleva ingannare, sedurre, picchiare.

Ricordava le narici di quell'animale: si allargavano leggermente quando stava per esplodere, mentre le mani erano percorse da un tremito e i polpastrelli tamburellavano sul tavolo. Subito dopo si alzava e picchiava nell'ordine sua moglie e poi lui. Avevano già tre figli e lo avevano preso per ricevere gli aiuti economici destinati alla famiglia affidataria. Lui beveva. Lei era buona, ma un giorno scappò con i figli veri e non tornò più. In seguito Giulio aveva vagato per periodi più o meno brevi presso altre famiglie, ma nessuno lo voleva un bambino così grande. Nessuno lo voleva, uno come lui. Uno che ti fissa senza parlare, con occhi gelidi, da demonio. Uno che sparisce senza dire nulla. Così era finito in una casa-famiglia, e il tempo delle sue giornate era diventato il mezzo che aveva a disposizione per tenersi il più lontano possibile da quella tana. Ma almeno aveva un buco dove dormire.

L'ingresso di una giovane donna soffiò via quei pensieri marci. Assomigliava a un fenicottero: magra, slanciata, i piedi fasciati da scarpe aperte, una borsa sospesa sull'avambraccio, capelli neri, occhi neri, labbra rosse, pelle di mandorla. Le due ragazze si voltarono a guardarla, e anche l'uomo con la bionda la scartò con uno sguardo fugace, quasi fosse una caramella. Giulio scrutò le loro reazioni: l'uomo la desiderava, le due ragazze la invidiavano. Famelico l'uno, omicide le altre: occhi che mangiano, occhi che distruggono. Lui finse di non averla vista e quando lei gli si sedette accanto, inebriandolo con il suo profumo, aggiustò la frangia nera di lato, per lasciare liberi gli occhi.

«Ti stavo aspettando» disse, indicando sul tavolino il rossetto che faceva capolino da un foulard avvolto in modo studiato. Lei sorrise, contenta di rivederlo dopo parecchio tempo, e gli incollò le labbra addosso.

Il cielo pesava sui palazzi come un vecchio stanco e curvo. In lontananza qualche nuvola si ingrossava per un temporale notturno e il sentore della pioggia inaugurava un rituale antico. Anche la lampadina che brillava nella penombra della stanza, illuminando le righe di un libro, sembrava il ricordo ancestrale di notti di fuochi, stelle e racconti.

Il professore leggeva versi di una poesia, per imparare l'amore come da un ricettario:

Non spiegarti il tuo amore e non me lo spiegare;
ubbidiscigli e basta. Chiudi
gli occhi, le domande, sprofonda
nel tuo amore...

Meglio non amarsi
guardandosi in specchi compiaciuti,
dissolvendo
quella grande unità in giochi vani;
meglio non amarsi
con ali, nell'aria,
come le farfalle o le nubi,
sospese. Cerca pesi,
i più fondi, in te, che ti trascinano
fino a quel gran centro dove io ti attendo.
Amore totale, amarsi come chi ha peso.

Abbassò il libro. Maledette metafore! L'amore bisogna smascherarlo e guardarlo in faccia. Non voleva che qualcuno gli "entrasse nel cuore", perché non sapeva "dove" si trovasse, e in realtà nemmeno se esistesse, quella stanza luminosa. Non voleva più che il cuore "tremasse", "si riscaldasse", "si spezzasse", "scoppiasse", "si dilatasse", "si restringesse", come se il suo pompare avesse a che fare con le illusioni delle meccaniche della felicità, come se un cuore "pieno" fosse felice e uno "vuoto" fosse infelice.

Da secoli usiamo le stesse metafore: dalla Bibbia a Walt Disney tutti parlano di cuore e nessuno ha capito come funziona.

Solo Psiche aveva osato guardare Amore. Ma era rimasta cieca. Forse per questo l'Anima aveva bisogno delle metafore, perché era cieca di fronte ad Amore. Ma anche quella era una favola... Ora lui voleva andare oltre Psiche e guardare in faccia Amore per carpirne il segreto. Dov'è, cos'è, chi è? Tutti lo vogliono e gridano e si disperano se non lo possiedono. Perché? si chiedeva il professore, ed era costretto a cercare tra le cose, tra le persone, a domandare, a rigirarsi nel letto. *La verità, vi prego, sull'amore,* diceva il titolo di un libro, ma non conteneva la risposta, come tutti i libri dei poeti, che attorno al mistero più importante avvolgono le parole senza mai raggiungerlo. Parole che promettono ma nascondono. Sollevano un velo, dando l'ebbrezza di avere in pugno il segreto, ma subito ne rivelano un altro, più fitto.

Bisognava rinnovare le parole che servivano a definire l'amore e liberare l'umanità dalla schiavitù delle metafore. Anche lui ogni giorno fabbricava armature per difendersi dalla vita, invece di prenderla così com'era, perché non riusciva a sopportare l'odore della vita.

Gli tornò in mente, nel silenzio della sera, un'escursione di tanto tempo prima, quando suo padre era giovane e amava portarlo nella campagna in cui era cresciuto. Accanto alla vecchia casa circondata da noccioli, ciliegi, peschi e meli, come quelli che il vecchio Laerte mostra a Ulisse ancora bambino, scorreva un torrente, il cui mormorio costante accompagnava il silenzio delle notti.

Un giorno suo padre lo portò lungo quel corso alla ricerca della sorgente. Dovettero inerpicarsi tra fitti arbusti e rovi, rami intrecciati, pietre levigate dall'acqua e rese scivolose da mucillagini purissime. Nel torrente guizzavano girini trasparenti e minuscoli granchi biancastri. Il rumore si attenuava man mano che risalivano la montagna. Ricordava di essersi sentito abbracciare da una forza originaria, che gli aveva suggerito il mistero di quel perpetuo scorrere. Poi erano giunti all'origine, ed era un impregnarsi del terreno e delle rocce in un silenzio assoluto, rotto soltanto da un gocciolare simile al chioccolio delle fontanelle cittadine nelle mute giornate estive. Le gocce che imbevevano l'erba erano l'origine di ciò che scorreva a valle. Il silenzio dell'origine quasi deludeva rispetto al rumore gioioso del torrente. La vita è così: nasce in silenzio, in un nascondiglio, e pian piano si ingrossa nel suo trascorrere e canta proprio dove incontra un ostacolo.

E adesso che l'amore impetuoso voleva cantare nella

sua vita, lui resisteva. E dov'era la sua origine? Forse questo aveva cercato Rimbaud, l'origine dell'amore? A ventun anni aveva capito che la poesia non salva la vita e che l'amore è tutto da reinventare. Aveva scritto quelle parole infernali che conosceva a memoria:

Ho cercato di inventare nuovi fiori, nuovi astri, nuove carni, nuove lingue. Infine, chiederò perdono per essermi nutrito di menzogna... e mi sarà concesso di possedere la verità in un'anima e in un corpo...

Arthur! Era partito per commerciare in mari esotici a caccia della ruvida e irraggiungibile realtà, che inesorabile lo aveva raggiunto, sì, sotto forma di cancrena al ginocchio, fermando la sua corsa. Non c'era soluzione: o vivere nell'illusione menzognera delle metafore o morire di cancrena nella realtà.

Non tornare più indietro. Questo voleva Stella, chiudere tutte le vie d'uscita, anche quella di sicurezza. E se la casa fosse andata a fuoco? O se semplicemente si fossero annoiati? Aveva paura di scegliere, senza capire che questo significava rinunciare.

Il cellulare vibrò. Lei aveva sentito i suoi pensieri, come accade agli amanti i cui desideri e paure si mescolano con il tempo.

"Non voglio rovinare tutto, anzi: voglio che tutto sia ancora più grande, bello e pieno. Fidati, prof, lascia fare a me, ma tu supera i tuoi limiti. Non hai idea quanto sia bello amare oltre le proprie paure. Io conosco le tue e le voglio fare mie. Ti amo."

Le parole del messaggio di Stella divennero un ritornello che lo accompagnò nel sonno. Sognò di terre lontane e cancrene e poeti maledetti. Frattanto dal cielo oscuro scendeva la dolcezza inquieta della pioggia trattenuta troppo a lungo dalle nubi. Qualcuno se ne sarebbe lamentato, qualcosa, un fiore inaridito per esempio, ne avrebbe gioito. Tutti vogliono grazia, ma non tutti la possono accogliere nello stesso momento e allo stesso modo. Tutti desiderano sentirsi dire "ti amo", ma non tutti hanno il coraggio di accettare che sia un altro a dirti "voglio che tu sia".

In quella stessa ora che dona un corpo alle cose invisibili, sogni, stelle, spiriti e amanti, Andrea si infilò sotto il lenzuolo di Margherita, si accoccolò contro la sorella. Il corpo tiepido di lei lo rassicurò e dopo qualche minuto di silenzio disse:

«Ho paura del buio.»

«Il buio non c'è, Andrea.»

«Invece sì.»

«Il buio è la luce spenta.»

«Nel buio ci sono i mostri. Alla luce non si vedono.»

«Tu li hai mai visti?»

«Sì.»

«E com'erano?»

«Brutti.»

«Perché, cosa facevano?»

«Paura.»

«Come?»

«Con il buio: come fanno i mostri. Ti fanno paura perché si nascondono, ma ci sono.»

«Dove si nascondono?»

«Negli angoli, nei buchi, ed escono col buio. Di giorno ti seguono da dietro, non hanno il coraggio di venirti davanti perché la luce li soffia dietro di te. Però copiano tutto quello che fai.»

«Perché?»

«Sono invidiosi.»

«E fanno male?»

«Sì.»

«Come?»

«Con il buio.»

«Ah...»

«Ma anche loro hanno una paura.»

«Quale?»

«Sono sempre soli e ti attaccano quando sei solo anche tu.»
«E se siamo in due?»
«Non attaccano.»
«Perché?»
«Perché in due c'è luce.»
«Ma se è tutto buio!»
«No, c'è una luce che solo i mostri vedono.»
«Che luce?»
«La luce che si accende quando due persone sono vicine e si abbracciano, come nella lampadina.»
«Che c'entra?»
«Dentro la lampadina ci sono le braccia e in mezzo passa la luce.»
«E come mai noi non la vediamo?»
«Perché è una luce nascosta, si vede solo nei disegni. Quando due si vogliono bene, nessun mostro può fare niente.»
«Ci sono molti mostri qui a casa?»
«Adesso sì, perché prima la luce di papà e mamma li teneva tutti lontani.»
«E ora?»
«La luce si è fulminata. Ora stanno uscendo tutti dagli angoli e dai buchi. E hanno fame.»
«Cosa mangiano?»
«Il sonno.»
«Il sonno?»
«Sì, loro ti tengono sveglio e tutto il sonno che tu vuoi dormire lo risucchiano.»
«E cosa ci fanno?»
«Crescono, diventano sempre più grandi.»
«E poi?»
«Poi non entrano più nei buchi e negli angoli e allora vanno dappertutto.»
«Mmm...»
«Dobbiamo farli morire di fame...»
«Come?»

Andrea abbracciò la sorella. Si aggrappò a Margherita come se fosse un salvagente e cominciò a galleggiare nel sonno pochi secondi dopo. Margherita non riusciva a dormire, ma almeno quella notte i mostri avrebbero lasciato in pace suo fratello e divorato solo il suo sonno. Chi ha un amore che veglia può dormire sonni tranquilli.

Ma l'amore a volte si fulmina: perché a poco a poco il filo si assottiglia a causa di quello stesso calore che lo accende.

V

La prima ora è la più difficile, perché contiene passato e futuro insieme. Il passato di un letto comodo e un lenzuolo capace di proteggerti da qualsiasi attacco della realtà si mescola con il futuro di una giornata di lezioni e di compiti. La prima ora è fatta di nostalgia e disperazione, un concentrato micidiale per chiunque, e in modo particolare a quattordici anni, quando il solo pensiero delle "prime volte" è sufficiente ad abbatterti. Figuriamoci poi quando diventano realtà, come la prima interrogazione.

Davanti al cancello della scuola, dove si erano date appuntamento, dal lato dei cassonetti, Marta aveva stritolato Margherita con un abbraccio e poi l'aveva costretta ad ascoltare un oroscopo molto originale a cui era affezionata. Lo stampava tutte le mattine prima di scegliere i vestiti da indossare, conservandolo in tasca per tutto il giorno. A quattordici anni ogni credenza funziona per difendersi dalla realtà, e funziona quanto più è tascabile. L'oroscopo di Marta solleticava possibilità insospettate e dissetava la sete di storie in cui immergersi per essere sicuri che la propria, di storia, non fosse del tutto insignificante.

Margherita era un leone, e il suo oroscopo quel giorno parlava chiaro: «Metà della vittoria è la conoscenza del nemico. Evita qualsiasi nemico sconosciuto e, se proprio non puoi, considera la ritirata una vittoria».

Marta rise dopo averlo letto all'amica, che invece avvertì l'ansia di un disastro incombente.

La professoressa di matematica entrò con dieci minuti di ritardo, lamentandosi dei trasporti pubblici, della legge finanziaria e del riscaldamento globale, il che non lasciava presagire nulla di buono. Era una donna sulla cinquantina, in jeans nonostante le dimensioni del didietro, e carica di borse in cui carote e grappoli d'uva finivano per mescolarsi con i compiti di matematica. Dopo un appello frettoloso, durante il quale saltò almeno la metà degli alunni, esordì:

«Per oggi dovevate ripassare un po' di cosettine... Vediamo come siamo messi... Ci facciamo aiutare da qualcuno...» La voce era calma come se stesse scorrendo l'elenco della spesa, la qual cosa rendeva i visi dei ragazzi ancora più stravolti dalla paura. C'era chi istintivamente incassava la testa tra le spalle, chi trovava improvvisamente interessanti le scarpe del compagno e chi fingeva indifferenza.

«Tu» esclamò la professoressa con occhi fulminanti.

Nessuno si mosse, anche se si levò un sospiro di sollievo collettivo.

Marta le bisbigliò con un sorriso inconsapevole: «Lo sapevo, il mio oroscopo non sbaglia mai».

«Allora, come ti chiami?» gracchiò la professoressa.

Nessuno rispose, ma tutti fissarono Margherita, che sussurrò appena il suo nome.

La professoressa, che intanto aveva inforcato un paio di occhiali fucsia, di quelli che si comprano in farmacia a cinque euro, la fissò con sguardo benevolo:

«Su su... Vieni alla lavagna: è solo un ripassino.»

Mai fidarsi dei diminutivi o dei vezzeggiativi dei professori: preludono a disastri degni del più cruento dei dispregiativi.

Margherita, memore dell'oroscopo, rimase immobile, come se non si parlasse di lei. I compagni erano combattuti tra il desiderio che andasse, per evitare altri "volontari" per il massacro, e la speranza che non si alzasse per assistere alla reazione della professoressa. Il bello della scuola è questo: conoscere adulti diversi dai tuoi genitori e scoprire che sono persino peggio di loro.

Margherita rimase in silenzio e non si mosse, congelata dalla paura.

La professoressa inarcò le sopracciglia e si tolse gli occhiali:

«Allora?» ribadì con voce ferma.

Margherita si alzò sulle gambe molli. Si diresse lentamente verso la lavagna e quando fece per afferrare il gesso un conato di vomito la investì e la colazione del mattino rimase appiccicata alla lavagna.

I compagni inorridirono. La biondina sibilò:

«Che schifo!»

La professoressa sulle prime non capì cosa fosse successo, perché stava sfogliando il libro alla ricerca della pagina con gli esercizi che aveva assegnato per il ripasso. Quando si rese conto della situazione, si alzò di scatto e, superata Margherita, che era rimasta piegata in due per la vergogna, uscì in corridoio e urlò:

«Signoraaaaa... venga subito con lo straccio che qui la bambina ha vomitato.»

La biondina rise, seguita dai compagni. Marta rimase seria e stava per mettersi a piangere: si sentiva in colpa. Margherita uscì dalla classe senza dire nulla e imboccò il corridoio in direzione del bagno, mentre la professoressa continuava a chiamare la bidella mezza sorda. Tutto il corridoio adesso sapeva e c'era materia di gossip per almeno due intervalli. Nelle orecchie rimbombava quell'espressione: *bambina*. Vomitare era una cosa da bambine.

Si chiuse in bagno e non sarebbe uscita mai più. Il

bagno era la succursale dell'armadio. Marta andò a recuperarla nell'antro oscuro.

«Margherita?» la chiamò. «Sono io.»

Margherita inghiottì le parole.

«Lo sai che hanno fatto uno studio su migliaia di struzzi per decine di anni e nessuno di loro ha mai nascosto la testa sotto terra?»

Margherita sorrise e si morse il labbro perché le sembrava di essere ancora più bambina, in un momento in cui bisognava prendersi sul serio.

Una ragazza uscì dall'altro bagno, guardando Marta di traverso, ma lei impavida continuò:

«Lo sai quali sono gli unici animali che non possono alzare la testa per guardare il cielo?»

«I professori» disse Margherita seria.

«No! I maiali! Che è lo stesso!» rispose ridendo Marta, e neanche Margherita riuscì a trattenersi.

La porta del bagno si aprì e Marta la prese per mano. Margherita si sciacquò il viso e uscirono dai bagni con circospezione.

Giulio, che passava più tempo in corridoio che in aula, le incrociò. Cercò lo sguardo di Margherita, ma lei riusciva a fissare solo la propria vergogna, concentrata sulla punta delle scarpe in uno schizzo sporco. Lui le guardò le mani in cerca dei suoi pensieri e le vide abbandonate, impotenti, senza vita. Quel corpo non mentiva: era morto.

Quando la vide sparire dietro la porta, si fermò a chiedersi quale incantesimo si impossessasse di lui attraverso quella ragazzina.

Il professore, il tizio in bicicletta, lo superò con la sua borsa piena di parole e le sue mani piene di pensieri, a giudicare dalla tensione. Giulio risalì in classe e ascoltò concentrato la lezione di filosofia. Era l'unica ora in cui qualcuno cercava di mettere in sesto il mondo, tentando di capire l'uomo e la realtà, e lui era preda di una nostalgia improvvisa per un mondo ordinato in cui le cose hanno un senso e si sorride e si vive e si ama.

Margherita tenne lo sguardo basso sino alla fine della giornata scolastica. Sentì i professori riempire i minuti di formule e affermazioni che non avevano nulla a che vedere con la sua vergogna. Il suo cuore era bloccato al centro di un intricato e oscuro labirinto, che i pensieri non riuscivano a semplificare, figurarsi uscirne.

Quando la campanella dell'ultima ora suonò, i corpi liberati dei ragazzi si precipitarono fuori in cerca delle loro anime, che erano volate via già da un pezzo. La biondina, impeccabile nei suoi skinny grigio-azzurri, rideva di Margherita e Marta con le sue amiche:

«Strana e più strana» disse. «Potrebbero farci un film...» Le altre sghignazzarono.

Marta si voltò verso Margherita per controllare la sua reazione, poi disse:

«Vuoi venire a pranzo a casa mia?»

«Se non siete cannibali...»

Le due ragazze risero e si lasciarono alle spalle quel terribile giorno di scuola.

Settembre, come tutti i mesi di transizione, cullava gli incerti. Fuggiva in avanti con il vento fresco che sarebbe diventato presto autunnale, si rifugiava indietro nella luce ancora estiva del cielo. E ciascuno poteva assaporare quello che preferiva: foglie più pallide che cominciano ad abbandonarsi, nuvole veloci e senza pioggia, pezzi di blu tra i palazzi grigi come cerniere dell'infinito.

Il professore slegò la bicicletta con la cura con cui avrebbe sciolto un cavallo per lasciarlo libero di pascolare. Diresse le ruote verso il Parnaso Ambulante. Il messaggio di Stella lo aveva incoraggiato. Lei si fidava ancora di lui, avrebbe dato qualsiasi cosa pur di rimanere insieme e sicuramente avrebbe fatto un passo indietro su quei progetti così affrettati. L'amore si nutre di distanza, più che di vicinanza, anzi la troppa prossimità lo offusca e lo spegne. Solo chi può desiderare ancora resta innamorato. Chi possiede, presto finisce col desiderare qualcos'altro... Più felice un amore sognato, che spazzolini confusi nello stesso bicchiere. Così, mentre pedalava, ricordava le scene magiche di un film e ripassava il sonetto che John Keats aveva composto per l'amata Fanny e che avrebbe recitato a Stella per chiederle perdono:

Bright star, would I were stedfast as thou art
Not in lone splendour hung aloft the night...
Stella lucente, fossi fermo come tu lo sei
non però in solitario splendore nella notte sospesa...

Keats non aveva mai coronato quell'amore che si nutriva di lettere scritte a mano, della distanza e del silenzio, come da ragazzi si aspettano le stelle cadenti nelle notti d'agosto. La gente per strada camminava rapida e i clacson litigavano agli incroci.

And watching, with eternal lids apart...
e vegliare da lontano, con palpebre per sempre schiuse...

Avrebbe vegliato in eterno la sua stella nell'attesa di conquistarla, di vederla cadere tra le sue braccia, dalle distanze buie del cielo. Una macchina frenò a pochi centimetri dal professore, sbucato all'improvviso da una via laterale, e il conducente non risparmiò colorite metafore per esprimere quello che pensava di lui: è vero, c'è poesia ovunque. Ma il professore era troppo occupato a trasformarsi in un

patient, sleepless Eremite...
paziente, insonne eremita...

per accorgersene. E avrebbe aspettato tutto il tempo del mondo, perché solo il tempo conosce la formula per tramutare i desideri in vita e la vita in desideri... In molti erano seduti ai tavolini fuori dai bar: bevevano e sorridevano immersi nel viavai. Ma lui sarebbe stato una sentinella del mattino e della notte, ad aspettare sempre e per sempre...

Still, still to hear her tender-taken breath,
And so live ever – or else swoon to death.
E ancora e ancora sentire il suo lieve respiro,
e così vivere per sempre – o dissolversi, fino a morire.

I versi si mescolavano all'ordine dei semafori e alla rotazione perfetta dei raggi delle ruote, in armonia con il ritmo delle orbite celesti. Svoltò nella strada della libreria e quando ci arrivò davanti rallentò. Vide il profilo di Stella attraverso i riflessi della vetrina e non si fermò ad affrontare la realtà, per paura che ancora una volta la vita frantumasse le rime di un sonetto perfetto. Meglio stare lontani dalla vita, altrimenti si finisce con il contrarre il vizio della bruttezza. La vita non è mai in rima, al massimo concede un'assonanza, di norma fa solo rumore.

Margherita e Marta scesero dall'autobus. C'era un giardino davanti all'ingresso del palazzo di Marta, che si sedette su una panchina per togliersi le All Star viola. Calpestò l'erba invece di camminare sul vialetto, sul quale Margherita rimase immobile a guardarla. Marta le fece cenno di avvicinarsi e lei poggiò il piede sull'erba come si trattasse di uno strato di ghiaccio troppo sottile. Marta la fermò scuotendo il capo e le fissò i piedi. Anche Margherita si tolse le ballerine blu e sentì l'erba fresca carezzarle le piante, i passanti la guardavano e le sembrò di essere nuda in mezzo alla città.

Si avvicinò all'amica come se stesse per affogare nel verde e Marta, gli occhi accesi di complicità, la condusse all'albero che occupava il centro dell'aiuola. Vi si fermarono sotto. Marta rimase in silenzio, poi disse sottovoce:

«Volevo farti vedere un miracolo.»

«Quale?» rispose Margherita guardandosi intorno.
Marta le prese la mano e la poggiò sulla corteccia dell'albero.
«Questo.»
«Ma è un albero!» disse Margherita, tirando via la mano per l'imbarazzo.
«Prova a farne uno tu!» replicò Marta, e abbracciò il tronco come un'innamorata.
Margherita si mise a ridere.
«Tu sei strana forte...»
«Strana sei tu che non ti stupisci.»
Le prese di nuovo la mano e la mise sul tronco nero, dai solchi profondi. Era dritto e slanciato, si gettava verso l'azzurro con rami che cominciavano ben oltre le loro teste e gettavano grappoli di foglie lunghe, lisce sopra e pelose sotto. Il verde pallido contrastava con il nero rugoso della corteccia e l'azzurro perlaceo del cielo. Frutti scuri si nascondevano tra le foglie. Era alto almeno quindici metri.
«È un noce nero» disse Marta.
«Comunque un albero» rispose Margherita, che non capiva se Marta facesse sul serio.
«Chiudi gli occhi.»
Margherita obbedì. Marta le prese la mano e la guidò lentamente sul tronco, come per accarezzarlo e sentirne le rughe una per una, così simili a quelle di un essere umano.
Per almeno un minuto Marta costrinse Margherita ad accarezzare la corteccia e lei sentì una felicità strana attraversarle le dita.
«Non è solo un albero» le disse.
«E cos'è?»
«Vita. E la puoi toccare!»
Margherita aprì gli occhi e rise bonaria:
«Tu non sei strana, sei proprio scema!»
«Ciao, amico mio» disse Marta dando una pacca al tronco nero del noce.

Sul palmo di Margherita quelle rughe di legno rimasero impresse, come se la sua mano avesse ritrovato ricordi dimenticati. Sentì trapelare dalla superficie della pelle il senso profondo della vita che aveva toccato. Non dipendeva da lei la vita, era troppo grande. E lei così fragile dentro la vita, appesa a un filo.

Le due ragazze infilarono le scarpe e solo allora Margherita si accorse che la scarpa destra di Marta aveva i lacci bianchi e la sinistra gialli. Si diressero verso il portone e Margherita ebbe paura di affrontare degli estranei. Avrebbe dovuto dire delle cose, ma che cosa? A questo si aggiungeva un certo imbarazzo: non era stata invitata ufficialmente a pranzo e chissà cosa le avrebbe detto sua madre al ritorno. Non sono cose che si fanno, queste.

La porta si aprì e una signora, che più che capelli in testa aveva un'esplosione di ricci luminosi, le accolse con una piroetta, facendo gonfiare la gonna di uno strano vestito arancione a campana.

Margherita sarebbe voluta scappare. Da quella casa non sarebbe uscita viva: gente che parla con gli alberi, balla quando ti apre la porta e si veste come le principesse nelle favole.

«Mamma, questa è Margherita, mangia da noi oggi.»

«Ottima idea. Così abbiamo un testimone in più della mia irresistibile cucina! Hai visto il vestito che ho cucito per la parte di Miranda? Te la immagini su quella spiaggia bianca con questo vestito?»

Marta le girò attorno, toccando la stoffa, poi portò la mano alla bocca.

«Lo voglio anch'io!»

«Ma è per la commedia, Marta.»

«E la mia vita che è: una tragedia?»

Le due risero di gusto, mentre Margherita le fissava ancora sulla soglia. Marina, la madre di Marta, le rivolse un gran sorriso e le indicò la casa con un gesto del braccio che si apriva a ventaglio. Aveva gli occhi marroni, luminosi come quelli della figlia, labbra sottili e pelle chiara come l'avorio.

«Grazie, signora, mi scusi se non l'abbiamo avvertita... ma...» disse Margherita.

Marina non fece in tempo a rispondere, perché nel soggiorno si precipitò un ragazzino di non più di undici anni su un monopattino rosso.

«Chi sei?» chiese il ragazzino a Margherita.

«Una compagna di Marta.»

«Come ti chiami?» la interrogò da dietro i suoi occhiali tondi.

«Margherita.»

«Sei simpatica, anche se sembri un po' strana.»

Margherita rimase di stucco: stai a vedere che era lei quella strana...

Marina scompigliò i capelli già arruffati di suo figlio: «Dice sempre quello che pensa... Abbi pazienza, ti ci dovrai abituare».

«Io sono Marco. Lo sai che uno scarafaggio può vivere anche nove giorni senza la testa?»

«E poi muore?» chiese Marta incuriosita.

«Di fame» rispose Marco molto serio.

«Quindi se ti stacco la testa, tu potresti andare avanti anche per nove giorni?!» disse Marta delusa.

«Sei solo invidiosa perché non sai le cose che nessuno sa...» rispose Marco chiudendo gli occhi, piegando la testa verso sinistra e incrociando le braccia. «Ignorante» aggiunse, facendo dietro-front e dando una spinta al suo mezzo di locomozione.

«Marco è il più grande esperto di cose che nessuno sa» spiegò Marta a Margherita, che sarebbe voluta scappare da quel circo. La sua vita in quel momento era già troppo piena di variabili impreviste per aggiungere altro caos.

A peggiorare la situazione, mentre Marta faceva strada verso camera sua e Marina si volatilizzava in cucina, si materializzò nel corridoio una coppia di bambine identiche anche nei vestiti, intente a improvvisare strambe coreografie sulla melodia di una musica pop stile Lady Gaga. Con le mani piantate sui fianchi scuotevano le teste bionde guarnite da coppie di trecce rotanti. Marta si inserì nel ballo, e le due sorelle le si attaccarono addosso come se fosse arrivata la regina dello spettacolo. La applaudirono e rimasero a guardarne i movimenti, cercando di imitarla. Marta era bravissima, si muoveva come Shakira. Margherita assisteva alla scena pietrificata. Le bimbe se ne accorsero e la presero per mano, una da un lato e una dall'altro.

«Sai ballare?» chiese Paola.

«Sai ballare?» chiese Elisabetta.

«Non tanto bene...» rispose Margherita.

«Allora ti insegniamo noi» disse Elisabetta.

«Sì, ti insegniamo noi» le fece eco Paola.

«Devi fare come facciamo noi» disse Elisabetta.

«Come facciamo noi» ribadì Paola.

Le due si misero una di fronte all'altra, incrociarono le mani dietro la testa, con i gomiti larghi, e cominciarono ad ancheggiare in modo provocante, simili a danzatrici del ventre di soli sei anni. Bisognosa di sostegno, Margherita cercò con lo sguardo Marta, che continuava a ballare divertita. E allora provò ad abbandonarsi a quel vortice di musica e cominciò a muoversi anche lei come meglio poteva. Marco attraversò due o tre volte la danza sul suo monopattino, con l'espressione schifata di chi pensa che le femmine rimangano al primo posto delle cose che nessuno sa.

Margherita a poco a poco smise di vergognarsi, tanto erano tutti matti, e sentì la gioia impadronirsi delle sue gambe. Ora ballavano a coppie, anche se Margherita non avrebbe saputo dire quale delle gemelle le fosse toccata. Non importava, voleva ridere e ballare.

La musica finì.

«Sei brava, però» disse Elisabetta.

«Sì, sei brava» disse Paola.

«Balli con noi oggi pomeriggio?» chiese Elisabetta.

«Balli con noi?» chiese Paola.

«Ma dovete fare i compiti, bimbe!» disse Marta.

«Li abbiamo fatti tutti.»

«Tutti.»

«Quando?» chiese Marta.

Nessuna delle due rispose. Si guardarono in faccia e poi fissarono l'una i piedi dell'altra.

«Li dovete ancora fare...» disse Marta.

«Ne abbiamo pochissimi. Quando li finiamo balliamo?» chiese Paola.

«Pochissimissimi. Balliamo, quando li finiamo subitissimo?» rincarò Elisabetta.

«Sì, quando finite balliamo» le rassicurò. «Adesso lasciateci andare in camera.»

Marta e Margherita approdarono nella stanza di Marta, come sopravvissute a un lungo viaggio. Margherita pensava che in quella casa era impossibile sentirsi soli e avrebbe preferito vivere lì e non dentro un armadio.

La camera di Marta era piena di fotografie di posti strani e di volti in primo piano dalle espressioni ancora più strane. Margherita rimase a fissarle. La incuriosì il volto di un ragazzo con i capelli dritti come spilli e una palla di neve che gli si schiantava contro la faccia.

«Quello è Fabrizio» disse Marta. «Mio padre ha l'hobby della fotografia e abbiamo le camere piene dei suoi esperimenti.»

«Chi è Fabrizio?» chiese Margherita.

«Mio fratello» rispose Marta.

«Un altro?» reagì d'istinto Margherita.

«In che senso?» chiese Marta.

«No, niente. Volevo dire che siete tanti...» disse Margherita.

«Sì, qui è sempre un casino... Fabrizio è il più grande, ha sedici anni, poi ci sono io, poi Marco e poi le due gemelle.»

«Cinque... E la madre... è una? Cioè, tua mamma?»

«Sì. Mia mamma lavora a teatro. Fa i costumi e le scenografie, è bravissima. Hai visto quel vestito che aveva prima? È per una cosa di Shakespeare. Ha conosciuto papà durante un musical per il quale mamma confezionava i vestiti. Papà la vide alla fine dello spettacolo, quando chiamarono anche lei a ricevere gli applausi, la vide inchinarsi e sorridere. E decise che sarebbe diventata sua moglie.»

«Come lo sai?» chiese Margherita.

«Me lo ha raccontato papà.»

«Ti racconta queste cose?»

Marta non capì la domanda e annuì.

«Pensa che non le ha mai fatto una foto, lui che è fissato!»

«Perché?» chiese Margherita.

«Perché gli sembra di rovinarla.»

«Rovinarla?» chiese Margherita, avvicinandosi a una foto che ritraeva le gemelle di schiena piegate in due e con la testa tra le gambe come bambole che l'hanno persa.

«Sì. Papà dice sempre che la fotografia ha il potere di fermare qualcosa che altrimenti non ci sarà più. Con mamma non ci riesce. Qualsiasi foto è insufficiente per quello che vorrebbe fermare. Un po' complicato vero?» chiese Marta.

«No, no. Si capisce.» Margherita si fece triste.

«E i tuoi cosa fanno?»

«Si sono lasciati» rispose Margherita, «non fanno più niente.»

Marta non sapeva cosa dire.

«Mio padre se n'è andato senza dire nulla. Non so neanche dove sia» aggiunse Margherita fissando il volto sorridente di Marco in una foto sulla spiaggia, nella quale solo la testa del bambino, senza occhiali, sporgeva da una buca con una smorfia divertita.

Marta rimase in silenzio.

A Margherita scese qualche lacrima, mentre tutti quei volti felici la incolpavano di essere triste.

Le gemelle irruppero nella stanza urlando all'unisono: «A tavolaaaaa!»

Dalla stanza di fronte uscì Marco sul suo monopattino e dietro di lui un ragazzo biondo, con i capelli dritti e in lotta fra di loro. Aveva una maglietta e un paio di bermuda. Era magro, occhi grigiastri come il mare di sera e lineamenti ancora infantili. Margherita lo osservava e lui accennò un sorriso, ma quando lei fece per presentarsi il ragazzo era già scappato via, le spalle inarcate in avanti e le braccia strette al corpo, nascoste nelle tasche quasi potessero entrarci per intero.

Sembrava una processione circense: le gemelle danzanti, Marco e il suo monopattino, Fabrizio con i capelli dritti, Marta e Margherita, la quale non sapeva come affrontare un pranzo come quello, con gli occhi ancora arrossati dal pianto. Chiese dov'era il bagno e cercò di nascondere le lacrime sciacquandosi il viso, ma niente macchia gli occhi come le lacrime.

Marina pronunciò la benedizione del pasto. Margherita si sentì in imbarazzo, e non sapendo cosa fare ripeté meccanicamente un amen alla fine. Mentre mangiavano Marina raccontava dello spettacolo per cui stava disegnando i costumi. L'ambientazione su un'isola le aveva ispirato mille idee, che avrebbero fatto assomigliare i vestiti a conchiglie, coralli, alghe, schiuma... Marta faceva domande a raffica: frequentava un corso di recitazione, e madre e figlia si contagiavano entusiasmandosi a vicenda.

Le gemelle lanciavano palline di pane nel bicchiere dei fratelli.

«Bimbe! Non si fa» le riprese la mamma, che un attimo dopo fece la stessa cosa, facendo canestro. E scoppiò a ridere.

Marco spiegava l'esperimento che stava portando avanti e infarciva il discorso di cose che nessuno sa, arrivando a sostenere che è impossibile starnutire con gli occhi aperti e che se provi a farlo rischi che gli occhi ti schizzino fuori dalle orbite.

Le gemelle si impressionarono e lanciarono gridolini toccandosi gli occhi chiusi.

Fabrizio rimaneva in silenzio e osservava tutto e tutti. Ogni tanto si soffermava su Margherita, per valutarne le reazioni.

«Come si chiamano i tuoi, Margherita?» chiese Marina.

«Eleonora e Alessandro.»

«E che cosa fanno?»

«Chi lo sa...»

Marta fece una smorfia alla mamma, che intuì che era meglio cambiare argomento.

«Perché oggi non venite a vedere le prove dello spettacolo?» chiese Marina.

«Dobbiamo studiare» rispose Marta.

«Sarebbe bello...» disse Margherita quasi tra sé e sé, rallegrandosi all'idea che quella donna potesse diventare sua madre anche per un solo pomeriggio. Non aveva mai visto sua madre al lavoro.

Mentre la discussione ferveva attorno alla legittima proprietà di una pallina rimbalzina contesa tra le gemelle, Fabrizio si alzò ad aprire la porta dietro alla quale era appena approdato il capofamiglia. Le gemelle scattarono giù dalle sedie, si aggrapparono alle gambe del padre e gli frugarono nelle tasche, dentro le quali si nascondeva una sorpresa per ciascuna, secondo un rito consolidato. Vi trovarono l'una un bracciale di clip colorate e l'altra un ombrellino di carta da aperitivo, e se ne scapparono a confrontare i loro tesori. Il padre di Marta si diresse verso la tavola e baciò la moglie.

«Oggi abbiamo con noi Margherita» spiegò Marina.

«È la mia compagna di banco» precisò Marta.

L'uomo, che aveva un bel paio di baffi, lunghi capelli neri e occhi marroni, tirò fuori la macchina fotografica dalla borsa che portava a tracolla. La teneva sempre con sé, come se fosse il suo secondo paio di occhi.

«Anche noi!» urlarono le gemelle come un essere a due teste.

Si lanciarono su Margherita, mentre Marta le cingeva le spalle. Marco e Fabrizio si tennero a distanza dalla posa.

Il padre di Marta scattò. Sorrise e andò a lavarsi le mani, mentre Marina gli riempiva il piatto.

«State sempre tutti insieme a pranzo?» chiese Margherita.

«Quando riusciamo. Non sempre è possibile, ma oggi era possibile» rispose Marina.

In quella famiglia la televisione non serviva: durante i pasti c'era sempre qualcuno che aveva da raccontare, litigare, ridere, piangere. Non servivano rumori di sottofondo a riempire i vuoti. Tutti erano costretti ad ascoltare e a guardare il mondo con gli occhi degli altri.

«Com'è andata oggi a scuola?» chiese il padre sedendosi.

«Io ho scoperto una cosa che nessuno sa» disse Marco.

«Ma va'...» disse l'uomo.

«Scommettiamo che non la sai?»

«Che cosa scommettiamo?»

«Un gelato!» rispose Marco.

«Sì, un gelato» si intromise Paola.

«Anche io!» rincarò Elisabetta.

Il padre annuì solenne. Margherita rise e non se ne accorse neanche.

«Le farfalle sentono i sapori con i piedi» disse sicuro il piccolo scienziato.

«Che schifo!» esclamò una delle gemelle, e Margherita non avrebbe saputo dire quale delle due.

Il padre rimase interdetto.

«Evvai!» urlò Marco, che sapeva di aver vinto per l'ennesima volta.

«E voi?» chiese rivolto a Marta e Margherita.

«Matematica, storia, disegno e scienze» elencò Marta.

«Ne è valsa la pena?» chiese il padre.

«No» rispose Marta, molto sicura di sé. «Niente di interessante, le solite cose che leggi sui libri anche da solo.»

Margherita rimase colpita da quella risposta, e insieme sollevata del fatto che Marta non avesse raccontato cos'era successo nell'ora di matematica.

«Tu, Margherita, cosa ami di più?» chiese il padre.

«Ballare!» risposero le gemelle come se la domanda fosse rivolta a loro. «Abbiamo ballato prima, è brava!»

Margherita rise: «Ma no, non sono brava...». Poi si rivolse all'uomo, in imbarazzo: «Non lo so».

«Non c'è niente che ti toglie il respiro? Che ti fa scoppiare il cuore di gioia? Sai quando ti vengono le lacrime e non sai neanche perché...» chiese Marina.

Margherita non capiva in che lingua parlassero in quella casa, ma le piaceva.

«Forse... se mio padre tornasse» rispose seria, in un eccesso di confidenza che non sapeva neppure da dove venisse.

Fabrizio sollevò lo sguardo e la fissò. Le gemelle non capirono. Marco rimase in silenzio, domandandosi se quella fosse una cosa degna di entrare nel novero della sua lista di misteri.

«Sai che oggi me le porto alle prove?!» esclamò Marina per sollevare Margherita da quella discussione, che diventava imbarazzante, a giudicare dagli occhi rossi che aveva.

«Appena arrivata e già rovinata... Mi spiace, Margherita...» disse il padre, spazzolando i suoi spaghetti.

«Possiamo venire anche noi?» chiesero le gemelle.

«Se vi comportate bene e fate i compiti» rispose il padre.

Marina lo guardò con un cenno di rimprovero, come se gli dicesse: "E come faccio?".

«Magari Fabrizio vi accompagna e sta lui con le gemelle...» disse il padre guardando il figlio dritto negli occhi.

«Va bene» acconsentì lui, e rapidamente il suo sguardo si posò su Margherita, quasi per sbaglio. Lei divenne rossa.

Marina se ne accorse e sorrise.

«E il gelato?» chiesero le gemelle in coro.

Il pomeriggio del professore si riempì di fantasmi, impossibili da scacciare. Come nel famoso quadro in cui don Chisciotte seduto nella camera urla e combatte contro le sue visioni cavalleresche, il professore nel tentativo di preparare la lezione dell'indomani lottava invano con parole simili a giganti: *matrimonio, figli, padre, famiglia*... Allora si mise in piedi sul letto con un libro in mano ripetendo ad alta voce versi che avrebbero dovuto riportare il caos all'ordine. Il campanello suonò e mandò in frantumi anche quel tentativo. Si avvicinò alla porta in silenzio e sbirciò dallo spioncino.

«Lo so che sei là dentro!» rimbombò una voce che sembrava in grado di sgretolare la porta.

Il professore si appiattì contro il muro nascondendo la faccia dentro l'*Odissea*.

«Apri, devo darti la posta. C'è una raccomandata da firmare» disse la voce.

Era un trucco, lo sapeva, ma doveva affrontare le sue Scilla e Cariddi, riunite in un solo mostro. La porta si aprì lentamente.

«Ragazzo, devi smetterla di fare il bambino. Ecco qui: un pacco di libri. Ho firmato io per te. Se hai i soldi per comprare tutti questi libri, perché non ne metti un po' da parte per l'affitto?» chiese in modo schietto ma affabile la signora Elvira Minerva, portinaia dai mille occhi e dalle mille bocche.

Il professore prese il pacco e l'adagiò sul letto. Lo accarezzò come un cucciolo.

«Da quanto non dai una sistemata qua dentro, ragazzo mio?» chiese la signora, costernata di fronte a quelle colonne di libri, vestiti abbandonati, posate e piatti sporchi. Aveva una testa di capelli tinti di rosso, occhi penetranti da civetta e mani screpolate dai detergenti con cui lavava le scale tutti i giorni.

Il professore si strinse nelle spalle.

«Tu hai bisogno di una moglie, ragazzo mio. Meno libri e più amore. Questo è quello di cui hai bisogno» disse la donna, poggiandogli una mano sulla spalla con fare materno.

Il professore crollò sul letto dopo quell'ennesimo richiamo della realtà. Si prese la testa tra le mani. Aveva lasciato Stella nel silenzio, era scappato senza dire nulla. E poi era scappato di nuovo, dopo il messaggio. Lei aspettava e forse non lo avrebbe aspettato per sempre. Senza lei si perdeva, ma lei voleva dei bambini. Non c'erano vie di mezzo? La vita è il più grande giallo mai scritto e a lui i gialli non erano mai piaciuti.

Elvira cominciò a mettere in ordine.

«Tu sai un sacco di cose, professore, ma a che ti servono se non sei felice?»

Il professore non rispose e prese ad aiutarla a scacciare le orde di fantasmi che scorrazzavano nel suo monolocale e nella sua anima.

Nonna Teresa fece il suo ingresso in cucina. Le sue mani bianche, solcate da vene azzurre e punteggiate da macchiette marroni, emanavano profumo di sapone alla lavanda, delicato ricordo di campagne assolate. Aveva un vestito nero, in segno di lutto, e lo indossava solo il giorno della settimana in cui Pietro era morto, così come di venerdì mangiava solo pesce. Gli altri giorni portava vestiti luminosi e colorati. Andrea stava disegnando e non vedeva l'ora che la nonna cominciasse a preparare un dolce per ammirarla. In quella cucina non c'erano mostri, ma profumi e colori, ingredienti buoni impastati da mani antiche e fogli bianchi riempiti da tratti infantili.

«Gioia mia, mi aiuti oggi?»

Andrea si illuminò e i suoi occhi si riempirono di entusiasmo.

«Che cosa prepariamo, nonna?»

La nonna rimase in silenzio e lo guardò seria, serissima, come se stesse per pronunciare la verità che avrebbe risolto il mistero della creazione del mondo:

«Torta di mele» disse solenne, sollevando le sue esili mani, che avevano impastato milioni di cose, come un maestro d'orchestra pronto a dare l'attacco di un'opera prima.

«Come si fa?» chiese Andrea.

«Quando ho aperto la mia pasticceria qui a Milano questo era il dolce più richiesto. Sceglievo le mele giuste, non troppo dure, ma un po' mature. La torta di mele ha un segreto, che solo pochi sanno.»

«Quale?»

«*I fimmini quarchi vota dìciunu u veru, ma nun lu dìciunu interu.*»

«Che?»

«Certe cose non si dicono ad alta voce, gioia mia. Si fanno e basta.»

Andrea la guardò in silenzio, in attesa di una sorta di mistero iniziatico, costellato da quelle frasi che la nonna ripeteva a intervalli regolari:

«Ogni dolce ha il suo segreto... Tutto sta nella pasta. Se sgarri la pasta il dolce *unn'arriniesce*, non viene. Siamo pronti?»

«Pronti!» rispose il nipote.

«Le mani!» disse seria la nonna.

Andrea corse in bagno e strofinò le mani con il sapone viola della nonna. Si presentò mostrando i palmi lindi e profumati.

Nonna Teresa cominciò a disporre gli ingredienti. Costruì un vulcano di farina e zucchero al centro del tavolo di marmo, mentre Andrea ne compattava i fianchi, perché non franassero.

«Uova.»

Andrea porgeva le uova una a una alla nonna, che con un tocco leggero, senza dire una parola, le incrinava e le spezzava sul monte di farina e zucchero, al centro del quale il tuorlo dell'uovo si depositava come lava nel cratere. Tutto era pronto: calò il silenzio. La nonna teneva le mani sospese sul vulcano. Andrea la imitò, pronto a partecipare al miracolo.

Nel silenzio la voce di nonna Teresa tuonò:

«Ora!», e tra le risa infilò le mani nel monte di farina, zucchero e uova, seguita da Andrea, che cominciò a impastare con forza e dolcezza allo stesso tempo, imitando il movimento sapiente della nonna:

«*Cu' sapi impastari sapi pure amari.*» Si fece seria e gli occhi le si inumidirono, rapiti da un ricordo improvviso. Andrea le credeva, anche senza capire. «Piano, piano, così...»

Nonna Teresa cominciò a cantare una canzone per dettare il ritmo ai movimenti delle mani.

«Che cosa canti?»

«Ogni dolce ha la sua pasta e ogni pasta ha la sua musica» spiegò la nonna. «Per ogni dolce occorre cantare la canzone giusta, questo è il segreto della pasta giusta. Ogni dolce è fatto di un canto.»

La nonna cantava con una voce profonda, che non corrispondeva al tono sottile della sua parlata. Il canto sembrava sgorgare da un luogo lontano, come un fiume che arriva al mare carico di detriti e ha già visto e toccato tutto, dal cielo sino al mare.

Andrea in silenzio ascoltava quelle parole magiche, mentre le sue mani affondavano nell'impasto e sembrava che il mondo fosse un caos da cui può nascere solo ordine, grazie al lavoro delle mani.

«*U Signuruzzu i cosi i fici dritte, vinni u diavulu e i sturcìu.*»

«Che vuol dire?»

«Niente, niente...»

«Nonna Teresa, di che colore aveva gli occhi nonno Pietro?» chiese Andrea, che non aveva conosciuto il nonno e sapeva che effetto avrebbe avuto quella domanda.

La nonna si illuminò.

«*Era bieddu... ch'era bieddu!*» sospirò.

E cominciò a raccontare che aveva grandi occhi neri che non distinguevi l'iride dalla pupilla, e i baffi neri, eleganti. Era stato in guerra e le aveva chiesto di sposarla durante una licenza in cui si era procurato una malattia al fegato mangiando quindici uova di seguito, pur di essere rimandato a casa e poterle dichiarare le sue intenzioni. Faceva sul serio. Ricordava ogni dettaglio di lui, che con la faccia gialla e i crampi diceva, mezzo inginocchiato: «Signorina Teresa, vinco la guerra e la sposo».

La guerra non l'aveva vinta, ma l'aveva sposata, che era più importante.

«Era un maestro di scuola coltissimo. Mi leggeva i libri ad alta voce e mi insegnò pure a leggere.»

Le si inumidivano gli occhi, e Andrea rimaneva imbambolato a fissare il mistero di un amore che non finisce mai, anche quando sembra non esistere più. Lo incantava il viso della nonna Teresa, perduto nell'abbraccio dei ricordi. Ogni volta sembrava raccontare quelle storie per la prima volta.

Infornata la torta, Andrea le chiese di raccontare una delle sue fiabe, una di quelle che Teresa aveva ascoltato nel giardino del fresco della vecchia casa gialla, con la vista sul mare, il profumo dei gelsomini e il rumore delle stelle. Quando non c'era la televisione e ci si annoiava di meno. Andrea amava quella terribile di Colapesce, mezzo uomo e mezzo pesce, che si immerse nello stretto di Messina e scoprì che la Sicilia poggiava su tre colonne. Ma una di esse stava per sgretolarsi, e lui era rimasto a sostenerla, in fondo al mare.

Andrea spalancava gli occhi incantato, l'anima si rallegrava e le immagini gli si incrostavano sul cuore come alghe sopra gli scogli. Così fanno le storie: rendono soffici gli spigoli delle cose e ti permettono di camminarci sopra.

Le storie della nonna finivano tutte con la stessa frase: «E vissero felici e contenti e noi qui a sfregarci i denti». In verità lei diceva *stricàrici*, perché chi racconta le storie inganna non solo il tempo, che passa più in fretta, ma anche la fame, che si dimentica ascoltando.

«Così è la mia isola...»

«Come?»

«Traballante.»

«Ma c'è Colapesce!»

«Speriamo che resista...»

«Quando ci andiamo a vedere la Sicilia, nonna?»

«Quando...» Non terminava mai la frase e guardava lontano, gli occhi persi nel passato, velati di malinconia.

Andrea, mentre la nonna raccontava, disegnava, ma per quelle storie i colori non gli bastavano mai.

«Nonna, mi compri la scatola con tutti i colori?»

«Quando sarai grande.»

«E quando è?»

«Quando sarà lo capirai da solo» disse la nonna assai seria, pensando al giorno in cui era accaduto a lei.

Personaggi e persone si mescolavano sul palco del teatro, sul quale gli attori della compagnia SenzArteNéParte davano vita alla *Tempesta* di Shakespeare. Seduti ai margini dell'assito c'erano Margherita e Marta, le due gemelle con il mento appoggiato alle mani come bambole in vetrina, e Fabrizio, conteso tra la scena e qualcos'altro che lo distraeva. Le gemelle ripetevano mormorando il finale delle battute. Marta riusciva a stento a trattenersi dall'entrare in scena. Anche lei faceva teatro e seguiva il corso organizzato da una piccola compagnia chiamata I Soliti Ignoti. Marina osservava attentamente i movimenti dei personaggi e seguiva i dialoghi per farsi venire nuove idee sui costumi.

Questo è il più strano labirinto che gli uomini abbiano mai percorso. E in quello che è accaduto c'è più di quanto non provenga dalla natura. Solo un oracolo potrebbe illuminare la nostra mente.

Così diceva un uomo brizzolato, con lo sguardo interrogativo rivolto al cielo. Indossava una maglietta nera su un paio di jeans e aveva i piedi nudi, tra un'immaginaria spiaggia e l'oscurità di una grotta soltanto sognata. Un ragazzo dai capelli biondi e lisci gli rispondeva, rassicurandolo:

Signore, mio sovrano, non tormentatevi pensando ancora alla stranezza di questi avvenimenti.

Margherita seguiva le parole con assoluta concentrazione e si sentiva anche lei smarrita nel più incerto dei labirinti, e chissà se davvero quelle svolte e quei corridoi l'avrebbero portata da qualche parte. Guardava i figli di Marina. Ognuno in quella famiglia faceva il tifo per l'altro, perché ciascuno fosse se stesso. Non aveva mai visto tanta libertà tutta insieme. A prima vista sembrava che ognuno si occupasse di una cosa diversa e percorresse sentieri solitari, ma in realtà recitavano tutti un unico copione. E non era importante quale parte ciascuno avesse ricevuto: il matto, il re, il soldato o il ladro... Ciascuno poteva essere quello che era. Ciò che era importante era *come* recitavano la loro parte, perché tutto lo spettacolo funzionasse.

Fabrizio studiava il profilo di Margherita senza farsi vedere. Teneva il volto girato verso gli attori, ma in modo tale che la semplice rotazione degli occhi gli permettesse di osservare la ragazza senza movimenti del corpo. Lei aveva orecchie piccole e un po' appuntite, nascoste dagli scurissimi capelli che le scendevano sulle spalle in mille rivoli. Le labbra erano color corallo, come il vestito confezionato da Marina, gli occhi di un verde uniforme e compatto ne facevano una creatura dei boschi. Le sopracciglia erano ben delineate, guizzanti ed eleganti insieme, e il naso piccolo dava simmetria a un viso la cui bellezza si sarebbe compiuta con il tempo. Un'ombra di tristezza la ricopriva tutta come un velo trasparente.

Non vedo l'ora di ascoltare la storia della vostra vita: certo sarà meravigliosa e strana.

Disse l'uomo brizzolato, e il giovane aprendo le mani con i palmi rivolti verso l'alto gli rispose:

La racconterò tutta. Intanto vi prometto mare sereno, venti favorevoli e un viaggio così rapido che vi permetterà di raggiungere la vostra flotta reale, ormai lontana.

Alla fine di quella battuta le gemelle applaudirono e gli attori si inchinarono verso di loro.

«La nostra mamma è la più brava quando fa i vestiti» disse Paola.

«La più bravissima» rincarò Elisabetta.

Tutti risero, anche Margherita, che voltandosi incrociò lo sguardo di Fabrizio.

Dopo le prove Marina riaccompagnò Margherita. In auto il suo umore cominciò a peggiorare al pensiero di quel che l'attendeva a casa: non aveva risposto alle chiamate della madre. Era ormai quasi ora di cena. Il mondo fuori si oscurava e la sera invitava al riposo, ma per Margherita si preparava una battaglia, che non aveva alcuna voglia di affrontare. Quando la madre aprì la porta ne uscì la furia della paura, del fallimento, dell'esasperazione, per abbattersi come una gelida bora sulla figlia.

«Dov'eri finita?»
«Da nessuna parte.»
«Da nessuna parte? E con chi eri?»
«Una compagna.»
«E chi è?»
«Marta.»
«Perché non mi hai risposto?»
«Non potevo.»
«Che vuol dire "non potevo"?»
«Ero alle prove teatrali.»
«Alle prove di che?»
«Non ho fatto niente di male.»
«E non potevi avvertirmi?»
«La mamma di Marta disegna e cuce costumi splendidi.»
«Perché non mi hai avvertito?»
«Non volevo che rovinassi tutto.»
Eleonora ebbe un sussulto e crollò seduta, frantumata da quella frase.
«Perché se n'è andato?» chiese Margherita.
«Non lo so.»
«Non lo sai? Nessuno sa mai niente!»
«Ho provato a chiamarlo... Nulla.»
Margherita vide sul volto della madre i segni dell'impotenza e dell'abbandono. Era molto più simile a lei di chiunque altro in quel momento. Avrebbe voluto abbracciarla, baciarla, accarezzarla, ma una forza cieca e senza tenerezza la bloccava.
«Dimmi la verità.»
«Non mi ama più.»
«E tu? Lo ami ancora?»
«Sì.»
«Allora perché lo hai fatto andar via?»
«Non mi ha chiesto il permesso...»
«Non lo amavi abbastanza. Se uno ha un tesoro, non lo perde. Se lo tiene stretto a tutti i costi: è questione di vita o di morte.»

«La colpa è mia adesso?»
«Sì, è tua.»

Eleonora appoggiò la testa sulle braccia incrociate e abbandonate sul tavolo, sul quale i piatti vuoti aspettavano di essere riempiti per una cena che non ci sarebbe stata.

Andrea entrò in cucina e trovò sua madre accovacciata sul proprio dolore. Le si avvicinò e l'abbracciò, poggiandole il viso tra i capelli, più o meno dove c'era un orecchio.

«Mamma, io ti voglio bene. Non ti lascerò mai. Tu sei la mia mamma più bella.»

Eleonora sollevò il viso e vide dinanzi a sé un disegno. C'era una donna che occupava tutta l'altezza di una casa. Un bambino e una bambina giocavano dentro la casa e la donna sulla soglia aspettava immobile, fronteggiando uno spazio vuoto, interrotto soltanto da qualche albero e un viale che si perdeva nel nulla sul margine destro.

Eleonora abbracciò il figlio e cercò di asciugare le lacrime perché non fossero troppo evidenti, ma una cadde sul foglio e creò una specie di aureola umida sulla donna in attesa. Il colore del dolore non poteva che essere quello. Adesso il disegno era perfetto.

Abbracciò il figlio e si perdonò di cercare la forza nell'unico uomo che le era rimasto.

Margherita si lasciava levigare dall'acqua della vasca da bagno, sperando che il calore facesse evaporare non solo le impurità che la vita quotidiana deposita sopra e sotto la pelle, ma la purificasse anche dal veleno più sottile che si era diffuso dentro di lei da quando aveva ascoltato le parole metalliche del padre. Immerse la testa. L'acqua sembrava composta non di idrogeno e di ossigeno, ma dei sentimenti intricati di quel giorno: vergogna, euforia, rabbia, paura.

L'acqua li amplificava e Margherita poteva guardarli uno a uno. Vide il volto rosso della prof di matematica che urlava alla bidella, il viso sorridente di Marta che le leggeva l'oroscopo, gli occhi luminosi delle gemelle, quelli misteriosi di Fabrizio e gli occhiali tondi di Marco, gli spaghetti di Marina e la macchina fotografica del marito, i gesti e le voci degli attori. Avrebbe voluto una famiglia come quella di Marta, che era apparsa proprio quando la sua andava in frantumi, come se la legge dell'equilibrio universale, per cui nulla si distrugge e tutto si trasforma, trovasse una conferma anche nelle vite delle famiglie. Le tornò in mente la voce della nonna: *A vita è nu filu*. La vita è un filo, no, peggio, la vita è un gomitolo aggrovigliato e inestricabile. Chi riesce a trovarne il bandolo è fortunato. Poi subentrò il volto pallido e magico di quel ragazzo dagli occhi freddi e magnetici, i suoi capelli neri e le sue labbra chiuse. Chissà cosa faceva e cosa pensava, chissà che libri leggeva, che tipo di ragazza gli piaceva, come muoveva le mani e come rideva e come masticava. D'un tratto a quel viso si sovrappose quello stanco della madre. Il tormento allora si impadronì di nuovo di lei, come se quello di sua madre fosse suo, come se il dolore di sua madre fosse lei stessa. L'acqua scivolava via su ciascuna di quelle immagini, senza riuscire a lavare l'anima dal dolore, senza riuscire a raggiungerlo. Mancava un volto. Lo cercò e lo vide vuoto, senza espressione, assente. Tolse il tappo e sarebbe voluta sparire dentro il mulinello della vasca insieme all'acqua sporca dei suoi sentimenti.

Rimase a fissare nello specchio le gocce che le scendevano lungo il corpo. Il suo corpo le apparve così com'era. Da quando il padre l'aveva abbandonata era come scorticata, riusciva a vedere la carne. Prima era troppo vicina a se stessa per vedersi. Ora il dolore aveva creato lo spazio per guardarsi, per cercarsi, per essere. Solo l'amore riesce a fare altrettanto.

Cominciò a ripetere ritmicamente:
«Io Margherita, io Margherita, io... Margherita.»
Con quella litania cercava di riportare la pelle a aderire all'anima, come tentano di chiudersi le valve della conchiglia quando il predatore fruga nella carne viva del mollusco.

Uscì dal bagno, nuda. Andò nella camera della madre, aprì le ante dell'armadio e ci si accoccolò dentro, mentre tutto il dolore le sgocciolava ancora addosso. Sapeva, meglio di Andrea, che in quell'angolo era rintanato un mostro che non aspettava altro che la sua solitudine. O quel mostro fatto di buio era lei stessa?

Il predatore l'aveva condotta in un luogo che non conosceva, una stanza buia dentro di lei, occupata da fantasmi e creature da incubo. Ma ora che c'era dentro scopriva che era un luogo confortevole, nascosto e quasi irraggiungibile. Da quella fessura poteva vedere tutte le cose belle che esistevano in lei, simili a un focolare che scaldava quella stanza in una notte d'inverno.

Avrebbe trovato amore in quel buio più di quanto ne avesse trovato nella luce fredda e ingannevole del mondo: poteva ancora fidarsi della vita, della vita che era in lei, e se qualcuno l'avesse raggiunta lì probabilmente l'avrebbe potuto chiamare Amore. Così simile al predatore nei modi eppure così diverso negli effetti. Un predatore misericordioso.

Addentò i vestiti di sua madre e vi urlò dentro i propri sensi di colpa, poi, sfinita, si addormentò nel grembo di legno.

VI

Eleonora, segnata da una notte senza riposo, si sollevò dal letto ma rimase a lungo seduta, cercando di ricordare cosa era accaduto e mettere a fuoco cosa l'aspettava. Quando vide i profili delle macerie che la notte aveva celato per qualche ora, si decise a scalarle sperando in un panorama nuovo, probabilmente deludente, ma almeno diverso: lo doveva ai suoi figli e soprattutto lo doveva a se stessa. Si diresse verso l'armadio in cerca della vestaglia. Quando lo aprì, trovò la figlia raggomitolata in un angolo.

Dormiva. Avevano dormito vicine.

Si chinò e la accarezzò. Margherita, ancora incosciente, abbracciò il collo della madre come quando era bambina e la mamma la tirava su dal letto per farla alzare. A fatica riuscì a trascinarla in braccio sul letto. Sentì gli spigoli delle ossa che si erano fatti più vivi. Margherita non mollò la presa attorno al collo della madre, quasi che il sonno che ancora non la aveva abbandonata la rendesse autentica e incapace di mentire, come i sogni.

«Vorrei rimanere a casa» sussurrò all'orecchio della madre, che la baciò e la adagiò sul letto matrimoniale. Il sonno riacciuffò la ragazza rapidamente, difesa provvisoria e insufficiente contro gli spigoli che sfregiano continuamente la pelle troppo tenera della vita.

«Anche io» disse sua madre, senza che nessuno la potesse sentire.

Nel frattempo la luce dilagava. Giulio attese Margherita inutilmente. Gli sarebbe bastato vederla per sapere che la sua vita poteva ancora anelare a ordine e bellezza. All'intervallo la cercò invano e nel suo petto iniziò a farsi strada un sentimento strano, forse perché nuovo: l'incompiutezza, o come la chiama la gente, la nostalgia. Poteva esserle accaduto qualcosa, o forse stava facendo qualcosa a cui in qualche modo lui avrebbe avuto diritto di assistere, invece di perdere tempo con le battute di un copione che non aveva scritto. La solitudine era la sua sicurezza, ma adesso non aveva voglia di stare solo: voleva vederla, conoscerla, toccarla. Ma lei non comparve.

La classe si affacciava su un lungo balcone il cui accesso era vietato agli alunni, come ribadiva la ringhiera che copriva per metà la portafinestra. Ma le regole non lo riguardavano. Attraversando il lungo balcone cadente, con il pavimento di mattonelle di cotto arse e screpolate, si rifugiò sulle tegole del tetto della scuola e si accese una sigaretta.

Il profilo della città era irto di tetti, camini spenti, antenne e giardini. Giardini. C'erano tetti occupati da improvvise oasi, boschi in miniatura, esplosioni di vita in mezzo al cemento. I palazzi sembravano alberi di pietra con una chioma in cima. Avrebbe voluto abitare in un attico così, che guarda dritto il cielo e finge che l'età delle foreste non sia mai cessata ed esistano ancora cose non costruite dalle mani degli uomini. "Bellezza e libertà sono sufficienti per vivere" avrebbe detto uno dei suoi eroi, Alex Supertramp, quando, perso nelle terre estreme, sapeva farsi bastare davvero quelle due cose, senza bisogno delle menzogne e della cattiveria delle persone, rifugiato in un bus al capolinea tra i ghiacci puri dell'Alaska.

Se avesse avuto una terrazza come quella ci avrebbe piantato un grande albero, le cui radici a poco a poco si sarebbero impadronite dei piani sottostanti. Avrebbe voluto arrampicarsi sulla cima di quell'albero e guardare da lì il mondo intero e lasciarsi investire dalle correnti che si agitano sopra tutto e tutti. Avrebbe voluto una casa di pareti solide e non corrose da muffa e tempo. Avrebbe voluto che il mondo fosse un posto ospitale e che la bellezza gli fosse concessa una volta per tutte. Avrebbe voluto qualcuno accanto.

Rimase sul tetto fino allo squillo monotono dell'ultima campana. Nessuno lo cercò, a parte il vento. La sua libertà era essere ignorato. Prese un quaderno nero che teneva sempre in tasca, cercò una pagina che conosceva bene e lesse:

"Oh voi, venti leggeri del sud e dell'est, / voi che vi unite per giocare / e accarezzarvi sopra il mio capo, affrettatevi, / correte sull'altra isola! / Là troverete, seduta all'ombra / del suo albero preferito, / colei che mi ha abbandonato. / Ditele che mi avete visto in lacrime." Erano versi che scriveva di nascosto. E di cui si vergognava.

Spense l'ultima sigaretta dopo averne aspirato anche il filtro, chiedendosi se essere scontento voglia dire essere uomo. Aprì le braccia sul tetto macchiato di licheni bruciati e sperò che almeno un pezzo di quel cielo potesse entrargli dentro e farsi spazio e durare.

«Come stai?» chiese Marta con una voce incerta all'altro capo del telefono mentre la luce del sole cominciava a indietreggiare, vinta dall'avanzare delicato e inesorabile del buio autunnale.

«Così» rispose Margherita. «Cosa dobbiamo fare per domani?»

«Il prof di italiano e latino è pazzo! Parlava strano più del solito. Ci ha fatto scoprire un sacco di parole che vengono dal latino e che usiamo senza saperlo, tipo i giorni della settimana. Per esempio: lo sai che mercoledì si chiama così perché era il giorno dedicato a Mercurio, il lunedì alla Luna, il martedì a Marte...»

«Sai che spasso... Tanto i giorni a scuola sono tutti uguali lo stesso, anche se gli cambi il nome...»

«E poi ci ha spiegato che cosa vuol dire *intelligente*!» disse Marta tentando di scalfire il muro alzato da Margherita.

«Mmm...» mugugnò Margherita fingendo interesse.

«Viene da *intus* più *legere*: "leggere dentro". La persona intelligente è quella che sa guardare dentro le cose, dentro le persone, dentro i fatti. Diceva che non è questione di fare tante esperienze, ma di sapere cogliere il succo di quelle che si fanno» spiegò Marta.

«Ah...»

«E poi pensa che persino Juventus, la squadra di calcio, è un nome latino che vuol dire "gioventù". I maschi erano esaltati e alcuni hanno chiesto se anche Inter e Milan venissero dal latino...»

«E per domani?» chiese Margherita.

«Dobbiamo scoprire l'origine di alcune parole. Te le detto?»

«Dimmi.»

«Allora: *cattivo, compagno, libero, foresta, classe, studio, ozio*... e poi...»

«E poi?»

«Dobbiamo imparare a memoria la prima declinazione: *rosa, rosae*.»

«Prima che?»

«Lo capirai dal libro. Se vuoi poi ti spiego.»

«E basta?»

«Sì, però ricordati di portare l'*Odissea* perché da domani cominciamo a leggerla. Ha distribuito i personaggi e bisogna preparare la lettura ad alta voce. Dice che così si impara a sentire la voce dei personaggi, e attraverso la voce il loro cuore. È vero, un po' come a teatro. A me sto prof piace perché ci crede... ha passione... Io devo fare Penelope, la moglie di Ulisse. Sono emozionatissima, adesso vado a prepararmi!»

«Ah... Io devo fare qualcosa?» chiese Margherita allarmata.

«No, però ha detto che a turno capiterà a tutti e che valuterà il modo in cui leggiamo, per questo dobbiamo prepararci a casa.»

«Ah...» rispose Margherita, che aveva cominciato ad attorcigliare i capelli attorno al dito, nervosamente.

«Oggi ho visto un ragazzo bellissimo a scuola» esplose Marta.

«Ah...» rispose Margherita.

«Aveva gli occhi azzurri, chiarissimi, quasi trasparenti. I capelli neri, lunghi sulla fronte... Bellissimo.» Stava per citare il suo oroscopo, che prometteva grandi incontri amorosi, ma si trattenne per non rinnovare brutti ricordi.

Margherita ripensò al ragazzo che aveva incontrato nel bagno, ma rimase in silenzio.

«Ti va di uscire più tardi?» chiese Marta.

«Devo studiare... Se faccio in tempo ti chiamo» rispose Margherita anziché dire no.

«Ok.»

«Ok... Allora a domani» disse rivelando i suoi veri pensieri.

«... a domani...» rispose Marta, «... o a più tardi, se ci ripensi. Ah... ti salutano le gemelle e chiedono quando torni a ballare.»

«Presto. Ciao.»

«Ciao.»

Margherita prese libri e vocabolario di latino. Stava per scrivere sulla prima pagina del quaderno il suo nome e cognome, ma poi si accontentò di scrivere solo: *Cose morte*.

Eleonora aspettava di parlare con Gabriella, la maestra di Andrea, una donna più giovane di lei, con lo sguardo da personaggio di un libro fantasy. Aveva intenzione di spiegarle cosa stava succedendo a casa.

Gabriella la accolse con un sorriso soddisfatto e andò a rovistare tra i fogli da disegno accatastati su un tavolo. L'ambiente era colorato e luminoso, fatto per creare. La maestra tornò con un foglio in mano.

«Andrea passa la maggior parte del tempo a disegnare. Si diverte a rappresentare i personaggi delle storie che racconto, li mescola e li immagina in situazioni nuove: il rospo e l'asino, la farfalla e la volpe... Disegna in modo diverso dagli altri bambini, sembra capace di disegnare ciò che lega le cose tra loro» spiegò la maestra, con un sorriso orgoglioso.

Eleonora annuiva, ma aveva paura che Andrea potesse usare quella capacità per provare a colmare un'assenza. Cercava il momento per dire alla maestra ciò per cui era lì.

«C'è una cosa però che mi ha colpito e che volevo dirle. In questi giorni non ha giocato con gli altri bambini. È rimasto sempre a disegnare, in silenzio. Poi oggi ho dato un compito: disegnare un cielo stellato per rispondere alla domanda: *Di cosa sono fatte le stelle?* Ed ecco cosa ha fatto Andrea.» La maestra porse il disegno a Eleonora.

Eleonora fissò il foglio. C'erano dei cerchi concentrici, che si chiudevano in spirali su bianchissimi punti luminosi, e questi emergevano dal cielo come se fossero in rilievo rispetto al blu.

«Lo vede anche lei che c'è qualcosa di geniale?» disse la maestra studiando l'espressione stupita della madre. «Sa come lo ha disegnato?»

Eleonora scosse il capo.

«Tutti gli altri bambini hanno cominciato con le stelle: colori luminosi – giallo, arancione, verde, azzurro, rosa – come avrei fatto anche io, per poi immergere quei punti nel blu del cielo. Andrea invece ha cominciato dal blu e ogni tanto formava dei cerchi concentrici che lasciavano intatto un centro bianco, il bianco del foglio, di dimensioni diverse.»

Il disegno infatti appariva come un campo di punti luminosi e bianchi di diverse dimensioni che sgorgavano come una luce in fondo a un tunnel.

La maestra riprese: «Andrea stringeva le labbra, tirando fuori la punta della lingua, quando i cerchi di blu dovevano restringersi sino a lasciare un occhio bianco perfetto».

Eleonora sapeva che quella lingua in fuori, nei momenti di sforzo e concentrazione, l'aveva ereditata da suo padre: era sua compagna irrinunciabile in ogni attività manuale difficile. Per Andrea non erano le stelle a galleggiare nel buio, ma il buio a coprire, come una coperta bucherellata, un enorme spazio bianco di luce.

«Vede, Eleonora, i bambini dicono molto di più con la loro creatività che con le parole. Da come giocano si intuisce il loro atteggiamento nei confronti della vita» spiegò la maestra. Si trattava di una verità semplice: il modo in cui gli uomini fanno le cose rivela come vivono: da come fanno l'amore rivelano, più che con mille parole, come amano. Quando smettono di solito è perché non amano più.

Da tempo Eleonora non riusciva più a fare l'amore con suo marito, aveva fastidio che la toccasse e si ritraeva. L'anima si rintanava da qualche parte e il corpo non la seguiva. Dopo un po' suo marito aveva cominciato a non cercarla più. E quando lei gli si era avvicinata di nuovo, lui, che era sempre stato un amante dolce e appassionato, l'aveva allontanata.

La scena si era ripetuta e lei aveva cominciato a sospettare che dietro quella stanchezza del corpo ci fosse un'altra donna. Lei non era più bella, lei non era più sua.

Per qualche notte aveva preferito dormire sul divano. E aveva provato ribrezzo quando lui era tornato a cercarla, ma senza alcuna tenerezza e con una foga che li aveva lasciati più soli. Non erano usciti dai loro gusci di ferro per raggiungere insieme le stelle, ma avevano costruito un'altra cerchia di mura attorno ai loro cuori: facendo l'amore. Si era sentita falsa e ne aveva avuto paura. Si era sentita dominata, non amata. Lui sembrava aver avuto quello che voleva e non aveva sentito il bisogno di dirle neanche una parola. Poi quando lei aveva provato ad affrontare l'argomento, si era sottratto infastidito. Tra loro era calato un silenzio ostile e pieno di sensi di colpa. La pelle era divenuta un muro senza porte né finestre.

Il disegno di Andrea e le parole della maestra spingevano Eleonora a cercare il coraggio di affrontare ciò che aveva evitato quando sarebbe stato il momento, per paura, per fretta, per abitudine, per mancanza di parole vere. Il coraggio spesso arriva quando è troppo tardi, perché la paura impedisce di vedere oltre e spinge invece a cercare di controllare ciò che stiamo perdendo, perché è la soluzione più rapida, sicura e indolore.

Quando si accorse della mamma, Andrea si staccò da un gruppo di compagni con i quali stava parlottando. Indicando il disegno, la maestra gli chiese, con un gran sorriso:

«Di cosa sono fatte le stelle?»

«Di luce» rispose Andrea sicuro, senza neanche capire cosa stesse dicendo.

«E perché?» chiese la maestra, presa dall'entusiasmo.

Eleonora fissava il figlio, che la guardava in cerca di una risposta a una cosa che nessuno sa.

«Perché, Andrea?» domandò Eleonora con dolcezza.

«Perché la Terra è piena di buio.»

Le due donne rimasero in silenzio, poi Eleonora, perso il coraggio di parlare di ciò che aveva a cuore, disse al figlio di preparare la cartella e Andrea andò a recuperare l'album e l'astuccio.

Eleonora fece per restituire il disegno alla maestra.

«Lo tenga lei, signora» rispose Gabriella. «E se ha bisogno di qualcosa conti su di me.»

Eleonora le sorrise e gli occhi tradirono il desiderio

di abbracciare quella donna e piangere a dirotto, ma non ebbe il coraggio né dell'abbraccio né delle lacrime.

«Grazie.»

Prese la mano di Andrea e uscirono dalla scuola, mentre la maestra li guardava andar via, senza voltarsi.

Andrea disegnava per non piangere. Questo lo avrebbe reso un artista forse, ma quel che è certo è che lo avrebbe reso unico, perché là dove il dolore si nasconde cresce la madreperla della vita.

La luce pomeridiana attraverso le tende fresche filtrava cremosa e l'odore fumoso della città si mescolava ai fiori di settembre che Eleonora amava sistemare in vasi rettangolari sui davanzali, come aveva imparato dalla madre, con quei piccoli bastoni dritti che sostengono le piantine ancora deboli. Margherita percorreva il dizionario a caccia di etimologie. Quel compito di latino era più interessante del previsto e la distraeva da pensieri più cupi.

Cattivo: (dal lat. *captivus*: "prigioniero")...
Libero: (dal lat. *liber*: "figlio")...

Sembrava che tutto provenisse dal latino e che l'origine svelasse il contrario delle cose: i cattivi sono prigionieri e i figli sono liberi. Lei si sentiva prigioniera e per niente libera.

Foresta: (dal lat. *forum*: "porta", "ciò che sta fuori", da cui "forestiero, colui che viene da fuori, nemico")...

Margherita si perse in immagini dimenticate di boschi e foreste, in cui sepolta dalla vegetazione si nascondeva ogni minaccia: lupi, orchi e streghe, ruderi, catapecchie e stamberghe... Si immerse in quei pensieri selvatici. Chiunque l'avrebbe interpretata come la solita incapacità di concentrarsi dei quattordici anni, e invece era proprio il contrario. Era ciò su cui il cuore era concentrato che le rubava l'attenzione dalle distrazioni provocate dallo studio. Le distrazioni, quelle tradite da occhi persi nel nulla, sono in realtà le vere attenzioni, e quegli occhi che sembrano non guardare niente in realtà vedono tutto.

Si mise a cercare una parola che non era stata assegnata.

Felicità: (dal gr. *phuo*: "genero, produco", da cui il lat. *fertile*, *feto*: "stato di pienezza")...

Prese il cellulare e compose un numero.

«Pronto?»

«Nonna, sono Margherita.»

«Che fu?» Il passato remoto usato dalla nonna era quanto mai opportuno, almeno questa volta.

«Come stai?» chiese Margherita.

«Bene, gioia mia. E tu?»

«Che cosa ti diceva il nonno quando eri triste?»

«Mi portava a vedere il mare.»

«Perché?»

«*Biddizzi e dinari 'un si ponnu ammucciari.*»

«Che?»

«"Le cose belle non si possono nascondere." Il nonno diceva che la bellezza è l'unica cosa che ci ricorda che vale la pena.»

«E tu stavi meglio?»

«Sì: davanti al mare e accanto a lui... Il mare se ne stava sempre lì, bello quieto, fermo ad aspettare e a ripetere che tutto andava bene. Poi tuo nonno cercava qualcosa che la corrente aveva lasciato sulla spiaggia tra le alghe seccate dal sole, come un regalo. Mi faceva chiudere gli occhi, lo posava dentro alla mia mano e toccandolo io dovevo capire non solo cosa fosse, ma che cosa provasse lui per me, come fosse *ammucciatu* dentro quella cosa.»

«Cioè?»

«Una volta mi regalò un sasso rotondo e liscio. Era il suo affetto semplice, senza sorprese, solido... Un'altra mi mise in mano un ciottolo di vetro colorato, di quelli allisciati dal mare...»

«E cosa significava?»

«Forse che anche le cose taglienti con il tempo si addolciscono, che l'amore rende anche un pezzo di bottiglia una pietra preziosa e che io stavo facendo questo con lui.»

«Perché "forse"?»

«Perché lui non mi spiegava il significato. Mi abbracciava, mi baciava... Era passionale...»

Silenzio ai due capi del telefono. La nonna si perdeva nel ricordo, Margherita nella speranza.

«Ah, *picciridda* mia! Quanta vita c'era in quell'amore. Una vita grandissima... Era come il pane fatto in casa, non finiva mai. Ci amavamo e non ci stancavamo mai *com'u mari...*»

«Nonna, anche io lo voglio un amore così...»

«Lo avrai, gioia mia. Lo avrai...»

«Sei sicura?»

«Sono sicurissima. Quando vieni a trovarmi, che c'ho la ricotta per i cannoli?»

«Presto.»

«Ciao, amore mio, gioia mia.»

Nonna Teresa diceva le cose senza paura, così come stavano, anche al telefono. Aveva la sincerità schietta di ciò che è antico e forte: il mare, gli scogli, il sole e i proverbi.

Margherita tornò alla sua grammatica latina e cominciò a leggere ad alta voce:

«*Rosa, rosae, rosae...*»

Immaginò di avere in mano il gambo spinoso di una rosa. Lei non poteva vederne i petali disposti secondo il canone delicato e ferreo della proporzione divina che hanno le cose più belle in natura. Sentiva solo le spine, mentre continuava a cantilenare:

«*Rosae, rosarum, rosis...*»

Solo le spine.

Il telefono squillò.

Eleonora sperava fosse lui. Aveva provato a chiamarlo, ma o aveva trovato staccato o lui non aveva risposto. Dove si era cacciato? E con chi? E se stava male e non aveva il coraggio di dirglielo? Allo studio non se la sentiva di telefonare. Temeva il proprio imbarazzo con la segretaria o il praticante. Lui non rispondeva mai. Se era da solo, lasciava scattare la segreteria telefonica.

«Pronto.»

«Buonasera, sono Marina, la mamma di Marta, la compagna di Margherita.»

«Buonasera, sono Eleonora, la mamma di Margherita.»

«Marta mi ha detto che oggi Margherita non era a scuola. L'altro giorno è stata da noi e non vorrei che qualcosa le avesse fatto male...»

«No, no. Non si sentiva bene. Grazie.»

«Sarebbe bello conoscersi, Margherita è una ragazzina stupenda! Tutti l'hanno presa subito in simpatia. Soprattutto le gemelle ballerine...»

«Chi?»

«Ah, scusa. Ci diamo del tu? Le gemelle sono le mie due piccole, che passano le giornate a ballare, sarà perché sono cresciute a contatto con il mio lavoro, sai, faccio la costumista. E, ti dicevo, le mie gemelle, Paola e Elisabetta... Elisabetta è uscita prima quindi è più grande... insomma, hanno coinvolto tua figlia nelle loro coreografie.»

«Capisco» rispose Eleonora, travolta da quell'entusiasmo caotico.

«Bene. Allora spero che ci incontreremo presto. E... volevo chiederti un'altra cosa... pensi che a Margherita possa piacere fare un corso di teatro insieme a Marta? Tua figlia ha degli occhi meravigliosi, con quegli occhi è perfetta per recitare.»

«Be', non so... Siamo all'inizio dell'anno. Deve studiare e non vorrei avesse troppe distrazioni...»

«Mi sembra giusto, però pensaci. Si divertirebbero insieme.»

«Bene, grazie per la telefonata.»

«Scusami, Eleonora. Un'ultima cosa. Non ha mangiato quasi nulla. Forse non le piacevano gli spaghetti o forse stava già un po' male...»

«Non credo.»

«Marta mi ha raccontato che Margherita ha vomitato in classe. Allora credevo che le due cose fossero collegate. Ma sai, preoccupazioni di mamme...»

«Come? Ha vomitato? Ma... non mi ha detto nulla!» esclamò Eleonora, e la sua voce tradiva lo sgomento di una madre che sente la figlia sfuggirle proprio quando ha più bisogno di aiuto.

«Forse voleva evitare che ti preoccupassi.»

«Be'... può darsi» rispose Eleonora senza troppa convinzione. «Comunque grazie di tutto. E anche per la telefonata.»

«Arrivederci, Eleonora, e complimenti per la tua bellissima figlia, devi essere bellissima anche tu.»

Eleonora rimase in silenzio per un secondo, che al telefono è un secolo, poi concluse:

«Grazie.»

Dopo aver appeso, Eleonora si diresse in camera di Margherita. Stava coricata sul letto, con un libro abbandonato sulla pancia e scrutava il soffitto, neanche fosse un cielo stellato.

«Hai finito i compiti?»

«Sì.»

«Come stai?»

«Bene.»

«Vuoi qualcosa da mangiare?»

«No.»

«Ma sei stata male a scuola?»

«No.»

«Oggi hai mangiato quello che ti avevo preparato?»

«Sì.»

«Ti serve qualcosa?»

«No.»

Eleonora si ritrasse come qualcuno che ha sbagliato porta. Andò in cucina, aprì il cestino dei rifiuti e vide in cima il pranzo che aveva lasciato pronto per la figlia, intatto.

Seduto di fronte allo schermo il professore aggiustava il curriculum. Era alla ricerca di qualche lavoro per arrotondare: traduzioni, collaborazioni con una casa editrice... Fissava le frasi che si susseguivano sotto il suo nome e cognome in grassetto e il suo viso nella foto, sorridente e sbarbato: data di nascita, di laurea, di abilitazione, domicilio e residenza, stato civile, precedenti esperienze di lavoro, lingue conosciute, appartenenza a circoli culturali, premi di poesia vinti e pubblicazioni varie... Davanti a lui, sotto la sua foto con gli occhi ben aperti e un sorriso da fare invidia al futuro, c'era la radiografia della sua vita condensata in due fogli appena.

Ma per dirsi completo, il suo curriculum avrebbe meritato almeno una pagina per ogni anno di vita e per alcuni anni forse una pagina e mezza, come l'anno della maturità, come l'anno dell'incidente... Al posto di quel domicilio e di quella residenza avrebbe dovuto e voluto elencare i paesaggi che aveva visto e toccato con i ricordi annessi: città, paesi, colline, montagne, laghi, fiumi, mari. Quelli erano i suoi indirizzi. Se avesse potuto, avrebbe indicato Dante come padre ed Emily Dickinson come madre. La via in cui abitava l'avrebbe sostituita con tutte le strade che aveva calcato, anche quelle senza nome ma che ricordava bene. Aveva stilato l'elenco dei propri risultati, o meglio dei risultati che altri avevano certificato, ma quel che pensava lui del mondo, degli altri, della felicità e dell'amore, dove poteva inserirlo? E poi dov'era lo spazio per gli amici? E quello per i sogni? E per i dolori? E soprattutto dove si raccontava del tempo trascorso con Stella? Quel *celibe* alla voce "stato civile" era una menzogna in piena regola. Avrebbe avuto bisogno di pagine per raccontare di lei, dei suoi occhi, delle sue labbra, del suo abito da sera acquamarina, del suo profumo, dei suoi capelli. Avrebbe avuto bisogno di pagine bianche per dire che non la sapeva amare e che aveva paura di sposarla. Come fossero cose che non contano nell'affidabilità di un uomo.

Quello che aveva davanti era il suo prezzo, non il suo valore. Il numero di scarpe e non la terra calpestata con quelle suole.

Cancellò tutto, anche il nome e cognome. Lasciò solo la foto e ci scrisse sotto le parole di un poeta che neanche ricordava:

Ogni albero è solo sé,
ogni fiore sé soltanto.

Quando cliccò per salvare, la luce fredda dello schermo illuminò gli occhi pieni di rabbia. Si alzò e uscì a cercare salvezza altrove.

Inforcò la bici, selezionò la playlist di audio-libri sul suo iPod. Approfittava dei tratti in bici per ascoltare i classici che aveva già letto. Ascoltare parole che amava lo aiutava a guardare meglio le cose, ad avere più domande sulle persone. Incrociare il volto di una giovane donna sorridente mentre sentiva la descrizione di Kitty innamorata di Lévin rendeva quel volto più comprensibile. La strenua caccia alla balena di Achab faceva di un uomo di ritorno dal lavoro e della sua stanchezza uno sforzo metafisico. I versi di Dante rendevano la città un regno dell'aldilà, in cui uomini redenti si mischiavano a uomini dannati. Le parole dei grandi scrittori affinavano i suoi sensi e costruivano un significato ulteriore, magnificavano l'ordinario strappandolo alla sua routine, trasformavano in poesia la prosa quotidiana.

La città era piena di storie, le storie sono il curriculum delle cose e delle persone, quello vero. Dov'era finito il fuoco intorno a cui gli uomini e le donne si scambiavano la memoria e si salvavano dalla noia e dall'anonimato? Dov'erano finite le storie che aiutavano i bambini a non avere paura della morte, del dolore, del sangue, dell'aldilà? Ora era la tv a raccontare storie, che però non duravano più del tempo speso per raccontarle.

Il professore fu ferito da un'inspiegabile nostalgia per le vite delle persone che incrociava. Chissà cosa avrebbero potuto raccontargli quella donna struccata e con i capelli in disordine, quel ragazzo con lo sguardo perso nel vuoto e quel bambino con gli occhi pieni di sua madre...

La letteratura lo costringeva a origliare se stesso, come se dentro di lui ci fosse una porta dietro la quale qualcuno bisbigliava segreti che lo riguardavano. E questa stessa porta voleva farla scoprire ai suoi alunni. Strapparli dal vagare dei pensieri superficiali, dai pensieri dettati da effimere reazioni emotive, per costruire un luogo, una stanza, dove il sussurro di se stessi diventa percepibile, come il mare nelle conchiglie. Ma solo la bellezza sa trovare la strada per condurti per mano in quel luogo dove parli con te stesso e ascolti te stesso. La letteratura ti costringe a dare del tu ai tuoi pensieri e a scoprire se sono veramente tuoi.

Anche gli occhi di Stella lo costringevano allo stesso viaggio. Aveva ragione lei: quanto era cambiato da quando l'aveva incontrata! Aveva imparato ad accostare i colori dei vestiti e a prendersi più cura della propria salute. Ma soprattutto finalmente si era potuto permettere le proprie insicurezze: lei non solo le tollerava, ma le coccolava. Ora però proprio quelle insicurezze la stavano allontanando, e Stella sembrava diversa. In quegli occhi era comparso qualcosa che lui non conosceva. Stavano così bene come stavano, che fretta c'era? Che bisogno c'era di cambiare tutto adesso, che aveva già mille problemi? Quando avrebbe avuto la cattedra a tempo indeterminato, allora sì, sarebbe cambiato tutto, avrebbe potuto amarla davvero in una casa tutta nuova. E se lei nel frattempo lo avesse lasciato? Diede una pedalata più forte e svoltò in una strada contromano. Ripensò al messaggio di Stella e questo gli diede ancora più forza e determinazione. Questa volta ce l'avrebbe fatta. I pedali lo portarono sotto casa di lei. Senza scendere dalla bici suonò al citofono.

«Sì?» rispose una voce squillante.

«Con un nome io non so come dirti chi sono» rispose lui ripetendo versi noti a entrambi.

Nessuna risposta dall'altro lato, ma un respiro sospeso tra rabbia e desiderio.

«Ti chiedo scusa» disse il professore.

Silenzio ancora, poi emersero parole che riprendevano il filo del gioco interrotto:

«Come sei potuto venire qui, dimmi, e perché? I muri del giardino sono difficili da scalare...»

Il professore sorrise e rispose:

«Non ci sono limiti di pietra che possano vietare il passo ad amore: ciò che amore può fare, amore osa tentarlo...»

Silenzio. Qualcosa si spezzò nel gioco e la voce si fece fredda:

«Dimostramelo, le parole non bastano. Neanche quelle belle. Non è la poesia a fare un amore, prof, ma il contrario!»

Il professore rimase in silenzio e si rese conto ancora una volta della incongruenza tra i suoi pensieri e la realtà.

Diede una spinta ai pedali sperando di lasciare a terra il suo dolore. Ma quello ti si attacca addosso come l'ombra, anche se voli via.

«Ci sei?» chiese la bocca inespressiva del citofono.

Il professore non c'era, era scappato. Pedalava senza meta, innamorato pazzo di Stella, ma incapace di amarla.

Giulio rientrò tra le mura anonime della casa dove dormiva. Non c'era una famiglia ad aspettarlo, ma un gruppo di ragazzi come lui e le persone che lavoravano lì: assistenti sociali, qualche volontario, uno psicologo e un dottore. Lui ci tornava solo perché c'era una dottoressa capace di ascoltarlo e di fargli sentire meno dolore, anche se lui si vergognava di ammetterlo. Lei aveva i capelli neri, gli occhi verdi e azzurri insieme, a seconda della luce. Era così, lei non faceva il suo lavoro e basta, come gli altri, ma qualcosa in più.

A quell'ora la casa-famiglia era piuttosto animata: c'era chi si dava da fare per la cena, chi giocava a carte e chi alla PlayStation. Inutile sperare che lo lasciassero in pace, ma perlomeno non c'era ombra della cicciona che lo teneva delle ore a raccontargli i fatti suoi, come se non ne avesse abbastanza dei propri.

«Ehi, Poeta, ma dov'eri finito?» gli chiese un ragazzo brufoloso impegnato in una mano di poker. Da quando avevano trovato il quaderno con i suoi versi lo chiamavano così.

Giulio non lo degnò di uno sguardo. Quando entrava in quel luogo diventava una fortezza inespugnabile, non parlava mai con nessuno. Solo con la dottoressa, i giorni in cui era lì, e quello era uno dei suoi pomeriggi.

Un volontario, Filippo, soprannominato Franky per un cavolo di dj che gli piaceva quando aveva la loro età, gli si accostò.

«Ciao, Giulio, come va?»

Giulio non rispose, e chiese:

«La dottoressa?»

«È dovuta andare via prima.»

Giulio non reagì.

«Sigaretta?» propose il volontario, in cerca di un varco.

Fece cenno di sì, le mani di Filippo sembravano sincere. Il volontario gliela porse e lo invitò ad andare fuori sul balcone, per fumare insieme. Giulio lo seguì, e non appena quello gli accese la sigaretta, si voltò dall'altra parte e cominciò a fumare guardando la strada, da solo.

Filippo fumava e ogni tanto voltava la testa alla ricerca di un contatto, almeno visivo. Giulio non lo considerava e lasciava che il fumo gli riempisse i polmoni e quietasse la frustrazione per l'assenza della dottoressa. E poi gli occhi di quella ragazza non lo lasciavano in pace.

«Se io fossi il genio della lampada che cosa mi chiederesti, Giulio?»

«Di stare zitto.»

Rimasero in silenzio per alcuni tiri, Filippo non si smontò.

«Perché la dottoressa è andata via prima?» chiese Giulio.

«Ha detto che aveva un impegno.»

«Che impegno?»

«Non lo so. È venuta a prenderla il suo fidanzato. Credo che siano alle prese con i preparativi per il matrimonio...»

Giulio rimase in silenzio e il ghiaccio nel cuore divenne più duro. Strinse i denti e le mascelle, poi lanciò la sigaretta fumata solo a metà, che precipitò in scintille inghiottite dal vuoto. Anche lui sparì.

Filippo restò lì, in silenzio, a guardare la città degli uomini che scivolava nel crepuscolo.

Durante la cena Margherita non disse nulla, né toccò nulla.

«Stai male?»

«No.»

«Perché non mangi?»

«Non ho fame.»

«Non hai mangiato nulla neanche a pranzo.»

«Non è vero.»

«È tutto nella spazzatura.»

«Non ci riesco.»

«Perché?»

«Mi viene da vomitare. Non decido io.»

«Ti va qualcos'altro?»

«Perché se n'è andato?»

«Non lo so. Non risponde.»

Margherita si alzò da tavola. Fece due passi ma subito ebbe un capogiro e crollò per terra. Non mangiava da più di ventiquattro ore. Eleonora si lanciò sulla figlia, che era cosciente, ma aveva gli occhi sperduti e impauriti.

«Figlia mia» disse tenendole la testa stretta al petto. «Figlia mia.»

Il buio inghiottiva tutte le ombre che la luce aveva meticolosamente disegnato durante il giorno e risputava gli uomini sotto forma di spaventapasseri. Una finestra della scuola si aprì e una figura strisciò dentro come fanno le lucertole nei buchi.

La scuola, così viva durante il giorno, sembrava un cimitero in cui erano seppellite le inutili fatiche di studenti e professori. Tutto taceva, immobile. Il corridoio era una macchia uniforme, a parte le sottili ferite di luce che dalla strada penetravano nelle aule. Assomigliava a una pista d'atterraggio. Il pavimento puzzava di ammoniaca.

Entrò nell'aula, si sedette al suo banco. Fissando la lavagna si domandava come potesse sprecare tanto tempo in quella stanza, che al buio rivelava ancor più impietosamente il proprio squallore. Sulle pareti si intuivano i profili sfilacciati delle cartine geografiche dell'Oceania e dell'America, la vecchia lavagna di grafite era più buia del buio della stanza, capace di inghiottire e vanificare ogni sforzo umano. Alla sua età c'era gente che aveva viaggiato verso quei continenti appena scoperti, rischiando la vita, e lui invece se ne stava lì a marcire fra quattro mure scalcinate.

Su tutto c'era uno strato di polvere, abbandono, sporcizia: nascosti dalle tenebre, ma percepibili al tatto. Una sottile patina di gesso scivolato da lavagne e cancellini copriva banchi e sedie simili alle macerie di un terremoto. Questo è la scuola.

Quella coltre di polvere gessosa doveva essere lavata. Era un'esigenza di pulizia, ma soprattutto di verità.

Senza rumore, con lentezza rituale, Giulio si diresse al bagno del secondo piano, tappò gli scarichi e aprì i rubinetti. Poi fece lo stesso al primo piano e al piano terra. Rimaneva un momento a contemplare l'acqua che usciva copiosa dai rubinetti e presto avrebbe invaso i bagni, i corridoi, e sarebbe precipitata lungo la tromba delle scale in una cascata purificatrice. Era ora di prendersi una vacanza. Nel silenzio della notte si udiva solo lo scrosciare dell'acqua come vetri che si frantumano dolcemente.

Strisciò lungo la finestra da cui era entrato. Era nascosta dietro i vecchi scaffali della biblioteca, e nessuno la usava tranne lui, che puntualmente vi entrava per rubare un libro da leggere quando si rifugiava sul tetto della scuola: afferrò al volo un volume dalla sezione di storia dedicata a conquiste e pirati. Si era fatto una biblioteca niente male. Chiuse le imposte in modo da dare l'impressione che quella finestra non avesse mai smesso di sbarrare l'ingresso al mondo fuori, come ogni finestra di ogni scuola che si rispetti. Lui era l'angelo viaggiatore tra i due mondi, li metteva in comunicazione e li salvava entrambi.

In strada non c'era nessuno. Nessuno poteva scorgere il suo ghigno soddisfatto.

La bicicletta nera del professore, che vagava ancora senza meta, come se nessuno la conducesse, gli passò a fianco. Non si riconobbero, perché la notte li nascondeva l'uno all'altro. Sarebbe bastata un po' di luce perché vedessero l'uno sul volto dell'altro la stessa debolezza e la stessa rabbia. E magari si sarebbero dati una mano per spezzare il guscio della loro solitudine. Ma la luce quando serve non c'è mai.

Eleonora scorreva meccanicamente la rubrica del cellulare per cercare qualcuno con cui sfogarsi e a cui chiedere aiuto. Ilaria, no. Aveva sempre fatto troppi apprezzamenti su suo marito e ora non le andava di sentirla. Anna le avrebbe parlato subito di vestiti invece di ascoltarla. Forse Enrica, ma non si sentivano da un pezzo e le sembrava brutto chiamarla ora che aveva un problema. E poi non voleva che le persone conosciute sapessero già di quella situazione. Avrebbe significato rinunciare alla riservatezza di cui aveva bisogno. Possibile che in quella dannata e lunghissima rubrica piena di nomi non ci fosse nessuno capace di ascoltarla? Come si era ridotta... Lavoro, famiglia e poche amicizie superficiali, per dare colore al tempo libero. Vide la sua vita familiare e le sembrò simile a una cena a base di scatolette: piccola, chiusa, rattrappita sulla sicurezza.

Vide un nome senza cognome. *Marina*. Chi era? Poi le tornò in mente la voce calda della madre della compagna di Margherita. Non se lo ricordava più, ma si erano scambiate il numero di cellulare. Era troppo tardi. L'avrebbe presa per una matta. Ma era troppo sola, e voleva essere presa per quello che era.

Chiamò.

«Eleonora?»

«Scusa l'orario. Ho bisogno di aiuto.»

«Cosa posso fare?»

«Non lo so» rispose Eleonora mentre le lacrime le riempivano gli occhi.

VII

«Di nuovo?» si lamentò una professoressa.

«Di nuovo!» esultò un ragazzo.

Luce e acqua erano gli elementi essenziali di quella mattina. La luce abbracciava gli angoli delle strade e brillava nell'acqua che scendeva a cascata dalla facciata della scuola. Il grigio edificio dello scientifico, dedicato a uno scienziato che per i ragazzi avrebbe potuto essere anche un comico, sembrava una fontana viva, grazie al gioco inventato dall'acqua che precipitava riempita di sole.

Una folla di studenti, professori e passanti era radunata a semicerchio: tutti ammiravano a bocca aperta, con decrescente apertura del cavo orale in base all'età e al ruolo. I ragazzi di prima erano ipnotizzati. La tromba delle scale della scuola era un vortice di bellezza, con l'acqua che cadeva a precipizio in lunghe cascate. Sui gradini l'acqua saltellava come le rapide di un torrente di montagna. Il rumore dello sgocciolare e del fluire rendeva l'ingresso della scuola una specie di grotta adatta a esplorazioni geologiche.

I nuovi e più ingenui ipotizzavano una rottura delle tubature, altri parlavano di rubinetti rimasti aperti per sbaglio.

Il professore di disegno, con la "Gazzetta" aperta, sbuffava parole e ogni tanto sbottava:

«L'hanno allagata!»

Marta confidava a Margherita il suo oroscopo, che prometteva: "Interessanti novità pioveranno dal cielo, sappile cogliere".

Margherita annuiva senza ascoltarla. Ammirando l'acqua in fuga oltre l'ingresso, si ricordò del Pantheon romano, con quel grande buco al centro della cupola che secondo una leggenda non lascerebbe passare l'acqua nei giorni piovosi, ma che puntualmente permette alla pioggia di allagare il pavimento. Tra i ragazzi si diffuse un brusio esaltato in un crescendo simile ai rumori estivi delle spiagge.

Giulio fumava e più di tutti si godeva la perfezione del suo capolavoro di purificazione, ostentando la soddisfazione dell'artista.

Dal portone emerse il bidello con un lungo paio di stivali di gomma e si avvicinò al preside che fremeva all'ingresso della scuola e cercava di non bagnarsi troppo i mocassini di pelle. Confabularono.

Il preside si voltò e senza alzare troppo la voce disse a quelli vicini a lui:

«Tutti a casa, la scuola è allagata.»

La notizia si diffuse come un'onda violenta, e nel raggiungere le centinaia di alunni raccolti ai piedi dell'edificio rimbalzava in nuove domande ansiose di conferme e dettagli. Alla fine esplose un grido di gioia: era tutto vero, niente scuola.

«Bellezza e libertà, questo basta per vivere» disse Giulio tra sé.

Il professore di disegno chiuse il giornale e se ne andò. Margherita, ipnotizzata, continuava a guardare la facciata che rigurgitava acqua. Giulio la fissava da lontano. Aveva uno sguardo da bambina felice, con la bocca mezza aperta dallo stupore, ed era merito suo. Sorrise anche lui, compiaciuto. Spense la sigaretta e, attraversando la folla, passò accanto al giovane professore che, fulminato da qualche furore dionisiaco, urlò:

«I ragazzi della I A al parco con me!»

Gli studenti attorno si voltarono verso di lui, incuriositi. Giulio si fermò. I due si guardarono negli occhi, quegli stessi che la sera prima si erano cercati nel buio, senza saperlo. Fu un attimo, ma ficcarono l'uno gli occhi nell'anima dell'altro. Giulio si chiedeva chi fosse quel giovane così folle da sprecare la vita a fare quel mestiere. Il professore si chiedeva dove un ragazzo trovasse la sicurezza per puntare uno sguardo simile su un insegnante. Poi il professore alzò il braccio stringendo in pugno l'*Odissea* come una guida turistica e urlò di nuovo:

«Quelli di I A con me.»

Sgusciò dalla calca e un serpente di ragazzi lo seguì, attoniti per le incredibili novità che la giornata elargiva così generosamente come l'acqua che colava sulla facciata.

«Te l'avevo detto! Te l'avevo detto!» ripeteva Marta saltellando accanto a Margherita. «Non sbaglia mai.»

«Chi?»

«L'oroscopo...»

«Dove andiamo?» chiese la biondina, che si preoccupava di non avere scarpe adeguate per una passeggiata.

«Al parco» rispose lui, come se fosse la più ovvia delle decisioni.

«Al parco?» fece eco più di uno. «A fare cosa?»

«Scuola» rispose il professore.

I ragazzi parlottavano fra di loro domandandosi come sarebbe andata a finire. Qualcuno si lamentava perché sarebbe tornato a casa volentieri anche subito.

Il parco vicino alla scuola, con i suoi colori e la luce che lo bagnava, era un sacco di coriandoli lanciati nell'azzurro di quella giornata, e il professore condusse i suoi al centro di un prato, dove un'enorme quercia diventò rapidamente la quinta sulla quale si stagliava la sua figura. Fece sedere i ragazzi in semicerchio sull'erba, come se si apprestasse a compiere un antico rito silvano. La biondina cercava un posto per non macchiarsi i pantaloni bianchi.

«Potete mettervi anche proni» disse.

«Proni?» chiese Marta senza porsi problemi sul fatto che quello era il professore di italiano.

«A pancia in giù. Supino o prono...» rispose con una punta di ironia il professore, mimando le due posizioni con la mano destra.

I ragazzi, sempre più incuriositi da quella avventura, si accoccolarono sull'erba fresca e morbida tenendo gli occhi puntati sul volto sorridente del professore. L'erba, le foglie, la terra sembravano persino profumare.

«Oggi niente latino! Dedichiamoci a Omero» esordì, come se parlasse di un amico con cui era stato a bere la sera prima.

Un mugugno si diffuse, il gioco era finito.

Un passante con il cane si fermò a fissare quel gruppo di ragazzini attorno a una quercia e a un adulto che gesticolava come un ragazzino. Una ragazza con la musica nelle orecchie rallentò la sua corsa mattutina e tolse uno dei due auricolari, per capire cosa stesse accadendo.

«Sapete chi ha inventato la parola *scuola*?» chiese il professore sventolando la sua *Odissea*.

Silenzio.

«Omero!» urlò Aldo, con i suoi occhi vivaci come bambini.

«Più o meno...» sorrise il professore.

Dalla classe partì un applauso spontaneo, mentre Aldo levava le braccia come se avesse segnato un goal a San Siro. I ragazzi sorridevano, ridevano, si sganasciavano. Avevano negli occhi la felicità di chi sta mettendo nel giusto ordine amore e conoscenza. Le loro pupille erano dilatate. Anche se nessuno aveva fumato niente e l'erba faceva solo da pavimento.

«I Greci hanno inventato la parola *scuola*, che viene da *scholé*. Sapete cosa vuol dire?» chiese.

Il passante con il cane si accomodò sulla panchina più vicina ad ascoltare, mentre il cane scorrazzava libero e si avvicinava ai ragazzi distesi. La ragazza cominciò a fare esercizi di stretching lì accanto, senza infastidire, ma riuscendo ad ascoltare. Ecco, la classe era completa. Che miracoli potrebbe fare la scuola se fosse scuola davvero, pensava il professore felice al centro della sua liturgia.

«Avanti. Nessuno ha idea di cosa significhi?»

«Noia?» rispose Aldo con una risata.

Il professore lo guardò negli occhi scuotendo il capo e attese in silenzio qualche altro tentativo.

«Studio?» tentò Gaia, una ragazzina dai capelli lunghissimi.

Il professore scosse il capo.

Nessuno provò più. L'attesa cresceva e il professore con fare teatrale scandì:

«Tempo libero!»

I ragazzi si guardarono senza capire.

«Sì, ragazzi. I Greci andavano a scuola nel tempo libero! Era il modo in cui si riposavano e si dedicavano a ciò che più piaceva loro.»

«Sono pazzi questi Greci» disse Aldo.

«Per questo non ho fatto il classico...» aggiunse Daniele accanto a lui.

«Quei delinquenti che hanno allagato la scuola senza saperlo ci hanno fatto un regalo: possiamo provare a goderci la scuola per quello che è veramente e non per quella strana tortura che costringe trenta ragazzi di quattordici anni a stare seduti dietro a un rettangolo verde per cinque o sei ore al giorno... I Greci facevano scuola così: all'aperto. Osservando, ascoltando, annusando, toccando e cercando di rispondere alle domande che le cose suscitavano o i loro maestri ponevano...»

Il silenzio era pari all'interesse dei ragazzi, che si chiedevano dove andava a parare quel discorso. I rumori della città erano un sottofondo quasi dimenticato, come accade quando la bellezza rapisce l'anima.

«... Se tutto quello che studiate in classe non vi aiuta a vivere meglio, lasciate perdere» concluse il professore. «Noi non leggiamo l'*Odissea* perché bisogna conoscerla, perché è scritto nel programma, perché un ministro lo ha deciso... No! No! No! Noi la leggiamo per amare di più il mondo.» Divenne rosso.

«Amare?» chiese la biondina, rapita.

«Sì, amare. Solo chi sa leggere una storia sa capire ciò che gli accade... Solo chi sa leggere un personaggio sa leggere le pagine del cuore di un amico, un'amica, una fidanzata, un fidanzato» disse il professore e, colpito da quello che aveva appena detto, che non trovava alcuna conferma nella sua capacità di comprendere Stella, subito aggiunse: «Bando alle chiacchiere, cominciamo! Aprite il libro all'inizio del poema, dove dice: *Narrami, o Musa, dell'eroe multiforme...*».

Margherita si sentiva dentro un sogno: se il mondo potesse essere in un modo, dovrebbe essere così, limpido e senza ammaccature. Era come fare vacanza mentre si era a scuola. Il professore chiamò all'appello i personaggi presenti nel primo libro e coloro che avrebbero dovuto interpretarli alzarono la mano.

«Atena? Ok... tu sei... Anna! Bene» disse il professore alla biondina. «Telemaco?»

Nessuno rispose.

«*Abest!*» disse un ragazzino pallido e dai capelli a spazzola.

«Giusto, *abest*! Però senza Telemaco non si va da nessuna parte... Chi vuole fare la parte di Telemaco?» chiese il professore.

Una mosca, o una vespa, svolazzava vicino al viso di Margherita che, nel tentativo di scacciarla, si sbracciò.

«Va bene, fallo tu... Margherita... Anche se è un maschio va bene lo stesso» disse sorridendo il professore, cercando di assecondare l'entusiasmo della sua alunna più difficile.

La biondina rise, portando l'indice alla tempia e

facendolo ruotare, e le sue amiche sogghignarono a ruota.

«Ma io, veramente...» si difese Margherita, che però si azzittì subito, dal momento che le sue prestazioni in classe erano già state abbastanza disastrose. Aveva un'occasione di riscatto o di definitiva relegazione nella famigerata categoria degli strani.

«Allora, siamo al completo! Cominciamo. Io sono Omero e quindi leggo le parti narrate, voi le altre. Attenzione...» Aspettò in silenzio almeno una trentina di secondi, in modo che le parole arrivassero dal silenzio. Le fronde della quercia stormirono, simili al brusio del pubblico eccitato prima che il sipario sveli la scena. Il professore si schiarì la voce e diede inizio alla magia:

Narrami, o Musa, dell'eroe multiforme, che tanto
vagò, dopo che distrusse la rocca sacra di Troia:
di molti uomini vide le città e conobbe i pensieri,
molti dolori patì sul mare nell'animo suo,
per acquistare a sé la vita e il ritorno ai compagni.

Così su quel fazzoletto di verde, sotto la protezione di un albero e in una luce fresca di primo autunno, torreggiava l'Olimpo con le sue divinità deludenti ma immortali. Si udì il mare sbattere contro gli scogli di Itaca e Telemaco abbandonato lamentarsi, con la voce di Margherita, tre millenni dopo:

Mia madre dice che sono suo figlio, ma io
non lo so: perché il proprio concepimento nessuno lo sa.

Atena rispose. Benché la interpretasse la biondina, Margherita sentì le parole della dea penetrarle nel midollo dell'anima, mentre risvegliava il coraggio di Telemaco e lo spronava ad andare alla ricerca del padre assente e, se non fosse più ritornato, a diventare lui stesso il sostituto del padre, a essere lui il padre di cui non ricordava neanche l'odore né il colore degli occhi, poiché era partito per la guerra quando lui era solo un neonato:

Non devi più
avere i modi di un bimbo, perché ormai non sei tale.

Anche tu, caro, infatti molto bello e grande ti vedo,
sii valoroso, perché ti lodi qualcuno dei posteri.

Tu devi pensarci da te: dammi retta.

Così parlava la dea a un ragazzo senza padre. Così ripeteva con voce altezzosa la biondina, che rendeva Atena alquanto antipatica pur di offendere Margherita. Poi fu la volta di Omero, cioè del professore:

Detto così, Atena dagli occhi di civetta andò via,
rapida come un uccello si mosse; e a lui pose
forza e coraggio nell'animo, e suscitò un ricordo del padre
più vivo di prima.

Possibile che quelle parole fossero dirette a lei? Possibile che nell'*Odissea* ci fosse la sua storia? Possibile che quella fosse la scuola? Margherita nel figlio di Ulisse trovò un amico capace di ascoltare il suo dolore. Invaso dalla nostalgia del padre, Telemaco organizza il viaggio di ricerca e, di nascosto dalla madre, prepara la nave e parte all'alba del giorno dopo, solo, con il mare e la sua nostalgia a masticargli il cuore. Ascoltò le parole finali del primo libro e sentì Telemaco entrare nella sua stanza accompagnato dalla nutrice:

Lì egli per tutta la notte, coperto da un vello di pecora,
progettava nella mente il viaggio che Atena aveva ispirato.

Sentì la paura di Telemaco e la sua speranza. Sentì il ragazzo entrarle nella pelle. Anche lui senza padre, anche lui bambino chiamato a diventare adulto. Nulla era cambiato nei secoli. Il più grande poema mai scritto esordiva con un ragazzino che deve cercare suo padre.

Chiuse gli occhi e si perse nei ricordi del padre nel tentativo di richiamarlo e renderlo presente, come negli incantesimi. Chissà se gli dèi erano dalla sua parte...

Il professore rimase in silenzio. I ragazzi si guardarono soddisfatti. Era passata circa mezz'ora. Così poco? Si stupirono tutti. Eppure avevano visto tante cose, erano stati in molti luoghi e avevano annusato il mare, la paura, il sangue, il dolore, le lacrime e la musica.

«Per oggi la scuola è finita» disse il professore.

«Ma non ci spiega niente?» chiese candida Marta.

«Non c'è niente da spiegare. È già tutto nelle pagine dei libri. Basta aprirli e magari anche leggerli...» rispose sardonico. «*Timeo hominem unius libri!*» aggiunse.

«Cioè?»

«Temo l'uomo che legge un solo libro.»

«*Non multa sed multum!*» rispose Margherita, lasciandolo di sasso.

«Chi te l'ha detto?»

«Lo diceva sempre mio nonno.»

«Che vuol dire?» chiese Marta.

«Che l'importante non è leggere molte cose, ma leggerle molto in profondità.»

«Per oggi basta, buona giornata» li congedò il professore, lievemente infastidito da quel punto di vista che contraddiceva il suo. Poi tirò fuori un libro dalla borsa e si mise a leggere appoggiato alla quercia. I ragazzi sciamarono, qualcuno rimase a chiacchierare e a fargli domande spontanee, sollecitate dalla curiosità.

«Ma quanti anni aveva Telemaco?»

«Era bella Penelope?»

«Che vuol dire *occhi di civetta*?»

«Che vuol dire che il destino giace sulle ginocchia degli dèi?»

Il professore rispondeva puntualmente a tutte le domande, citando a memoria i passaggi.

«Ma lei è fidanzato?» chiese la biondina.

«Non parlo delle mie vicende private...» rispose il

professore con un sorriso, ma un pensiero malcelato lo costrinse a corrugare la fronte.

La biondina arrossì e si guardò subito intorno per verificare se qualcuno stesse ridendo di lei.

A poco a poco tutti se ne andarono, con un giorno scolastico memorabile nel cuore. A distanza di anni non avrebbero ricordato più la quinta declinazione latina, la formula del nitrato di potassio, la data della battaglia di Waterloo e il nome degli autori della Scapigliatura, ma nella memoria sarebbe rimasto il dono che l'acqua aveva fatto loro: il primo libro dell'*Odissea* nel parco vicino alla scuola. Come tutti gli uomini avrebbero ripescato dal cuore ciò che era nato da libertà, dono e passione, e non da semplice conoscenza, che per la memoria non basta. Solo amore e dolore ricordano.

Il professore, soddisfatto di aver ottenuto una lezione che anche a prepararla un mese non avrebbe mai potuto realizzare, si immerse nella lettura di Shakespeare. Alzò gli occhi dopo un quarto d'ora per mettersi più comodo e vide una ragazzina seduta a pochi metri da lui che lo fissava senza dire nulla: le braccia incrociate attorno alle ginocchia. Sembrava un baco da seta: imbozzolata in quella posizione guardava il professore, che assumeva tutti i volti dei personaggi di cui leggeva le storie. Se prima, durante la lettura di Omero, le era sembrato di vedere la maschera di un dio greco sorridente ma terribile, adesso vedeva quella di un uomo qualunque, il volto di uno che passa per strada.

Il professore avrebbe voluto fare finta di niente, ma la ragazza lo fissava.

«Margherita!»

Lei rimase in silenzio.

«Cosa faceva tuo nonno?»

«Il maestro.»

«Ah!»

Lei si alzò lentamente e si sedette accanto a lui. Il

vento leggero di quella mattina di aria e acqua le spargeva i capelli sulle spalle. Si appoggiò allo stesso tronco, raccolse le gambe tra le braccia e chiuse gli occhi.

«Hai bisogno di qualcosa?» domandò incuriosito.

Margherita gli fece cenno di tacere portando il dito alla bocca e poi chiese:

«Leggi ad alta voce.»

Il professore stava per correggere la confidenza inopportuna, ma si trattenne, dicendosi che poteva trattarsi di un problema di gestione del congiuntivo. Ricominciò da capo a leggere ad alta voce, cercando di modularla secondo il colore dei personaggi.

Il parco cambiava i suoi, di colori, seguendo la danza del sole. Il professore leggeva le parole di un padre separato a forza dalla figlia, con la quale dopo tanti anni si trova a parlare senza averla riconosciuta:

Raccontami la tua storia; se ciò che hai patito si dimostrerà, alla considerazione, soltanto un millesimo di ciò che ho patito io, ebbene, tu sei un uomo allora, e io ho sofferto come una fanciulla; eppure tu somigli alla Pazienza che contempla le tombe dei re e disarma la Sventura col sorriso. Chi erano i tuoi parenti? Il tuo nome, mia gentile ragazza? Racconta, te ne supplico. Vieni, siedi accanto a me.

Margherita si chiese se tutta la letteratura parlasse di lei. Il professore era diventato inconsapevolmente la porta attraverso cui entrano, da un mondo lontano e più vero del nostro, risposte a cose che nessuno vuole sapere. Nella vita di tutti i giorni nessuno ti chiede di raccontare la storia che ti morde il cuore e te lo mastica, e se qualcuno te la chiede, nella vita di tutti i giorni nessuno riesce a raccontare quella storia, perché non trovi mai le parole adatte, le sfumature giuste, il coraggio di essere nudo, fragile, autentico. Quella storia deve piombare da fuori, come quando accade che i libri ci scelgano e gli autori diventino amici a cui vorremmo telefonare alla fine della lettura per chiedere loro come fanno a conoscerci o dove hanno sentito la nostra storia. Quella storia è uno specchio che ti sorprende a esclamare: questa è la mia, questo sono io, ma non avevo le parole per dirlo. E forse scopri di non essere solo, definitivamente solo.

Quando il professore terminò la lettura, Margherita si alzò e con il volto calpestato dal dolore che ogni parola aveva risvegliato in lei, disse a se stessa più che a lui: «Parole», e si allontanò con un sorriso di gratitudine, venato di malinconia. Sapeva bene che la vita non finisce come vuole Shakespeare, con figlie che ritrovano padri perduti.

«Belle...» aggiunse il professore a se stesso, disposto a penetrare nella selva oscura del dolore solo per i suoi personaggi. Pensava che quella ragazzina che ora gli dava le spalle fosse veramente singolare, e lo impauriva l'idea che un giorno avrebbe potuto ritrovarsi con una figlia "problematica" come quella. Cercò nella borsa la lettera che aveva scritto a Stella, nel tentativo di spezzare quel silenzio insopportabile. Era piena di belle parole con cui era abituato a coprire la sua mancanza di coraggio. La accartocciò e la buttò nel primo cestino.

Un ragazzo dagli occhi di ghiaccio aveva assistito a tutto, seduto su una panchina: a lui bastavano i gesti e le espressioni. Seguì la ragazza, che si allontanava senza voltarsi, con la fame del bambino che, tra la gente di un supermercato, non vede più sua madre e la cerca disperato tra la folla anonima.

La luce intanto pioveva dal cielo a cascate, lavando cose e persone. Margherita e Giulio però rimanevano opachi, come se avessero indossato un impermeabile contro la luce. A passi lenti lei tornava verso casa nella speranza che la lentezza desse alle cose il tempo di accadere e le riservasse un incontro inaspettato con suo padre. Chissà cosa stava facendo in quel momento: forse era chiuso in una stanza al buio a pensare a loro, o forse era con un'altra donna in un'isola tropicale, o in viaggio verso un luogo ignoto dove cominciare un'altra vita con una nuova identità... Desiderava un suo abbraccio, con ogni fibra del corpo. Ma perché non si faceva vivo, almeno con lei? Non era forse ancora suo padre?

Giulio la seguiva a distanza. Guardava Margherita ondeggiare lungo le vie della città, in cerca di qualcosa. Le sue mani erano strette a forma di pugno o tamburellavano sulle cosce, poi si nascondevano dentro le tasche e lei incassava il petto tra le spalle, come a proteggersi da qualcosa che avrebbe potuto investirla da un momento all'altro. Cosa nascondeva quel corpo, quale segreto prometteva quell'involucro di pelle così fragile?

Margherita vide una ragazza fissare inebetita il display del cellulare, il volto parve staccarsi. Sicuramente un brutto messaggio del suo fidanzato, pensò. Vedeva e non poteva farne a meno. Perché così tanto dolore sui volti? E la gioia come un fiore selvatico e minuscolo in una foresta immensa e labirintica? Vedeva la buccia e la polpa, i volti e la vita sotto, la musica delle cose e le cose mute. Che musica era? Forse la vita è questo?

Giulio vide le mani della stessa ragazza tremare e abbandonarsi lungo i fianchi. Forse la vita è questo: amare, soffrire e quel che scegli di fare nel frattempo. Qualcosa lo portava a seguire quella ragazzina, ma non osava dire a se stesso che quel pedinamento potesse avere a che fare con l'amore. Neanche la conosceva. Il colpo di fulmine era roba da cinema.

Le si avvicinò a tal punto che avrebbe potuto toccarla. Avrebbe voluto nascondere la faccia nell'onda dei capelli, poggiare la mano sulla spalla ripiegata in avanti o sfiorare con le labbra il collo esile. Era a un passo e la fissava come fosse sua, ma poi la superò. Gli mancò il coraggio. Lui che rubava senza sbagliare un colpo. Aveva paura di perdersi nel labirinto e trovarsi faccia a faccia con il Minotauro, paura di avvicinarsi troppo al sole con le sue ali di cera. Paura di amare?

La superò e le diede le spalle.

Margherita sentì il passaggio di quell'essere più a suo agio in una favola notturna che in una città nella luce di fine mattina. Osservò le spalle e la figura slanciata: sembrava stesse per spiccare il volo. Avrebbe voluto guardare il volto di quel ragazzo, ma andava di fretta e si confuse nella folla, sparendo nell'anonimato di mille altre schiene.

Il professore rimise i libri nella borsa, come un cavaliere che ripone le armi dopo la battaglia. Si era fatto tardi e lo stomaco brontolava. Le persone attraversavano il parco attorno a lui, ciascuna diretta da qualche parte, dove la vita urgeva. Gli alberi immobili e silenziosi osservavano tutto con infinita pazienza. Nella lettura si era sentito rinascere, ma quando guardava la gente intorno a sé, Stella tornava a visitarlo, la vita a spaventarlo.

«Miserere di me» disse ricordando Dante incastrato tra le fiere e la selva.

«Miserere di me» ripeté, ma non c'era nessun Virgilio disposto ad aiutarlo.

Lasciò che la paura lo inghiottisse nel suo labirinto e la selva lo digerisse.

Il cellulare di Margherita squillò.

«Vieni al corso di teatro con me?» chiese Marta.

«Non sono capace di recitare, mi vergogno.»

«Ma dài! Oggi c'è la lezione aperta, solo per provare.»

«Ma cosa fate?»

«Movimento nello spazio, esercizi di fiducia negli altri, impostazione della voce, improvvisazione... cose così.»

«Di fiducia negli altri?»

«Troppo lungo da spiegare. Vieni e vedi.»

«Ok. Ti raggiungo a casa?»

«Perfetto! A tra poco.»

Margherita lavò il piatto del suo pranzo solitario, spense la televisione e andò in bagno a lavarsi i denti. Mentre spazzolava e la schiuma le pizzicava la lingua e le gengive, vide lo spazzolino di suo padre. Lo aveva dimenticato. Aveva le setole rovinate. Margherita carezzò le setole dello spazzolino, come fosse la pelle ruvida di suo padre, dove la barba cresceva dura e forte. Prese lo spazzolino e se lo mise in tasca. Le avrebbe portato fortuna.

Entrò in stanza. La borsa con i libri giaceva inerte sul letto. Avrebbe dovuto fare i compiti. Più tardi... Il pomeriggio stava fuggendo e doveva rincorrerlo. Uscì di nuovo alla luce, diretta verso casa di Marta, e la città le srotolò davanti nuove strade, mai calpestate.

Sul parquet una dozzina tra ragazzi e ragazze a piedi nudi seguivano le istruzioni di una donna dalla pelle chiarissima. Invitava i ragazzi a muoversi liberamente nello spazio. Margherita cominciava a scoprire come i piedi nudi possano aiutare a calcare il pavimento della terra con maggiore fiducia, anche se ci si ferisce di più.

«Aprite i sensi, *listen to your body*» ripeteva la donna. Si chiamava Kim ed era mezza americana.

Margherita cercava il viso di Marta, bisognosa di spiegazioni, ma Marta era troppo concentrata.

«Fermatevi e tenete gli occhi chiusi, dondolando sui piedi. Ascoltate la pianta del piede a contatto con il legno. Sentite il profumo degli oggetti presenti nella sala e l'odore dei vostri compagni vicini. Ascoltate il fruscio dei vestiti e lo scricchiolare del parquet. *Feel everything you can.*»

L'esercizio durò qualche minuto, e Margherita si stupì che il tatto e l'olfatto percepissero così tante cose e che abitualmente li usasse così poco.

«Ora aprite bene gli occhi e passeggiate sulla scena. Guardate negli occhi tutti quelli che incontrate lungo la strada, vanno rapidi. Chiedetevi che storia nascondono. Siete in una città fredda, *very cold...*» disse Kim.

Tutti i ragazzi allora cercarono di adattare la loro camminata a quella scena immaginaria. Dopo averla assaporata attentamente, dovevano far sparire la realtà circostante, o meglio immergerla negli elementi fantastici che Kim suggeriva. Attingevano a una risorsa nascosta e inesauribile, capace di risvegliare memorie sopite e influire sui sensi, come se le cose immaginate avessero veramente contorni, superfici, odori.

Marta strinse le spalle fingendo di aver freddo e incrociò le braccia. Un ragazzo smilzo cominciò a sfregare le mani e poi le portò alla bocca per alitarvi sopra. Il parquet si era trasformato in una strada grigiastra, con la neve ai bordi; la gente infreddolita aveva fretta di tornare a casa, prima che i lampioni dalla fioca luce arancione si accendessero.

Margherita si sentiva un pesce fuor d'acqua, si vergognava di abbandonare il suo corpo all'immaginazione. Marta la incrociò e la guardò negli occhi, senza dare segno di riconoscerla, quasi fosse una sconosciuta che si aggirava per le strade invernali di San Pietroburgo, di Praga o chissà quale città. Si portò le mani alle orecchie come se le dolessero per il freddo. Margherita starnutì, a causa della polvere sollevata dai loro piedi sul palco.

«*Well done!* Qualcuno si sta buscando un raffreddore con questa arietta che tira» commentò Kim.

Margherita sorrise e si lasciò prendere dal gioco che aveva involontariamente contribuito a rendere reale. Provò l'ebbrezza di estraniarsi dal mondo.

«Adesso il cielo si è fatto sempre più bianco e le nuvole sembrano un tetto di ghiaccio. La pelle si arrossa, gli occhi cominciano a lacrimare, il naso a colare. Cercate di sentire il vostro corpo nel freddo dell'inverno. Non ci sono foglie sugli alberi. Tutto è pietrificato dal freddo. Solo le persone danno calore, nuvole di vapore si alzano dalle loro teste e dalla loro bocca.»

I ragazzi giocavano al ritmo dell'improvvisazione, e i loro corpi sgraziati e acerbi trovavano una sconosciuta armonia. Si impadronivano momentaneamente delle forze che esplodono nell'adolescenza, e si stupivano di poterle guidare dove preferivano senza esserne soggiogati. Magie del teatro.

Margherita portò le mani alle guance, come a coprire il rossore tipico delle giornate invernali, che le coloravano il viso con delle macchie rosse perfettamente rotonde come quelle dei cartoni giapponesi. Vide foglie marce sparse sul palco e sentì l'odore del muschio sulle pietre annerite dallo smog. Lo scheletro di un albero, un noce, tentava di strappare al cielo qualcosa di segreto. Starnutì di nuovo.

Si ricordò di suo padre che le sistemava la sciarpa per proteggerle anche la bocca, nelle giornate come quella, e teneva le sue mani dentro le proprie per riscaldarla. Suo padre era lì, con lei, di nuovo. Il suo corpo si trasformò. Almeno su quel palco poteva essere felice. Si rifugiò in un'ipotetica giornata invernale e nella donna che ancora non era. Una donna felice, in una bianca giornata di neve.

Una volta, mentre passeggiava con suo padre, lui a un tratto si era fermato, indicandole i fiocchi di neve che cominciavano a scendere. Provando a rivivere quel momento, puntò lo sguardo verso l'alto, dove le luci e il soffitto erano stati soppiantati da una fitta neve, che cadeva lenta. Si fermò in mezzo a quel cielo e protese le mani a coppa per prendere alcuni fiocchi, mentre con lo sguardo ne seguiva lentamente la caduta. Alcuni ragazzi furono attratti dal gesto e si fermarono vicino a lei a guardare il cielo e a stupirsi che stesse nevicando, la prima neve di quell'inverno immaginario.

«Adesso incontrate qualcuno che conoscete, ma non vedevate da tempo. La neve renderà questo incontro ancora più inaspettato e caloroso. *Amazing, astonishing...*»

I ragazzi si sparpagliarono ancora lungo il pavimento, raggiungendone gli angoli. La neve scendeva sempre più copiosa e silenziosa, anche il vento era calato.

Margherita avanzava lentamente lungo la strada, mentre i fiocchi le punteggiavano i vestiti. Il ricordo si faceva più nitido, la memoria emergeva sicura dall'incertezza del passato e riaffiorava come vita presente a se stessa. Per un attimo chiuse gli occhi e si lasciò bagnare il viso da quei fiocchi immaginari. Quando li riaprì, un ragazzo le stava davanti.

Le sorrise. Nella luce fioca e bianca di quella giornata gli occhi chiari risaltavano di una luminosità fredda e selvaggia.

Margherita ricambiò il sorriso, scoprendo i denti, poi alzò lo sguardo e, come se ne seguisse l'imprevedibile corso, fece planare un fiocco sulla punta di un dito e l'assaggiò.

«Di che cosa sa?» chiese il ragazzo. Aveva una voce chiara e aperta che riscaldò il cuore di Margherita.

«Nuvole» rispose lei dopo averci pensato su un attimo, portando gli occhi in alto.

«E che gusto è?» chiese lui stando al gioco.

«Provalo.»

Il ragazzo allungò lentamente il palmo verso un fiocco. Stava per sfuggirgli, allora dovette piegarsi e seguirne il movimento imbizzarrito da un soffio di vento, adattando il suo corpo asciutto e forte alla leggerissima caduta. Il movimento liberò il profumo di lui. Il fiocco si depositò sulla sua mano poco prima di toccare terra. Lui si sollevò e lo portò alla bocca.

Margherita chiuse gli occhi e poi li riaprì.

«Hai ragione» disse lui, la frangia nera a proteggere gli occhi di ghiaccio lucente. «Come stai?» chiese poi, come se si conoscessero da sempre.

«Bene. E tu?» rispose lei, paralizzata da quegli occhi, da quella voce e dalla neve che continuava a cadere fitta.

«Da ore ti cerco» rispose lui.

«Perché?» chiese Margherita.

«Devi spiegarmelo tu.»

«Adesso sparpagliatevi per un nuovo esercizio» urlò Kim.

Tutti si allontanarono. Margherita rimase al centro del palco, dove aveva incontrato Giulio, che le diede le spalle e sparì in quel finto inverno da palcoscenico, finché il buio delle quinte lo inghiottì, come se fosse entrato in un vicolo laterale, appena immaginato da lei o da lui.

«Ehi, tu, *what's your name, baby?*» chiese Kim.

«Margherita» rispose Marta orgogliosa. «È nuova. È con me.»

«*Margherita, this is your cup of tea!*»

«Me lo ha chiesto Marta di venire, io glielo avevo detto che non sono capace...» si difese Margherita, inconsapevole del fatto che Kim le avesse appena detto il contrario: "È il tuo pane" sarebbero state le sue parole, se fosse stata italiana.

«Tu hai talento. Segui gli altri: iniziamo un altro esercizio.»

Margherita era ancora rapita da quegli occhi: in una fredda giornata una creatura fantastica era scesa insieme alla neve e le aveva parlato, e non riusciva a distinguere tra ciò che aveva immaginato e ciò che era realmente accaduto.

Aveva i brividi. Sì, aveva parlato a lei. Era apparso come gli dèi dell'*Odissea*, camuffato da umano. Marta, risvegliandola dalla sua trance, le mise un braccio attorno al collo.

«Brava! Hai sentito che cosa ha detto Kim?»

«Ma tu lo conosci?» rispose Margherita, che non stava ascoltando.

«Kim? Certo, è bravissima... Ha fatto anche un sacco di musical!»

«Quel ragazzo...»

«Quale?» chiese Marta frugando tra gli attori in erba.

«Non importa... Cosa dicevi di Kim?»

«Lei è un'amica di mia madre e non sbaglia mai: ha detto che hai talento. Sei sicura di non aver mai recitato?»

«Mai. Ho solo lasciato che accadesse.»

«In che senso?»

«Non lo so, sono cose che nessuno sa...»

E l'unica cosa che adesso voleva sapere era dove fossero finiti quei due occhi fatti di sottilissimi solchi azzurri, simili a fiumi nati da ghiacciai irraggiungibili, che scendono dentro un mare nero come una perla rarissima. Era insensato, ma le mancavano.

VIII

Anche a Eleonora mancava il suo uomo, quando, stanca dopo la giornata di lavoro, andò a recuperare Andrea a casa della madre. Andrea guardava i cartoni e Teresa si fece trovare in cucina. Viveva in cucina, come se da lì potesse sempre preparare qualcosa per mandare avanti il mondo a forza di mani. Stava tagliando carote con dita leggere, per chissà quale ragù di carne e verdure.

Eleonora aveva poggiato la borsa sul tavolo e guardava la madre lavorare con quella sua infinita pazienza, che ricordava quella della natura. Sua madre, quando era in cucina, non aveva fretta. *A jatta prisciulusa fici i jattareddi orbi.* "La gatta frettolosa fece i gattini ciechi": glielo ripeteva sempre, sin da quando era bambina e finiva i compiti troppo in fretta perché fossero ben fatti. Cercava la perfezione tra le pentole e le spezie, gli aromi e i gesti. Per lei cucinare non era questione di necessità, ma di vita, non rispondeva alla natura ma alla civiltà, e che civiltà è quella che non ha il tempo di cucinare, ma compra il cibo da riscaldare in un microonde? A Eleonora ricordava la bizzarra cuoca di un romanzo, che impegnava tutti i risparmi per preparare un pranzo per i suoi padroni di casa, puritani, taccagni e arcigni con i loro amici. Sua madre era come quella donna: donava il suo tempo agli altri, come se non le importasse più tenerlo per sé o come se ne avesse una scorta infinita.

Eleonora seguì il dolce lavorio delle mani e si cullò per un attimo nel ricordo dei cannoli, delle cassate, della martorana, del gelo di anguria, del biancomangiare... che quando era bambina si alternavano sulla loro tavola lungo le settimane, ogni domenica. I suoi preferiti erano i cannoli: dava la caccia alle gocce di cioccolata nella ricotta, per mangiarle tutte insieme alla fine. Era un momento di gioia per tutti, risvegliava la parte divina della vita. Non c'era punizione più terribile di essere lasciata senza dolce: per un brutto voto, una risposta sgarbata, un capriccio. Le sembrava di venire privata non di un semplice dolce, ma della parte migliore di lei, nel giorno migliore della settimana, quello senza scuola, quello della passeggiata con suo padre Pietro, quello dei giochi. La domenica, attorno a quel dolce, tutti sorridevano. Tutti uniti. Era il giorno dedicato a Dio, quel Dio che da tempo non aveva più posto nella sua vita, tanto le era divenuto estraneo e silenzioso.

«Come stai, mamma?»

«*Comu voli 'ddio.* Tu, figlia mia?» rispose Teresa, asciugandosi le mani sul grembiule e avvicinandosi a lei.

«Ho paura per Margherita.»

Teresa la fece sedere e mise sul tavolo un piatto di biscotti alle mandorle, a forma di *S* allungata. Sapeva che quando lo spirito soffre si rintana e lo si può raggiungere solo se si cura il corpo, in modo che si incolli di nuovo all'anima.

Eleonora, riproducendo un gesto che doveva aver imparato da bambina, afferrò un biscotto rapida come una ladra, lo portò tutto intero alla bocca e si perse a guardare nel vuoto. Teresa taceva. Aveva imparato ad aspettare. Anni di cucina e ricette le avevano insegnato a lasciare che le cose prendessero il loro corso, che il lievito gonfiasse la pasta nel tempo che occorreva.

«Non mi parla, mi allontana. Io non voglio perdere anche lei, mamma» disse Eleonora, con una voce che gradualmente si sfiniva.

«Perché ti devi bagnare prima che piova? Lui dov'è, figlia mia?» rispose Teresa.

«Non lo so. Credo sia nella casa al mare.»

«A Sestri?» chiese Teresa strisciando su quelle consonanti.

«Credo di sì.»

«Lo hai chiamato?»

«Sì. In studio parte la segreteria telefonica. Ho provato al numero di Sestri e ha risposto, ma quando ha sentito che ero io... ha riattaccato.»

«*È inutili ca 'ntrizzi e fai cannola, lu santu è di màrmuru e nun sura*» disse Teresa, quasi senza rendersene conto: "L'uomo casto non le sente neanche le tentazioni di una chioma di donna ben pettinata".

«Che dici?»

«Che tuo marito ha un'altra.»

Eleonora rimase senza parole, ma non riusciva a odiarla, benché avesse detto la cosa che temeva di più.

«Perché altrimenti lascerebbe *una biedda comu a tia*, figlia mia? Dove la trova un'altra come te?» abbracciò la figlia e le baciò i capelli.

«Perché non vai a trovarlo?»

«Lui se ne va senza dire nulla e io vado pure a cercarlo?»

«Quanto orgoglio... Se vuoi che torni devi provarle tutte.»

«No, mamma. Deve essere lui a tornare e chiedere scusa per quello che ha fatto. Figurati se poi c'è pure un'altra!»

«Figlia mia, ma perché non capisci?» disse Teresa accarezzandole le spalle.

«Cosa c'è da capire, mamma? Se n'è andato senza dire niente, mi ha lasciata nei guai. Mi ha abbandonata, mamma! E con me i suoi figli!»

«Figlia mia, tu hai ragione, ma ascoltami. Sono stata sposata per più di cinquant'anni e non ho mai messo in dubbio mio marito. E sai perché?»

Eleonora rimase in silenzio.

«Un uomo sceglie una donna, e viceversa, nella speranza che ci sia almeno uno o una al mondo capace di perdonare tutto quello che fa, o che almeno ci provi. Almeno uno capace di perdonarti esiste. Non sai quanto ho dovuto soffrire nel mio matrimonio, figlia mia. Quanto ha dovuto perdonarmi tuo padre... E quanto ho dovuto perdonare a lui. Lui era sempre gentile e galante con tutti e tutte. E io ero gelosa, gli avrei scippato gli occhi certe volte. Dovevano essere solo miei. E poi ogni tanto aveva il vizio delle carte e a me non piaceva, soprattutto quando mi lasciava sola la sera. Quelle cose non mi mancano per niente. È lui che mi manca.» Fece una pausa. «Anche questo ho dovuto perdonargli...»

«Che vuoi dire, mamma?»

«Dopo che se n'è andato, per mesi non gli ho perdonato di avermi abbandonata, di avermi lasciata sola. Ero incavolata con lui, *nivura*... Non volevo più vederlo, così ho eliminato tutte le sue foto e le ho messe dentro una scatola che ho buttato nell'angolo di un armadio.»

«E poi?»

«Poi un giorno non riuscivo più a essere arrabbiata con l'uomo che amo, il ricordo più felice della mia vita. Mi faceva stare ancora peggio, eppure quella rabbia ce l'avevo talmente dentro al cuore che non sapevo come tirarla fuori.»

«E allora?»

«Ho preso la scatola delle foto e le ho guardate a lungo, una a una...»

Eleonora taceva, sua madre si era seduta di fronte a lei, le aveva preso la mano e la accarezzava, come se avesse bisogno di aiuto a confidarle quei fatti.

«E quando ho visto i suoi occhi, i capelli, le spalle...

Ch'era bieddu! Un gentiluomo che mi trattava come una regina. Mi ricordai di quella volta che avevo visto un cappotto bellissimo sotto i portici del centro. 118.000 lire. Ci avevo lasciato gli occhi. Quando glielo avevo raccontato, lui mi aveva detto: "Terè! Perché *nun te l'accattasti*?". Mi avrebbe regalato il mondo intero, anche senza soldi. La rabbia è caduta, crollata come lo strato di intonaco passato sul dipinto in quella vecchia chiesa di campagna dove andavamo a messa le domeniche d'estate... Guardando le foto, la rabbia veniva via sola sola e ricordavo ogni particolare: il luogo, il clima, cosa aveva fatto prima, cosa le aveva detto, persino *u ciavuru* delle piante o delle stanze... Quei momenti restavano intatti e niente, neanche il tempo, poteva portarmeli via. Lui era lì con me e morendo prima si era risparmiato di soffrire come stavo soffrendo io, e di questo ero contenta, che non soffrisse come me. Così l'ho perdonato. Gli ho perdonato di essere morto. Vabbè, discorsi persi...»

«Mamma, questo si chiama elaborare un lutto...»

«Figlia mia, io non lo so come si chiama. Quello che so è che non ho mai smesso di soffrire per la morte di mio marito. Mi sentirei di essere morta io. Il dolore è la forma di amore che mi è rimasta. Solo ora l'ho capito, anche se sono fatta un poco *stolita*...»

Eleonora chiuse la mano della madre tra le sue, come una conchiglia che si chiude delicatamente per proteggersi dall'attacco del predatore.

«Sei disposta a perdonarlo, figlia mia?»

Eleonora fissava la madre negli occhi e non aveva il coraggio di dire nulla.

In quel momento Andrea entrò in cucina.

«È finito il cartone.»

Eleonora lasciò la mano della madre e accolse suo figlio sulle gambe. Lui la abbracciò.

«E com'era?»

«Bello, perché il mago che è buono sconfigge il mago che è cattivo.»

«Perché è cattivo?» chiese Eleonora con la gravità che gli adulti assumono con i bambini quando fanno discorsi seri.

«Perché fa cose brutte.»

«E come mai?»

«Non lo so. Lui sa fare quelle. Forse la sua mamma non gli ha insegnato quelle belle.»

«Ho la salsa fresca, fatta con i pomodori che mi porta la signora Franca e *u basilico mio*» disse Teresa, mostrando alla figlia un gigantesco barattolo di vetro.

«Grazie, mamma.»

L'abbracciò e si lasciò abbracciare. Ci vogliono quattro abbracci al giorno per sopravvivere, otto per vivere e dodici per crescere. Eleonora ne aveva appena avuti due, e si sentiva meglio, ma non bastavano ancora.

Finite le prove, il pomeriggio aveva ancora qualche sorpresa da riservare, a giudicare dalla luce che dipingeva le facciate delle case e rimbalzava sui tetti delle macchine. Margherita salutò Kim con la promessa che sarebbe tornata. Marta annuiva compiaciuta.

«Te l'avevo detto che ti saresti divertita!»

«Grazie, Marta. Probabilmente lo diceva anche l'oroscopo...»

«Vediamo se ce l'ho!» rispose Marta frugando nelle tasche dei pantaloni rossi.

«Dài, scherzavo!» disse Margherita abbracciandola e sentì che si incastravano come un pezzo di puzzle in un altro.

«Tu che fai adesso?» le chiese staccandosi.

«Vado a casa. Finisco i compiti e poi mi toccherà dare una mano con le gemelle.»

«Beata te!»

«Vuoi fare cambio?»

«Non credo ti convenga...» rispose Margherita seria.

Rimasero in silenzio. Marta non sapeva cosa dire.

«Anche io vado a casa, se c'è ancora...» disse Margherita.

«Bene, allora ci vediamo domani. Le prove sono due volte a settimana, dalle tre alle cinque.»

Margherita baciò Marta su una guancia, con uno schiocco ridicolo. Mentre si scostava, un insetto le si appiccicò alle labbra semiaperte. Margherita lanciò un urlo di ribrezzo.

Marta scoppiò a ridere e tra i singhiozzi disse:

«Lo sai che nella vita una persona inghiotte in media dieci ragni e una settantina di insetti?»

Margherita sputacchiava tutt'intorno, sfregandosi la bocca con il dorso della mano, come se la peste l'avesse baciata.

«Ti sei portata avanti...» rincarò Marta tra le lacrime.

«Scema! Magari mi viene il tetano, che ne sai...», e cominciò a ridere anche lei, come si ride a quell'età, sino alle lacrime, quando si ride per nulla. I passanti le guardavano straniti, forse un po' invidiosi.

Si salutarono di nuovo.

Margherita era felice. Aveva trovato una passione che non sospettava, quella per il teatro. In sole due ore era stata capace di immaginare un mondo in ordine nel quale vivere e stare bene; aveva stretto amicizia con Marta, che più che un'amica era la sorella che aveva sempre desiderato; e poi aveva guardato negli occhi quel ragazzo, che l'aveva cercata, inseguita, incontrata. Guardò il cielo e la vita le sembrò uno strano equilibrio tra ciò che ti viene tolto e ciò che ti viene dato: niente si distrugge, tutto si trasforma, aveva imparato dalla professoressa di scienze alle medie. Forse era vero, chi lo sa.

Non voleva tornare a casa e lavare via tutta la gioia che le si era attaccata addosso, ma allo stesso tempo aveva bisogno di raccontarla a qualcuno, per poterla custodire meglio. Così deviò e si diresse verso casa della nonna, e mentre la luce di fuori si mescolava con quella di dentro si ripeteva la frase di quel ragazzo: "Devi spiegarmelo tu".

Così è l'amore. Comincia con un mistero e la risposta da dare a quel mistero è il segreto della sua durata. La luce oscura di quel mistero abbracciava tutto, e lei, per la prima volta da quando suo padre se n'era andato, non si sentì sola.

Il professore parcheggiò la bici senza legarla, non c'era bisogno. La signora Elvira stava ramazzando il cortile.

«Cos'è quella faccia?»

«Stanco...»

«Stanco» ripeté la Minerva, come era solita fare quando fingeva di sposare un punto di vista altrui, aspettando di ribaltarlo nella battuta successiva. Si appoggiò alla scopa e aggiunse: «È un po' che non vedo Stella. Come sta?».

«Bene, bene... È molto impegnata in libreria in questo periodo. Sa, con l'inizio delle scuole...»

«Sì, è vero, le scuole...» ripeté e aggiunse: «Ma quando te la sposi?»

«Cosa...? Ma hanno fatto una legge per cui mi devo sposare? Sa che noia, poi, il matrimonio...»

«Be', meglio annoiarsi in compagnia che da soli...» rispose la signora e riprese a spazzare.

«Gioia mia!» disse la nonna aprendo la porta a Margherita, che le si gettò al collo e annusò il suo profumo antico e semplice.

«La mamma è stata qui poco fa e credeva di trovarti a casa. Cosa ci fai qua?» chiese Teresa.

«Macché a casa. Oggi ho saltato la scuola perché l'hanno allagata. Allora il nostro prof di Lettere ha fatto lezione al parco, all'aperto. E poi sono andata a fare il corso di teatro con la mia amica Marta e Kim ha detto che sono brava. Mi è piaciuto moltissimo. E poi durante le prove è successa una cosa bellissima...» disse Margherita in un fiato, spumeggiando come una bottiglia di champagne appena stappata.

«Ti sei innamorata» disse la nonna senza lasciarle finire la frase e indicandole i biscotti sul tavolo, che ancora emanavano profumo di mandorla e cannella.

«Ma che dici...» rispose Margherita.

«Quando una donna dice troppe cose belle insieme è innamorata. Te lo dico io... *Nun c'è sàbbatu sinza suli, nun c'è fimmina sinza amuri*» rincarò Teresa.

«Non lo so. So solo che mentre facevamo gli esercizi di improvvisazione si è materializzato un ragazzo bellissimo, dovresti vedere che occhi, nonna. Lo avevo visto a scuola il primo giorno e mi ha detto che mi stava cercando da ore e voleva che io gli spiegassi perché, ma poi è sparito» disse Margherita.

«Ti va di aiutarmi a preparare la ricotta per i cannoli?» chiese la nonna, consapevole che di certe cose si riesce a parlare meglio se le mani sono impegnate. «Così mi *cunti* com'è questo rospo da trasformare in principe...» disse ridendo.

«Va bene!»

Teresa preparava gli ingredienti necessari: la ricotta fresca, lo zucchero, le scaglie di cioccolata, e Margherita spostò dal centro della tavola una bacinella di vetro colma d'acqua. Sulla superficie galleggiavano dei fiori bianchi che gradualmente, dal bordo dei petali verso il centro, diventavano giallo zafferano, quasi che il sole vi si fosse nascosto dentro.

«Pomelie, o plumerie, come le chiamano qui al Nord» disse la nonna indicandoli con le sopracciglia, dato che le mani erano già troppo indaffarate. Erano fiori che inebriavano, come la maggior parte delle cose che raccontava della sua terra.

Teresa aprì al centro della forma di ricotta una conca in cui Margherita versò un po' di zucchero. La nonna lo mescolava con una forchetta, pestando la crema dall'alto in basso e lasciando che fluisse simile a petali bianchi attraverso le fessure della posata.

«Quando ero bambina rimanevo *stupitiata*, incantata a guardare l'albero da cui vengono quei fiori. Ne avevamo uno nel giardino della villa al mare, dove si prendeva il fresco la sera. Lo chiamavano l'albero delle uova» ricordava la nonna.

«Perché?»

«*Un'atr'anticchia*» fece la nonna indicando lo zucchero, e Margherita ne versò ancora.

«Basta così, prendi una forchetta e aiutami...»

Margherita cominciò a pestare anche lei.

«Perché il fiore era protetto da un guscio d'uovo.»

«Sull'albero crescevano gusci d'uova?»

«No, no, gioia mia. Questo era quello che credevo io. In realtà si conservavano i gusci delle uova che bevevamo e poi si rivestiva la gemma ancora tenera con quel guscio, per il tempo necessario a farla crescere e rafforzare, perché il sole e lo scirocco non la bruciassero. Sole e scirocco bruciano tutto. Poi il guscio si rompeva e ne usciva uno splendido fiore profumatissimo, bianco e giallo come le uova.»

«L'albero delle uova...»

«Sì... ero *picciridda* e credevo a tutto. Mio fratello, buonanima, mi raccontò che quell'albero faceva le uova come le galline, però dalla scorza uscivano fiori e non pulcini.»

«E tu ci hai creduto?»

«Nella mia terra tutto è possibile, soprattutto quando sei *picciriddu*. Quando vedo le pomelie da un fioraio non posso fare a meno di comprarle. È più forte di me. Mi riporta all'infanzia e al periodo del fidanzamento con tuo nonno... E allora, mi dici di questo ragazzo? Come si chiama?» interruppe il filo dei ricordi.

«Non lo so. Non me lo ha detto. Ma perché quei fiori ti ricordano il fidanzamento con il nonno?»

«Ti sei innamorata senza neanche sapere il nome. Siamo messi male, qui. Pesta di più, lo zucchero deve sparire!»

La nonna continuava a rimescolare la ricotta e lo zucchero, che si erano trasformati in una crema più omogenea, ma ancora granulosa.

«Come si fa a riconoscere l'amore vero, nonna?»

«Ah... *Na làstima... na fevre... na scossa 'ntu cori...*» sospirò Teresa, e dopo una pausa proseguì: «Gli uomini sono come i *melloni* rossi.» Lo diceva con due *l* e una *o* strascinata, perché dalle sue parti non si distingue tra anguria e melone, ma tra *mellone bianco* e *mellone rosso*.

«Cioè? Ma non ci riesci a darmi una risposta senza parlare di cose da mangiare?»

«Signorina, io so parlare *accussì...*» fece la nonna fingendosi offesa.

«E quindi, dài, spiega!»

«Quando tu compri un mellone non sai se è buono, vedi solo la scorza verde e le dimensioni. Ma ci sono due modi per sapere se è buono.»

«Quali?»

«Prima ci *tuppulii* sopra.»

«Che fai?»

«Ci bussi. E se fa un suono bello pieno e compatto, allora vuol dire che non è spugnoso, che è la cosa peggiore.»

«E il secondo modo?»

«Poi devi praticare un buco ed estrarre un pezzo che dalla scorza arriva fino al cuore del mellone e assaggiarlo. Questo serve a vedere se è dolce, perché dopo un mellone spugnoso non c'è niente di peggio che un mellone senza sapore. Ti ci puoi solo lavare la faccia con quello o ci puoi fare il gelo...»

«Il gelo?»

«Sì, una specie di budino al mellone.»

«E che c'entra con l'amore?»

«Come *che ci trasi*? Prima devi vedere se una persona *c'ave a testa*. Ci *tuppulii* e vedi se è piena. Se *c'ave a testa* spugnosa, *lassa pirdiri*. Poi devi vedere se *c'ave u core*. Devi fare un buco che dalla scorza, che può essere pure bellissima ma non basta, arriva fino al cuore, per capire se è dolce fino in fondo. Troppi ce n'è di scorza buona e cuore senza sapore o addirittura marcio...»

«Ho capito... E tu il nonno Pietro lo hai scelto così?»

«Certo! Mellone di prima qualità. Testa piena, intelligentissimo era, e cuore dolce, come pochi! E anche la scorza era speciale.»

Margherita scoppiò a ridere.

«Mi prendi la panna che c'è in frigo?»

«La panna?»

«Sì, quello è l'ingrediente segreto. Un po' di panna rende la crema più soffice e compatta. Evita che sia troppo granulosa e che lo zucchero si separi dalla ricotta...» rispose la nonna continuando a lavorare pazientemente la crema, consapevole che il vero segreto era quel movimento infaticabile del gomito. «Solo un lungo *travagghio* rende la crema dei cannoli perfetta. *Càliti jiunciu ca passa la china.*»

«Che ti serve?»

«Niente... è un modo di dire che ci vuole pazienza, ci vuole. Soprattutto nell'amore.»

«Allora, il nonno e le pomelie?»

«Sul lungomare dove andavamo a fare la *passiata* fino ad arrivare allo Spasimo, che pareva una chiesa con il cielo al posto del tetto, ci prendevamo una granita di limone o di caffè, con la brioscina, e guardando il mare ci rubavamo qualche bacio, ma rapido, eh, perché altrimenti non stava bene. Da lì passavano i venditori con piccoli bouquet di fiori. Si chiamavano *sponse* ed erano di gelsomini e pomelie intrecciati. *U ciavuru* di quel piccolo cuscino bianco e giallo ti entrava nel naso. Tuo nonno mi comprò una *sponsa*. Era il segno che un giorno mi avrebbe sposata con un vestito del colore di quei fiori...»

«Che vuol dire *sponsa*?»

«"Spugna"... i fiori erano fissati su una spugna umida che li manteneva freschi e ne conservava *u ciavuru*.»

Margherita annusò il calice della pomelia. Chissà

perché i fiori più profumati sono bianchi. In quel profumo si sentiva l'eco dell'infanzia della nonna e i suoi sogni di sposa. Anche Margherita era cresciuta dentro un guscio d'uovo, che adesso si era spezzato, ma troppo in fretta e violentemente. Il fiore era rimasto esposto al sole e allo scirocco, che bruciano tutto.

«E allora, questo principe misterioso? È un mellone di qualità o ci dobbiamo fare *u gelo*?»

«Non so niente. So solo che come mi ha guardato lui non mi ha mai guardata nessuno.»

«Brutto segno. La situazione è *marusa*...» commentò la nonna ironica, paragonando l'innamoramento al mare che sale e scende, come gli piace.

«Perché?» chiese Margherita seria.

«È lo sguardo di un uomo che ti frega.»

«Sembrava che vedesse in me qualcosa che io non avevo mai visto.»

«Il tuo ombelico.»

«Nonna! Ma che dici? Che c'entra l'ombelico, adesso?»

«Gioia mia. L'amore è fatto di carne. L'uomo desidera la donna e la risveglia: lei si sente voluta, amata. Quando un uomo tocca una donna ci tocca l'anima. Non tutti gli uomini arrivano a sentire l'anima sotto le dita, alcuni *vastasi* si fermano alla scorza. Una carezza sulla pelle di una donna è capace di allisciarci l'anima, uno schiaffo di frantumarla... E poi dall'ombelico parte quel filo a cui è legata la vita, quella corda non si rompe mai... e un uomo ci s'aggrappa sempre.»

Margherita arrossì. La nonna continuava a mescolare.

«Ma nonna, io mi riferivo al fatto che il modo in cui mi ha guardata era nuovo. Sembrava mi vedesse oltre me stessa. Come se credesse in me più di me stessa...»

«L'ho capito, gioia mia. Non sono così *stunata*. Ma gli uomini sono più semplici delle donne. Se hanno fortuna trovano la donna che li fa diventare uomini.»

«Come?»

«Li fa diventare padri. Gli dà la possibilità di... Ci vuole un pizzico di cannella» disse la nonna dopo aver assaggiato.

«La possibilità di...?»

«Non sta bene, Margherita. Le sai queste cose...» rispose la nonna.

«No, nessuno me le spiega» rispose Margherita con una punta di malizia.

«Cose... cose... del mondo della luna...»

La nonna, che usava quell'espressione per indicare qualcosa di bizzarro e inaudito, rimase in silenzio, pestando con più foga la crema dei cannoli.

«Com'era baciare il nonno?»

«Gioia mia, ma che domande sono?»

«Prima mi fai i discorsi sull'ombelico e poi... Lo voglio sapere! Quando ti ha baciata la prima volta?»

«Durante una passeggiata nel giardino di zagara.»

«Che cos'è?»

«Un aranceto. La zagara è il fiore degli aranci.»

«Come ha fatto?»

«Sei proprio impertinente, gioia mia...»

«Dài...»

«Camminavamo uno a fianco all'altra, guardando la strada davanti. Lui raccontava mille storie. Quante ne *sapìa*... Ogni tanto ci fermavamo a parlare e invece di guardare avanti ci *taliavamo* negli occhi. Le pause erano più lunghe e le parole più rare. Gli occhi si cercavano dentro, cercavano quello che tutti gli innamorati cercano e non sanno cos'è...»

«E poi?»

«E poi lui strappò un fiore d'arancio e lo annusò. Lo avvicinò alla mia bocca, me lo fece *ciarare*.»

«*Cia*... che?»

«Annusare... e poi me l'infilò tra i capelli. Si avvicinò ad annusarlo e le sue labbra mi sfiorarono la fronte. Sentii il suo fiato sulla pelle. "Quanto *sì duci*, Teresa..." così mi disse.»

«E tu?»

«Niente. Rimasi *alloccuta*, come una scema... Lui disse *Teresa* con una dolcezza che non avevo mai sentito nemmeno dai miei genitori. E poi mi baciò.»

«E com'era?»

«Adesso basta, che cose mi fai raccontare...! Cose *tinte*. Se lo sa la mamma...» disse la nonna con finta ritrosia.

«Dammi la cioccolata. Mettine qualche *pizzuddu* nella crema, invece di mangiartela tutta... come a tua madre fai!»

Margherita obbedì, sorpresa a sciogliere le dolci scaglie tra la lingua e il palato. La nonna continuava a lavorare di polso e di gomito. La crema aveva assunto una consistenza nivea e compatta, e la cannella l'aveva resa leggermente ambrata.

«Dài, nonna, racconta... Com'è un bacio?»

«Gioia mia, quello che so è che cerchiamo la vita. Il nostro respiro non ci basta e vogliamo il respiro di un altro. Vogliamo respirare di più, vogliamo tutto il fiato di tutta la vita. Nella mia terra le persone che ami le chiami *ciatu mio*: "respiro mio". Si dice che la persona giusta è quella che respira allo stesso ritmo tuo. Così ci si può baciare e fare un respiro più grande...»

La nonna cominciò a cantare, sorpresa da chissà quale antico ricordo:

Cu' ti lu dissi a tia nicuzza,
lu cori mi scricchia, a picca a picca a picca a picca.

«Io voglio vedere la tua casa sul mare, nonna. Nelle cose che racconti tutto sembra più grande, più vero, pieno di sapore...»

«Un giorno la vedrai, adesso è troppo presto» rispose Teresa con un sospiro.

«Perché?»

Riprese a cantare:

Ahj, ahj, ahj moru moru moru moru,
ciatu di lu me cori l'amuri miu sì tu.

«Ma mi ascolti?» sussurrò Margherita, e Teresa fece finta di niente.

«E allora, questo rospo?»

«È strabico, bavoso e puzzolente.»

«Allora lo devi proprio trasformare!»

Risero.

«Ha gli occhi pieni di cose, nonna. Ti fanno venire voglia di vedere città e paesaggi insieme. Ha i capelli neri, lunghi, che gli scendono sulla fronte e coprono una parte del viso. La pelle è chiara, liscia. Ha delle mani bellissime, eleganti, agili, e poi una voce... È misterioso, poteva parlarmi subito e invece prima mi ha osservato, mi ha seguito e poi mi ha parlato sotto la neve, raccogliendo un fiocco insieme a me. Ha immaginato come me, ha sentito quello che sentivo io. E poi mi ha guardato, nonna. Ma lui è grande, credo sia del quarto anno.» Margherita non tralasciò neanche un dettaglio, tanto è prodigiosa la memoria delle donne nel ricordare i particolari in cui l'amore si promette.

«Mi pare un mellone di qualità...»

La nonna le sorrise e non aggiunse altro.

«Eccola qui. *Ci vol'assai* per fare assai!» sentenziò compiaciuta Teresa, porgendo un cucchiaino a Margherita, che però aveva già immerso un dito intero nella crema.

«*Vastasa!*» le disse la nonna. Affondò due dita nella crema e la spalmò sulla faccia di Margherita, che scoppiò a ridere come fanno i bambini.

«Poi mi devi raccontare la prima volta che...» iniziò Margherita tra le risa e diventò rossa.

«La prima volta che?»

«Quella cosa lì...»

«Quale?»

«Dài, nonna, hai capito...»

«Le cose hanno un nome. Non te ne devi vergognare. Dio fece solo cose buone anche se noi le roviniamo...»

«Avete fatto l'amore...» disse Margherita tutto d'un fiato.

«Quelli sono affari miei. La mia prima notte da sposa è cosa mia e solo mia.»

«Ma dài, nonna, se non me lo spieghi tu a chi chiedo? Alla mamma non lo chiederò mai...»

«Stai crescendo troppo in fretta, gioia mia...» sorrise la nonna e le diede una carezza.

«Prometti?»

«Cosa?»

«Che me lo racconti...»

«Adesso devi andare, altrimenti tua madre sta in pensiero...»

«Papà e mamma secondo te non avevano lo stesso respiro? Si sono sbagliati?»

«Secondo me ce l'hanno. Sempre ci sono ombre in una coppia. Con Pietro ogni tanto c'erano parole... Ma quando *scurava* era tutto finito...»

«Quando...?»

«Quando tramontava il sole. Ora forse la vita è più difficile... tua madre e tuo padre... la vita li ha portati ad avere ritmi diversi e non riescono più a respirare insieme...»

«E come si fa?»

«Avrebbero bisogno di un po' di *svarìo*... Devono ritrovarsi. Ritrovare i loro respiri... Come quando erano fidanzati.»

«E come si fa?»

«Fallo tornare, Margherita. Tuo padre ha più bisogno di te che di tua madre in questo momento. Tu sei il loro respiro comune. *Tu sì u ciatu!*»

Margherita le si avvicinò e le infilò tra i capelli argentati la pomelia che aveva annusato prima. Abbracciò la nonna e le bagnò le guance di gratitudine. E di paura.

A cena Margherita inghiottì tutta la felicità che aveva masticato e la nascose nello stomaco, non lasciando spazio ad altro. Finse di mangiare qualcosa, perché non voleva che la madre le mandasse in frantumi quel po' di magia che era entrata nella sua vita.

«Come è andato il corso di teatro?»

Margherita la guardò corrugando la fronte: «Chi te lo ha detto?».

«Qualche giorno fa ho parlato con la madre di Marta e mi ha detto che voleva proporti di andare con lei...»

«E tu cosa le hai risposto?»

«Che per me andava bene, sono contenta che tu ci vada» disse Eleonora.

«Ah.»

«Potevi anche dirmelo però...»

«Temevo non volessi.»

Eleonora si nascose dietro un bicchiere d'acqua.

«Cosa avete fatto?»

«Niente di che.»

«E ti è piaciuto?»

«Sì.»

«Che cosa in particolare?»

«Gli esercizi.»

«Esercizi come?»

«Esercizi.»

La discussione languiva in monosillabi e insofferenza, ma per fortuna Andrea si intromise:

«Mamma, perché il mare è blu?»

«Eh?»

«Tutte le volte che lo devo disegnare ci vuole un sacco di blu e devo temperare la matita tantissime volte» aggiunse Andrea per spiegare il motivo della sua ricerca quasi metafisica. A lungo era stato convinto che tutte le cose, dagli alberi alle nuvole, fossero state fatte dal nonno. Gli avevano detto che era in cielo e lui pensava che il nonno avesse a disposizione degli attrezzi speciali: pennelli, martelli, cacciaviti grandiosi. Ma quella spiegazione cominciava a scricchiolare.

«È blu perché il cielo lo usa come specchio per guardarsi» intervenne Margherita.

«Allora quando il cielo è di un altro colore devo farlo di quel colore?»

«Sì, un po' sì.»

«Dài mangia, Andrea, la carne è ancora tutta lì. E tu pure, Margherita...»

«Mamma, perché il cuore batte?» chiese il bambino.

«Come ti viene in mente, amore? Batte perché deve spingere il sangue in tutto il corpo, è come un motore.»

«E perché non si ferma mai?»

«Perché altrimenti...» Eleonora cercava la parola giusta.

«Si muore» disse secca Margherita.

«Perché uno muore? Dove va poi?»

Eleonora e Margherita rimasero in silenzio, in cerca delle risposte a quelle cose che nessuno sa, ma che almeno ha il coraggio di chiedere quando è bambino.

Il silenzio pieno di attesa fu rotto ancora una volta da Andrea:

«Perché papà non torna?»

Nessuno rispose.

Giulio quella sera era amichevole come non accadeva da settimane. Si fermò a chiacchierare con il volontario che aveva maltrattato la volta precedente.

«Perché fai questa cosa, Franky?»

«Quale?»

«Questa di venire qua, gratis.»

«Perché mi va.»

«Come ti va di fare una cosa gratis?»

«Mi sembra un modo di restituire quello che ho ricevuto dalla vita.»

«La vita se ne fotte di te.»

«Non è vero. Quando la vita ti tratta bene ti senti spinto a ringraziare, regalando un po' di tempo a chi è stato meno fortunato.»

«Tipo me.»

«Non volevo dire questo...»

«Lo hai detto. È la verità: io non ho avuto quello che hanno tutti, per questo sono qua. Io non ho avuto una famiglia. Non ho avuto una madre che mi preparasse una torta di compleanno. Non ho avuto un padre che mi regalasse la maglia dell'Inter.»

«Be', quella non è un granché...» sorrise Filippo, che aveva luminosi occhi chiari.

«Ma il problema non è nemmeno quello...» rispose Giulio ignorando la battuta.

«E qual è?»

«Non sapere *perché* non ho avuto tutto questo.»

«Sei stato sfortunato, Giulio.»

«No, non raccontarmi balle anche tu!» disse Giulio alzando la voce, stringendo i pugni e battendone uno contro l'aria. «La dovete smettere di dire stronzate. Non sono stato *sfortunato*. Sono stato *abbandonato*. È diverso. Lo capisci? Uno sfortunato perde le cose per sfortuna, non per una scelta. Lo sfortunato non ha colpe, io sì.»

«E quali sarebbero?» chiese Filippo secco, senza sottrarsi.

«Se tua madre ti abbandona è perché fai schifo. Nessuna madre, neanche la più disperata, abbandona suo figlio. Una madre è madre sempre. Tu ce l'hai una madre?»

«Sì.»

«E un padre?»

«Sì.»

«Allora che ne sai di me? Della sfortuna? Siete tutti bravi a dare lezioni...»

Filippo si avvicinò, gli mise una mano sul braccio e gli disse:

«Hai ragione, non ne so niente. Però io sono qui. Se ti sta bene, questo è quello che la vita ti ha dato, altrimenti tieniti la tua rabbia e spargila su tutto e tutti.»

Giulio si divincolò e lo guardò dritto negli occhi, tenendo la bocca serrata. I suoi occhi brillarono freddi. Filippo lo fissava senza distogliere lo sguardo.

«Vuoi una sigaretta?» chiese Filippo.

«Sì.»

«Queste conversazioni sono troppo faticose senza un po' di aria buona» aggiunse porgendogli il pacchetto.

Uscirono, e Giulio si accese la sigaretta.
«Tu puoi dare perché hai ricevuto.»
«Puoi farlo anche tu, Giulio.»
«Io so solo prendere, rubare.»
«Non è vero... Però la prossima volta che mi freghi la macchina, ti do così tanti schiaffi che prendi un po' di colore in faccia.»
«Non ho niente da dare.»
«E questa chiacchierata? Non è una cosa che mi stai dando? Mi stai dando la tua rabbia, il tuo dolore.»
«Bel regalo.»
«Il più bello, perché so quanto ti costa. Quello che conta nella vita è come ci convivi, con il dolore, cosa ci fai. E se riesci a mantenere intatto un pezzetto di anima mentre combatti.»
«Perché dovrebbe fregartene qualcosa di me? Oggi la tua buona azione l'hai fatta, Dio ti vuole bene, adesso puoi anche andare a casa.»
«Tu devi proprio sospettare di tutto?»
Giulio tacque e fissò le mani di Filippo, che erano rilassate: una reggeva la sigaretta e l'altra era appoggiata alla guancia. Poi aggiunse:
«Si prendono meno fregature.»
«Ti sei mai innamorato, Giulio?»
Giulio rimase in silenzio e per un attimo gli apparvero i capelli neri e gli occhi verdi di Margherita.
«Quando ti capiterà smetterai di sospettare.»
«Perché?»
«Non saprai neanche tu perché, ma ti fiderai di qualcuno più di te stesso. Sceglierai consapevolmente di rischiare la fregatura, di perdere.»
Giulio pensò a Margherita: avrebbe voluto consegnarle la propria vita, mettergliela tra le mani e chiederle di custodirla e di portarla dove voleva. Sarebbe stata più al sicuro tra le mani di lei.
«Ti sbagli se pensi che le gioie della vita vengano soprattutto dai rapporti tra le persone. La felicità sta nel-

la solitudine. Tu ti fidi di qualcuno tanto da decidere di farti fregare?» chiese Giulio.

«Della mia ragazza. Dei miei. Dei miei fratelli. Di Dio.»

«Dio non esiste.»

«Cosa te lo fa pensare?»

«Va tutto storto, è un inferno. Se esiste è un Dio sadico...»

«O debole.»

«Sì, debole. Che Dio è, un Dio debole?»

«Un Dio che ti lascia libero.»

«Preferirei un Dio forte, se proprio non se ne può fare a meno.»

«Io non lo so perché succedono certe cose, bisogna accettare i misteri di Dio. Certo è che gli uomini sono liberi e sono loro a scegliere il bene e il male con le loro azioni.»

«Chiacchiere per consolarsi quando le cose vanno male. Perché mi ha fatto nascere se poi dovevo essere abbandonato?»

«Perché ti pare che a Cristo sia andata meglio?»

Giulio ripensò all'affresco della chiesa vicino al parco. Almeno lui una madre ce l'aveva.

«Ma lui non c'entra con me...»

«Neanche io. Eppure altri hanno imparato a volerti bene al posto dei tuoi. Questa è l'unica regola di Dio: che tutto ciò che accade, bello o brutto che sia, generi un amore più grande, ma questo sta a noi sceglierlo.»

«A Dio non glien'è mai fregato niente di me.»

«A me sì però. E tu parla con me, poi con lui ci parlo io.»

«Che gli dici?»

«Che sei arrabbiato con lui.»

«E lui?»

«Mi ascolta.»

«Come lo sai? Ti scrive una mail o ti manda un sms?»

«Mi manda uno come te...»

«Bel regalo...»

Filippo gli poggiò una mano sulla spalla.

Giulio restò un momento con lo sguardo perso nel vuoto e le mani in tasca.

«Sei strano, Franky... Hai le palle. Però fai discorsi strani» disse dopo un po'.

«E tu sei un tipo in gamba, Giulio. Hai le palle di ascoltarli.»

Quando la notte aveva già messo tutti a letto e la Terra richiamava i figli nella sua culla, Margherita aprì il cassetto dove era conservato il passato: in una scatola di latta rossa c'erano le lettere dei suoi, del tempo in cui erano fidanzati – sua madre le aveva raccolte e conservate tutte – e, ordinate in scatoline rettangolari, le diapositive che suo padre amava guardare durante le lunghe sere d'estate. Estrasse anche il vecchio proiettore Kodak da una scatola di cartone, attaccò la presa e un fascio di luce illuminò la parete da cui aveva appena staccato un quadro che ritraeva sua madre. Quel fascio di luce era accompagnato da un rantolo sordo, la ventola che girava per evitare che il proiettore si surriscaldasse.

Sopra quel marchingegno rauco una ruota con le fessure per inserire le diapositive era la perfetta geometria della memoria, un recinto che racchiudeva tutte le cose belle e allontanava qualunque minaccia, come i cerchi magici delle fiabe. Riempì la ruota con le diapositive, estraendole dalle scatoline su cui suo padre aveva segnato il luogo e la data, con la sua grafia simile ad alberi sbattuti dal vento.

Quella ruota della memoria, che il signor Kodak aveva inventato, cercava di rendere eterno ciò che è effimero. Assomigliava a una di quelle girandole dai petali colorati, che il vento fa diventare bianchi. Un riquadro bianco si proiettava sul muro in attesa di una rivelazione di colori, forme, gesti, attraversati dalla grazia della luce.

Uno scatto e si vide in piedi su un trampolino, pronta per tuffarsi in acqua, con tanto di braccioli e cuffietta a righe. Le piaceva l'ebbrezza del volo e da quando aveva scoperto la magia dei tuffi era diventata un vero pericolo per i suoi. Un altro scatto e apparve con Volpe in braccio, il soriano pigro come pochi che avevano dovuto regalare dopo che era nato Andrea, perché lui era allergico al pelo. Aveva insistito tanto per chiamarlo così, perché voleva addomesticarlo come il Piccolo Principe con la volpe. Lo scatto successivo la proiettò vestita di bianco, il giorno della sua prima comunione, con la nonna che le teneva orgogliosa la mano sulla spalla. Quel passato era cancellato, la bambina e la sua gioia di vivere non c'erano più. E persino Dio chissà dove era andato a finire.

Un altro scatto secco fece girare la ruota di un grado e proiettò sulla parete sua madre in piedi, leggermente piegata su lei bambina con un vestito a quadretti minuti, bianchi e azzurri. I capelli corti e le braccia protese in avanti. Eleonora le sosteneva la schiena, mentre le braccia si lanciavano verso quelle altrettanto protese del padre, che qualche metro più avanti attendeva in un abbraccio i primi passi della figlia. I primi passi sono uno di quei momenti che i genitori amano conservare. Le braccia di suo padre si protendevano come una promessa invisibile, e la bimba perdeva la paura di lanciarsi nel vuoto, sul filo della vita, perché sapeva che quelle braccia erano lì a tracciare strade sicure. La madre la sosteneva e la proteggeva come fa la Terra con i suoi porti, il padre l'attraeva come fa il mare con le sue rotte, nella promessa di un altro abbraccio, oltre. Il sorriso sicuro del padre, il timore apprensivo della madre: sul viso della bimba si leggeva la perfetta sintesi di quei due sentimenti. Avvertì la vertigine sotto i propri piedi, l'ebbrezza della debolezza di chi ha perso l'infanzia e vuole lanciarsi tremante nel vuoto incerto del futuro, ma ha troppa paura di ciò che quel vuoto nasconde.

Ora che suo padre non c'era, quell'abbraccio si era sottratto, il filo su cui camminare era incerto, la rete svanita. Sul volto della bambina si disegnava lo smarrimento. Vivere sembrava un azzardo. Il rantolo del proiettore illuminava sulla parete un evento di cui Margherita non aveva memoria. Accarezzò il viso di suo padre appiattito sulla parete, ma presto si ritrovò a graffiarne con le unghie la superficie. Poi spense, rimise tutto in ordine e portò via la scatola di latta con le lettere.

Chiusa nella sua stanza carezzava la scatola, ma non aveva il coraggio di aprirla. La nascose sotto il letto e si addormentò su mille promesse infrante.

IX

La luce del mattino si spargeva per strade, viali e vicoli, che resistevano invano. Qualche nuvola solcava nervosa il purissimo azzurro del cielo. Persino l'edificio della scuola brillava. L'allagamento aveva creato meno danni del previsto, ed erano bastati pochi giorni per renderlo di nuovo agibile.

«Piacere» rispose il professore, in imbarazzo per quel colloquio imprevisto.

«Mi scusi se l'ho fatta disturbare» aggiunse Eleonora con il viso tirato.

«Non si preoccupi signora, ho un'ora libera.» Rimase in attesa.

Eleonora interpretò il suo silenzio come richiesta di identificarsi.

«Sono la madre di Margherita Forti, I A. Non so se la ricorda. Margherita assomiglia più al padre che a me» disse Eleonora con un po' di imbarazzo.

Il professore la guardò meglio. Aveva la pelle chiara, occhi verdi difficili da decifrare, a causa del dolore che li offuscava. Le labbra erano sottili ed eleganti. I capelli neri, sebbene più corti, erano intensi come quelli della figlia, che le assomigliava più di quanto lei credesse, soprattutto nella voce, nei gesti e negli occhi.

«Margherita. Sì, sì. Un bel tipo...» disse il professore sorridendo con una punta di complicità.

«Sono qui per chiederle un aiuto» mormorò Eleonora con gli occhi bassi.

«Mi dica, signora» rispose il professore ostentando una sicurezza solcata da più di una crepa. Gli sembrò di dover pescare l'ennesimo cartoncino arancione del vecchio Monopoli: *Imprevisti*.

«Margherita sta attraversando un momento difficile a casa e non credo sia concentrata sull'inizio di questo percorso scolastico. Lei è il professore che i ragazzi hanno per più ore e vorrei che prestasse un occhio di riguardo a mia figlia. È molto fragile in questo momento. Ha bisogno di essere coinvolta, appassionata, motivata. Suo padre...» Eleonora fece una pausa, poi continuò: «... mio marito è andato via. Margherita non è capace di gestire questa situazione, forse una figura maschile adulta di riferimento, come lei, può esserle d'aiuto...». Alzò gli occhi verso il professore, che era rimasto colpito dall'espressione che lei aveva usato: davvero lui era questo? *Una figura maschile adulta di riferimento*? «Non so se riesco a spiegarmi. Farei qualsiasi cosa per mia figlia, anche se non so bene cosa...» La voce di Eleonora si incrinò leggermente, ma riuscì a trattenerla. Gli occhi però le si inumidirono. Era truccata in modo discreto e vestita con semplice eleganza, una camicetta bianca su morbidi pantaloni grigi.

Il professore si sentì messo all'angolo da quel dolore riversato su di lui senza preavviso, in apertura di giornata. Lui, una figura maschile adulta di riferimento. Provò a essere comprensivo, ma le braccia, incrociandosi sul petto, crearono una difesa fra lui e quella donna.

«Avevo notato qualcosa. Ha fatto bene a parlarmene. Ci farò attenzione e se potrò aiutare Margherita in qualche modo... lo farò senz'altro.»

«La prego di non dirle nulla. Se sapesse che le ho parlato si infurierebbe. Vuole sempre fare tutto da sola...»

«Non si preoccupi, signora.»

«Lei cosa farebbe?»

«In che senso?» chiese il professore sorpreso da quell'eccesso di confidenza. Che ne sapeva lui? Non aveva neanche figli, e comunque, nel caso, ci avrebbe pensato Stella. Ma il pensiero di lei acuì il suo fastidio.

«Niente, niente. Mi scusi. Le chiedo solo un occhio in più per mia figlia e, se ci fosse qualcosa da segnalarmi, la prego di... Ecco, le lascio il mio numero» gli porse il biglietto da visita e aggiunse:

«Mia figlia mangia poco, non mi parla...»

Il professore sorrise nervoso. Si sentì solo, senza risorse né parole. Si sentì simile a Lord Byron, intoccabile icona del fascino romantico, poeta sublime e incantevole uomo, che però quando apriva bocca di fronte a una donna aveva il difetto di balbettare.

«Grazie della fiducia, signora. Come le ho già detto presterò attenzione.»

Eleonora poggiò le mani sulle braccia conserte del professore, che si sentì invaso da quella donna fragile e stanca. Non restituì il calore ricevuto, e sorrise sforzando il volto.

«Grazie, grazie... grazie. Mi scusi, mi scusi... Buona giornata, professore, buona giornata.»

«Anche a lei, signora.»

Si avviò verso la sala professori. Incrociò il burbero collega di disegno e lo salutò sorridente, ma quello non rispose.

Il professore si sedette. Il tavolo era intasato di libri abbandonati da chissà quanto tempo, alcuni avevano ancora il prezzo in lire. Circolari timbrate e dimenticate si accartocciavano tra un libro e l'altro. La vita è più o meno così, pensò. Senza ordine, senza regole. Sfugge da tutte le parti. Ed è maledettamente priva di senso estetico. Bisognerebbe insegnarle un po' di ordine, a stare dentro la tela o dentro la pagina, a usare i colori e le parole giuste, a smetterla di inventare, senza rispetto di quelle regole precise e di sicuro effetto che garantiscono la bellezza:

l'unità dell'insieme, l'armonia delle singole parti, la grazia del tutto.

Così pensava *la figura maschile adulta di riferimento.*

La campanella dell'intervallo suonò. Quel suono aveva un significato diverso per ciascuno: la biondina era impaziente di controllare il trucco e le ciglia, Marta aveva mille cose da raccontare, la professoressa di matematica doveva andare di corsa in bagno, Margherita non vedeva l'ora di incontrare quel misterioso ragazzo, fosse anche solo per un attimo, dopo quei giorni di chiusura della scuola e forzata lontananza... Ma se non gli fosse piaciuta? Se al momento di parlargli le fossero tremate le gambe, avesse cominciato a balbettare e le fossero saltate fuori quelle terribili macchie rosse sul collo?

Aveva scelto i vestiti che la facevano sentire più bella: una canottiera azzurro ghiaccio dalle spalline sottili che esaltava il verde dei suoi occhi, stivaletti morbidi e una gonna a palloncino. I capelli sciolti sulle spalle nude. Ebbe paura di aver immaginato tutto, un delirio della sua fantasia ferita.

«Come stai bene vestita così! Ti ho portato una cosa» disse Marta raggiante e tirò fuori dal diario una piccola busta, sulla quale, con un pastello rosa intenso e lettere di altezza diversa, era scritto: *per margherita*.

«Da parte delle gemelle...» aggiunse Marta.

Margherita aprì la busta e dentro c'era uno di quei braccialetti che si fanno con fili variopinti. Marta l'aiutò ad annodarlo attorno al polso.

«Loro dicono che una volta annodato non lo puoi più togliere, altrimenti porta sfortuna. Dovrà sciogliersi da solo, e quando accadrà si realizzerà il desiderio che hai espresso quando hai cominciato a portarlo...» Mentre lo raccontava le mostrava il suo polso con una serie di bracciali coloratissimi e piuttosto sfilacciati. Aggiunse con uno sguardo complice: «Uno per ogni desiderio!».

«Grazie Marta, ringrazia le gemelle con questo abbraccio», e la abbracciò davanti a un gruppetto di maschi, che catalogarono l'episodio come la tipica cosa da femmine.

Le due amiche uscirono dalla classe avventurandosi per i corridoi affollati. Margherita cercava quei due occhi trasparenti, ma non appena scorgeva qualcuno che gli assomigliava sperava non fosse lui, perché sentiva un vuoto alla pancia, i pensieri le diventavano bianchi e perdeva la parola. Non era pronta. Non sarebbe stata mai pronta, neanche con quei vestiti. Non era all'altezza. Desiderava parlare con lui, ma forse non subito, però non voleva neanche aspettare che il braccialetto delle gemelle le cadesse da solo. I suoi desideri si combattevano l'un l'altro, come in un'assurda battaglia in cui i due schieramenti contrapposti appartengono allo stesso esercito e vengono abbattuti da fuoco amico.

E lo vide. Era appoggiato al muro con la gamba piegata, il ciuffo di capelli neri gli cadeva di lato e nascondeva quasi del tutto il suo profilo da angelo del buio. Accanto a lui c'era un altro ragazzo, con i capelli lunghi e i jeans strappati. Davanti a loro Margherita riconobbe la biondina e un'altra loro compagna. Margherita fu presa dal terrore: faceva così con tutte le primine, e lei si era illusa. Il ragazzo dei jeans rideva e parlava alla biondina, che teneva le mani incrociate davanti alla pancia. Il ragazzo dagli occhi di vetro sorrideva. La biondina, perfetta, portava almeno una terza e luccicava da passerella. Davanti a quella scena Margherita si sentì una bambina vestita dalla mamma per la festa e fu sul punto di strapparsi via il braccialetto delle gemelle. Stava per dire a Marta "è lui", ma le parole le rimasero incastrate da qualche parte.

Abbassò lo sguardo e avanzò insieme all'amica verso il fondo del corridoio. Povera illusa! Ecco cosa fanno secoli di amore romantico, baci di principi azzurri e colazioni da Tiffany. La realtà era un'altra cosa, lei era una ridicola quattordicenne con la testa imbottita di film in cui basta un colpo di fulmine per amarsi ed essere amati per sempre, finché morte non vi separi. Di sicuro quel ragazzo si divertiva a provarci con tutte. E poi che amici si sceglieva? Quell'altro aveva una faccia da scemo mai vista. Magari ridevano di lei e di Marta, due aliene in attesa della prossima astronave per tornare sul loro pianeta. Probabilmente non era affatto speciale come i suoi occhi promettevano, anzi probabilmente era come tutti gli altri. Quegli occhi da cane siberiano non erano poi così unici e neanche quella sua faccia da angelo maledetto. Non basta avere i capelli neri e gli occhi alla Pattinson per essere qualcuno... Non aveva proprio niente di speciale. E infatti andava dietro alla biondina come tutti gli altri.

Quando passò davanti a loro Margherita girò il viso quel tanto che bastava per scorgere la ragazza, flessuosa come una leonessa, inarrivabile, pronta per un servizio fotografico sotto quei vestiti stretti attorno a un corpo perfetto. Abbassò lo sguardo e come una frustata la sentì dire sarcastica:

«Si chiama Margherita, e sta sempre con quell'altra, strana forte pure lei. Mi sa che sono lesbiche.» Gettò la testa indietro e coprì la risata con la mano destra. In quel momento Giulio, che aveva posto la domanda, si staccò dal muro, la raggiunse e le si parò davanti.

«Eccoti» disse con occhi di bambino.

Margherita li ritrovò là, fissi nei suoi, e ci si era già tuffata dentro prima ancora di averne valutato la profondità. Tutte le sue paure, i suoi dubbi, le sue domande si volatilizzarono.

«Margherita, giusto?» aggiunse lui.

«Ciao» rispose lei mordendosi le labbra e intrecciando le mani.

«Ciao, io sono Marta» disse la sua amica. «Di che segno sei? Scommetto... Toro!»

Giulio la guardò stranito: «Allora è vero...».

«Cosa?» chiese Marta.

«Niente, niente. Toro, sì» sorrise Giulio stando al gioco.

«Lo sapevo!» lanciò un urletto Marta e sgomitò Margherita.

La biondina assisteva alla scena immobile, incapace di capire cosa stesse accadendo, ma sicura che si trattasse di una scena con finale comico. Quando però Giulio si allontanò con quelle due, capì che il finale era tragico. L'altro ragazzo, che non aveva smesso un solo istante di squadrarla, le chiese:

«Vuoi uscire sabato?»

La biondina, raccogliendo i cocci della propria anima, fece cenno di sì, meccanicamente.

Quando Margherita rientrò in classe, la lezione era cominciata da qualche minuto. Il professore di Lettere era già lì, in piedi tra i banchi, con la sua *Odissea* sgualcita, piena di orecchie e segnalibri di tutti i tipi: dallo scontrino al biglietto del bus. Era alta il doppio delle loro edizioni nuove.

«Sapete perché i libri hanno le orecchie?»

«Per tenere il segno» rispose Gaia.

«No.»

«E perché allora?»

«Perché ci ascoltano e hanno orecchie proprio in quelle pagine che ci ascoltano di più. Io voglio che i vostri libri siano pieni di segni e orecchie!»

Marta rise divertita. La biondina non capì.

Margherita, ancora sulla soglia dell'aula, sorrideva come chi sia sceso da una mongolfiera dopo un giro tra le nuvole.

Il professore, disarmato da quel sorriso che vedeva per la prima volta, la accolse bonariamente:

«Forza, Margherita, che Itaca ti aspetta.»

«Scusi, prof...» disse lei continuando a sorridere, senza bisogno di aggiungere altro.

«Professore, non prof. *Professore* viene dal latino

profiteor, profiteris, professus sum, profiteri che vuol dire "professare". Un professore è uno che professa la sua materia come una religione, un prof non so cosa sia, assomiglia a una sottomarca...»

«Va bene, prof, scusi» rispose Margherita dirigendosi verso il suo banco. Il professore sbuffò, ma decise di sorvolare sull'ennesimo *prof*.

Marta la aspettava già seduta e voleva sapere tutto quello che era successo da quando Giulio le aveva chiesto di lasciarli soli. La biondina seguì Margherita con occhi che scagliavano fatture. L'invidia le mangiava il cuore e lei dava libero corso a quel vizio così strano: l'unico che non dà piacere a chi gli si abbandona con voluttà.

Margherita aprì l'*Odissea* alla pagina indicata da Marta.

«*Mia madre dice che sono suo figlio, ma io / non lo so: perché il proprio concepimento nessuno lo sa*» lesse il professore con voce sommessa, costringendoli così ad aprire meglio le orecchie. «Di chi sono queste parole che abbiamo letto al parco?»

«Le dice Telemaco ad Atena, che gli chiede se lui è veramente il figlio del grande Ulisse!» rispose Margherita, sicura.

«Brava, Margherita!» disse il professore, ripensando alle parole della madre della ragazza e rimanendo sorpreso da quel viso così luminoso.

«Grazie prof!» sorrise Margherita soddisfatta. Si sentiva così sicura di sé, adesso.

«Professore! Professore! Tutto intero come me che sono qua tutto intero!»

«Mi scusi, ma è che non mi viene... Sembra troppo serio tutto intero. *Prof* è più simpatico.»

«Il mio compito non è essere simpatico, ma insegnarvi l'italiano e il latino.»

«Però se lo fa con simpatia a noi non dispiace. Ci guadagnano tutti...» disse candida Margherita.

Il professore si bloccò e stava per sorridere anche lui, ma si trattenne e proseguì:

«Telemaco risponde con questa frase misteriosa: nessuno conosce la propria stirpe, la propria origine, il proprio concepimento. Lui non aveva ricordi di suo padre, che era partito per la guerra di Troia quando era ancora un neonato. Gli avevano raccontato che aveva tentato di sfuggire alla guerra fingendosi pazzo: arava la sabbia e seminava sale. Ma era stato smascherato da un soldato a cui era venuta l'idea di mettere il piccolissimo Telemaco sul suo percorso. Ulisse aveva deviato il corso dell'aratro. Neanche un matto ucciderebbe il figlio, figuriamoci un uomo intelligente come Ulisse. Ora però, dopo anni e anni di assenza, Telemaco dubita di suo padre. Non sa se può fidarsi, non sa se quello è ancora suo padre...» Fece una pausa, sicuro che i ragazzi stessero entrando nel dramma intimo di Telemaco, un ragazzo che dubita del proprio padre, come ogni adolescente che si rispetti. Continuò: «Telemaco dubita. Un padre che non torna da anni non può essere il suo vero padre, lui non sa se viene da quel padre... Ha sfiducia, non crede più in lui. Come può un padre dimenticare suo figlio?».

Margherita lasciò che il libro si richiudesse, e la sua anima si consegnò alle parole del professore, che non stava parlando dell'*Odissea*, ma della sua storia, non di Ulisse, ma di suo padre, non di Telemaco, ma di lei.

«Atena scorge la paura negli occhi di Telemaco e lo risveglia. Senza la fiducia in chi lo ha generato, senza un padre, quel ragazzo non diventerà mai un uomo, non sarà mai se stesso. Allora la dea gli dice, sottolineate i versi: *va' a domandare del padre partito da tempo, / se mai te ne parli qualcuno o sentissi da Zeus / la voce che divulga la fama tra gli uomini*. Atena provoca in Telemaco una insostenibile nostalgia del padre. Mentre il padre deve fare ritorno a Itaca, Telemaco deve fare ritornare il padre, prima di tutto nel proprio cuore. Atena risveglia in lui il ricordo sopito. La nostalgia.»

Andò alla lavagna e scrisse una parola strana.

«Per i Greci la verità è *alétheia*: che vuol dire sia ciò che non deve rimanere nascosto sia ciò che non si deve dimenticare, ciò che rimane stabile nel flusso del tempo che tutto rapisce. Per questo i morti bevono le acque del fiume Lete, il fiume dell'oblio, prima di entrare nell'aldilà, per non rimpiangere tutto ciò che hanno avuto e perduto. Così Telemaco comincia a desiderare di rivedere quello che dicono essere suo padre, la nostalgia sopita nel sangue si risveglia, grazie a una dea che gli ricorda la verità, ciò che non può e non deve né nascondere né dimenticare, se non al prezzo di nascondere e dimenticare se stesso.»

Margherita aveva la pelle d'oca.

«Atena invita Telemaco a cercare il padre, e se il padre fosse morto a prendere lui il posto di suo padre. Telemaco non crede alle proprie orecchie: lui come suo padre... Ha bisogno di sapere come era suo padre per essere, per diventare come lui.»

Margherita fissava la bocca del professore ipnotizzata dalla parola *padre*, che ogni volta le produceva una scossa.

«Così Atena pronuncia quella frase che amo tanto: *non devi più / avere i modi di un bimbo, perché ormai non sei tale.* Sottolineate anche questi versi.»

«Ma poi ce li chiede a memoria?» chiese la biondina.

«No. Se dovete intervenire alzate la mano, per favore. Così dice a Telemaco per spingerlo a intraprendere il viaggio di ricerca, lasciare Itaca pur di trovare il padre o qualche notizia di lui. Gli mette in cuore il coraggio che gli mancava. E come? Con il semplice ricordo del padre. Il padre è il coraggio del figlio.»

Margherita sentì gli occhi inumidirsi.

«Così termina il primo libro dell'*Odissea*, con Telemaco insonne. Egli rientra nella sua stanza e passa tutta la notte sveglio a progettare *il viaggio che Atena gli aveva ispirato*.»

«Sottolineiamo?» chiese Aldo.

«Sì, ho detto alzate la mano! Telemaco passa la notte insonne, sognando suo padre a occhi aperti.»

Fece una pausa e li guardò negli occhi.

«Quando è stata l'ultima volta, ragazzi, che avete perso il sonno pensando al viaggio della vita che vi attende? Quando?» Come invasato, senza aspettare la risposta, fissando gli occhi assetati degli studenti aggiunse: «Male! Dovete perdere il sonno sognando il vostro futuro. Il sonno lo perdiamo perché la vita ci fa paura e ci emoziona allo stesso tempo, la vogliamo aggredire e strapparle le sue promesse, ma ne abbiamo paura. Abbiamo paura che ci abbatta, che le speranze restino deluse, che tutto sia stato solo frutto dell'immaginazione. Dovete perdere il vostro sonno pensando al futuro. Non ne abbiate paura. È segno che state vivendo, che la vita sta entrando in voi». Forse quelle parole le diceva più a se stesso che ai ragazzi, ma si sa che ognuno parla di ciò che non ha. Scorse il viso di Margherita: era calamitato da ciò che stava dicendo, e questo gli diede nuovo slancio: forse stava aiutando quella ragazzina ad affrontare un dolore analogo.

«Così Telemaco decide di partire. Senza dire nulla alla madre, decide di allestire una nave, con l'aiuto dei suoi uomini più fidati, i vecchi amici fedeli al padre. Ma subito c'è chi lo scoraggia, i soliti pusillanimi che ostacolano i nostri sogni.»

Gaia alzò la mano:

«Chi sono i pusillanimi?»

«I codardi, i paurosi, i felloni, i timorosi, gli ignavi, i pigri, gli infingardi, gli accidiosi...», e andò avanti con altri dieci aggettivi per stupire quei ragazzi con il numero delle parole che esistono per esprimere le mille varianti e sfumature di una categoria umana piuttosto folta.

«Uno di questi, che in realtà è Atena sotto mentite spoglie e lo vuole provocare, gli dice: *Ma se tu non sei figlio di lui e di Penelope, / allora non credo che farai ciò che dici. / Perché sono pochi i figli simili al padre, / molti i peggiori, pochi migliori del padre.* Sottolineate! Atena colpisce nell'orgoglio Telemaco e lo sprona ad afferrare la vita e a dimostrare di chi è figlio superando suo padre. Gli suggerisce la legge delle generazioni, in cui la successiva migliora la precedente, oltrepassandone limiti e difetti. A meno che i figli si accontentino di essere immagini sbiadite dei genitori e di riprodurne i sogni e le aspirazioni, rinunciando alla loro personale e irripetibile grandezza!»

Le schiene degli studenti si tesero.

«Il coraggio cresce dentro Telemaco. La nostalgia del padre si accende in lui, e da nostalgia del passato che non ha avuto si trasforma in nostalgia del futuro. Non c'è niente di più potente della nostalgia del futuro: è la libertà che prende possesso di sé e vuole dare inizio a qualcosa di nuovo, unico e irripetibile. Telemaco non vuole più rimanere imprigionato in un'isola divorata dai pretendenti al trono. Così, complice la nutrice, complice il suo amico Mentore, anziano e saggio consigliere, parte. Lontano dalla sicurezza della propria dimora, dalle coperte calde, dalla cena, lontano dai porti conosciuti e sottovento, lontano dalle strade familiari. Scopre che la salvezza è in mare aperto, nelle burrasche, a vele spiegate, contro la forza dei venti che lo vogliono ricacciare sulla sua isola. Ma la salvezza è proprio nel pericolo, nel suo nemico. Così di mattina, prima che il sole sia sorto, in compagnia delle stelle, intraprende il suo volo per mare. E salpa! Parte! Parte! In mare aperto!» Il professore sottolineò le ultime parole come se le vedesse e desse loro forma con le mani. Marta sorrideva senza rendersene conto. Margherita piangeva, senza rendersene conto.

Il professore le fissò entrambe e vide le due reazioni possibili di fronte alla bellezza: la gioia e il dolore. Chi è a casa, chi ne ha nostalgia. Sorrise a entrambe e crollò sulla sedia, stremato, consapevole di aver seminato la sete di ciò che è grande, di aver risparmiato a quei cuori e a quelle teste molte banalità. Sperò che suonasse la campanella in quel momento, aveva calcolato bene i tempi, così sarebbe uscito con quell'aura da eroe epico, da guerriero baciato dal sole nella sua armatura lucida di parole, da splendido difensore del segreto della vita.

Margherita si sentiva portata in alto da secoli di uomini e di parole che cambiano il mondo e, come Telemaco, era pronta a cominciare il proprio viaggio, a trovare una nave, a mettere insieme tutto il coraggio che non aveva e ad affrontare la grande avventura perché suo padre tornasse. Non poteva più comportarsi da bambina, doveva essere lei ad andare alla ricerca del padre, doveva diventare suo padre e rifondare Itaca. Si era fatta suggestionare a tal punto dal racconto, che aveva smesso di pensare a Giulio. Quando se ne rese conto, si sentì un po' in colpa, ma non sapendo scegliere quale futuro abbracciare, si lasciò invadere da tutto il futuro possibile, e la vita le sembrò nuova, le parve di infilare entrambi i piedi in una vita dalla quale non avrebbe mai più voluto fare ritorno.

La campanella non suonò, ma in compenso si alzò una mano, incerta. Il professore fissò Aldo che l'aveva alzata ed era pronto a soddisfare la sete di mistero che aveva risvegliato in lui. Fece cenno con il capo, chiudendo gli occhi come un sacerdote che concede a un neofita di prendere parte al rito:

«Dimmi, Aldo.»

«Posso andare in bagno?»

La giornata scolastica finì e l'aria di settembre era ancora quasi tutta lì da respirare. Il professore montò sulla bici, ferocemente fiero di avere trasformato, incontinenze a parte, quegli anonimi quattordicenni in ambiziosi viaggiatori... E allora come Ermes, messaggero divino, decise di spiccare il volo verso un lido che conosceva bene e che ora non poteva più temere di affrontare.

Canticchiando *Sogna, ragazzo, sogna*, tagliava la città con la prua della sua bicicletta, macchine e marciapiedi sparivano davanti a lui come fossero dipinti su fondali di uno spettacolo che viene sbaraccato. Doveva raccontarle della sua lezione, di Atena, di Margherita... E voleva un abbraccio, una carezza, un bacio. Già immaginava la passione di lei e se ne nutriva solleticando l'anima con il più raffinato dei piaceri: l'attesa.

La trovò in libreria, le raccontò tutto, la invitò a cena nel loro posto preferito, dove c'erano i libri e la musica che suonava piano, dando senso anche alle pause della conversazione.

Stella lo ascoltava sorridendo, come se niente fosse mai andato male e tutto ricominciasse nuovamente. Poi lui si avvicinò per baciarla e lei si ritrasse.

«Prof, l'amore non è un aperitivo o una cena fuori, ma una dannatissima quotidianità che diventa una sorpresa ogni giorno grazie al fatto di essere in due. Tu questo non lo sai. Tu non sai cos'è amare. Tu ti esalti con i tuoi libri, ami loro, non le persone. Ami le parole, non la vita, perché la vita ha le ombre e fa male. Tu parli, parli, ma non ascolti. Tu prendi, prendi, ma non dai nulla.»

In quel momento al Parnaso Ambulante entrò un cliente. Stella ammutolì e si sforzò di sorridergli. Il professore rimase immobile a guardare un libro, senza leggerne neanche il titolo. Quelle parole lo avevano inchiodato alla verità, quando la si ascolta tutta insieme e non si ha la forza di accoglierla. Lui non valeva niente e Stella glielo aveva detto senza mezzi termini. Non sarebbe mai stato capace di costruire nulla di buono e sarebbe diventato un professore inacidito come la peggiore delle zitelle. Altro che una figura maschile adulta di riferimento.

«Cercavo un libro di ricette di cucina da regalare a mia moglie» disse l'uomo, che aveva folti baffi grigi.

«Cosa le piace cucinare?» chiese Stella con un sorriso luminoso dei suoi, come se non fosse successo nulla o non le importasse. Non c'era libro che non cercasse di adattare ai volti dei clienti, alle loro storie, alle loro richieste. Questo era il senso del Parnaso Ambulante.

«Soprattutto dolci.»

«Di dove è sua moglie?»

«Sicilia.»

«Allora ho quello che fa per lei» si allontanò alla ricerca del volume.

Il cliente in attesa guardò il professore e gli sorrise:

«Sa, è il nostro anniversario di matrimonio... Il segreto di un matrimonio felice si gioca in due camere... in camera da letto... e in cucina!» rise soddisfatto della sua filosofia domestica dell'amore.

«Io pensavo fosse la libreria...» disse il professore, infastidito da quella confidenza non richiesta. Lui sapeva solo prendere, non dare. Lui sapeva solo sognare, non amare.

Stella tornò con il libro e lo porse al signore con i baffi: *Guida ai piaceri della Sicilia*, che mescolava tradizioni, storie e ricette.

Il cliente prese a sfogliarlo mormorando apprezzamenti:

«Uh! Le cassatine! Ora non avrà più scuse per non farmele... Ottima idea! Mi può fare un pacchetto regalo?»

Stella si mise dietro il bancone a incartare il libro. Il professore ne sfogliava un altro senza leggerne neanche una riga, mentre si chiedeva come si faccia a spendere dei soldi per un libro che parla di cose da mangiare.

«Arrivederci.»

«Arrivederci! E auguri a lei e a sua moglie! Quanti anni sono?»

«Trenta!»

«Complimenti!»

«A mia moglie... che mi ha sopportato tutto questo

tempo! Grazie e auguri anche a lei!» L'uomo uscì contento.

Stella si rivolse al professore come se quell'interruzione non ci fosse stata.

«Come mai non sei scappato questa volta? È inutile nascondersi, io ho capito che con te non posso costruire una vita. Mi ero illusa. Tu sei come quei libri che tutti leggono perché bisogna – "non puoi non averlo letto!" – ma nessuno arrivato alla fine ha il coraggio di dire, a costo di fare brutta figura: "non mi ha dato nulla". Invece io te lo dico! Non mi dai più nulla!»

«Ma io sto bene con te, Stella.»

«Ti sbagli, tu stai bene finché giochiamo agli innamorati. Poi quando io ti chiedo qualcosa, tu scappi. Se ti chiedo di cambiare vita, con me, tu fai finta di niente. Ma io voglio crescere! So bene che con te è possibile, se non ti lasci paralizzare dalle tue paure.»

Lo guardò dritto negli occhi e li vide frantumarsi come il ghiaccio esile di una fontana d'inverno. Sapeva che era quello che ci voleva, anche se si sentì morire dentro per la sua durezza.

«Ma io ti amo» disse lui, aggrappandosi a quelle parole magiche, che non produssero però l'incantesimo sperato.

«Non è vero. Tu sei fermo, professore, e amare è un'altra cosa: è un verbo, un'azione. Non è guardare un film su Paesi lontani, ma andarci davvero, in due: valigie, fusi orari, attese, moltiplicati per due. Asciugamani, spazzolini, letti, moltiplicati per due. Caffè, lacrime, sorrisi, moltiplicati per due. Tutto è raddoppiato. Mentre le fatiche vissute insieme, condivise fianco a fianco, mano nella mano, diventano meno di uno.»

«Ma io non sono pronto.»

«Nessuno è pronto. Ti devi buttare. Parli come un bambino che non vuole imparare a nuotare. Sai come imparano gli anatroccoli a nuotare? Lo sai? La mamma li butta in acqua e... nuotano!» Stella amava i documentari sugli animali quanto i libri.

«La libertà, Stella...»

«La libertà? Tienitela la tua libertà, e quando ti sentirai solo con la tua libertà non venire a cercarmi, però. Come un adolescente tu sai sognare, ma come un adolescente credi che la libertà sia fare quello che vuoi e che i tuoi sogni si realizzeranno esattamente come li sogni! Ma la realtà dove l'hai messa? Sognare dentro la realtà: questo rende i sogni più grandi, veri, palpabili! Diventare adulti è trovare la pazienza per dare corso ai propri sogni, senza rinunciarci!»

Lei aspettava una reazione, ora che gli aveva sbattuto sotto gli occhi quella parte di sé che gli mancava. Ma lui rimase in silenzio. Quelle parole non gli restituirono forza né un minimo d'orgoglio, ma ingigantirono le sue paure sul futuro. Chi sarebbe diventata?

«Non ti riconosco, Stella... Non so cosa dirti.»

«Non sai cosa dirmi? Io da giorni sono disperata per il tuo silenzio. Le sto provando tutte, ma tu taci...»

Il professore continuava a guardarla, in silenzio. Chi era diventata?

«Vattene. Esci da qui. Sono stufa di star male per te.»

Il professore abbassò lo sguardo e senza dire nulla uscì. Si avviò a piedi, lasciando la sua bicicletta davanti alla libreria. Sembrava la sua anima, un ferrovecchio abbandonato, con il cuore arrugginito, il fanale rotto e la catena che scappa in continuazione.

Il puzzle se ne stava lì, sulla scrivania, inerte. Da secoli. Non lo vedeva neanche più, tanto ci si era abituata, ma questa volta le riportò alla memoria il ricordo delle sere estive, passate con mamma, papà e Andrea a comporre quell'immagine. Una barca con l'enorme vela bianca sospesa tra cielo e mare. Suo padre le aveva spiegato che il segreto era cominciare da ciò che è più riconoscibile nei colori e nella forma, la barca a vela in quel caso, e poi piano piano allargare la costruzione dell'immagine in successivi cerchi concentrici. Ma allo stesso tempo bisognava occuparsi della cornice, per poter collocare saldamente i piccoli agglomerati di immagini in modo stabile.

Aveva incollato il puzzle con un prodotto speciale e ora giaceva come una pelle sulla scrivania, un talismano che teneva unito tutto, una specie di tela di Penelope.

Vide il primo pezzo, quello che lei aveva scelto per cominciare. Lo accarezzò con la punta dell'indice e poi ne scalfì un bordo con l'unghia fino a staccarlo. Quella era lei. La tela cominciava a disfarsi. Rimanevano quattro pezzi nudi su un lato, là dove il suo era stato rimosso. Ogni pezzo aveva quattro incastri. Ogni incastro era una persona. Gli incastri più vicini erano le persone più legate a lei e verso l'esterno del puzzle c'erano le persone meno prossime, ma non per questo poco importanti. Decise di strappare tre pezzi, molto vicini al suo: Marta. Il prof, sì, anche lui. E Giulio.

Adesso appartenevano al puzzle della sua vita. E i vuoti che si andavano formando nella figura in realtà erano ciò che rendeva la sua vita un disegno sensato, l'intelaiatura di cui ciascuno custodiva un tassello.

I quattro pezzi che circondavano il suo, al centro del disegno, erano la nonna, Andrea, suo padre e sua madre. Li strappò via e scrisse dietro ciascuno il nome della persona a cui apparteneva.

Sul suo aveva scritto *Io*. Tenne tra le dita il pezzo del padre e il suo, li unì per un attimo, poi spezzò la sporgenza che la legava a lui. Suo padre s'era portato via una parte di lei. L'anima le era rimasta monca. Da quel lato rimaneva una ferita di cartone sfrangiato, che mai si sarebbe potuta perfettamente rimarginare.

Le cose sono fatte male, si rovinano, si rompono. L'abbandono le rende inutilizzabili e solo l'amore, forse, le ripara. L'amore, con i suoi incastri, dare e ricevere, rende il puzzle della vita sensato. Nell'immagine intera non si distingue più chi riceve e chi dà. Ma adesso quell'architettura era minacciata, un predatore aveva cominciato a divorarne i pezzi e a poco a poco, se qualcuno non vi avesse posto rimedio, l'avrebbe svuotata del tutto.

Aprì l'*Odissea*, che aveva appoggiato sopra la scrivania, ed evidenziò in giallo le parole finali del primo libro, circondandole di frecce e punti esclamativi: *Lì egli per tutta la notte, coperto da un vello di pecora, / progettava nella mente il viaggio che Atena aveva ispirato*, e accanto e sotto, nello spazio bianco disponibile, scrisse:

Mi sento come l'aereo, che è precipitato. Distrutta.

Mi sento come il deserto, che è monotono. Noiosa.

Mi sento come il pilota, che è lì da solo. Disperata.

Mi sento come l'elefante, che è stato mangiato dal serpente. Inghiottita.

Mi sento come il bambino, che non viene preso sul serio dagli adulti. Incompresa.

Mi sento come la pecora, che è stata disegnata nella scatola. Imprigionata.

Mi sento come il pianeta, che è lontano. Piccola.

Mi sento come il tramonto del sole, che è diventato abitudine. Senza valore.

Mi sento come il baobab, che è un pericolo. Indesiderata.

Mi sento come il vulcano, che sta per esplodere. Impaziente.

Mi sento come il re, che si aspetta troppo. Delusa.

Mi sento come il vanitoso, che vorrebbe essere ammirato. Insoddisfatta.

Mi sento come l'ubriacone, che beve per dimenticare. Dipendente.

Mi sento come l'uomo che accende i lampioni, oppresso dalla consegna. Schiacciata.

Mi sento come il geografo, che vuol capire tutto ciò che esiste. Ignara.

Ma sono anche il fiore, che ama il Piccolo Principe. Sono anche il Piccolo Principe, che vuole addomesticare la vol-

pe. Sono la volpe, che riesce a fidarsi di qualcuno, costi quel che costi.

E di me si deve prendere tutto, quello che sono e quello che non sono.

Ma ho una paura dannata del morso del serpente.

Quattordicianni – lo scrisse tutto unito come fosse il nome di un personaggio – non è un'età. Non è niente. Non c'è la sicurezza che accende gli occhi di Giulio. Non ci sono le rughe sul viso della nonna. Non ci sono le riunioni di lavoro di papà. Non ci sono gli abiti da donna della mamma. Non c'è la magica fiducia di Andrea. Non c'è armonia, non c'è grazia. *Quattordicianni* è volere tutto e niente nello stesso momento. Avere segreti inconfessabili e domande senza risposta. Odiare sé per odiare tutti. Avere tutte le paure e nasconderle tutte, pur volendole dire tutte insieme, con mille bocche. Avere centomila maschere senza cambiare mai la faccia che ti ritrovi. Avere un milione di sensi di colpa e dover scegliere a chi addossarli per non doverli portare tutti da sola. Vuoi amare e non sai come si fa. Vuoi essere amata e non sai come si fa. Vuoi stare da sola e non sai come si fa. Vuoi un corpo di donna e non ce l'hai, e se il corpo diventa di donna non lo vuoi più. *Quattordicianni* è fragilità e non sapere come si fa. Ci sono cose che nessuno spiega. Ci sono cose che nessuno sa.

Prese i tre pezzi di puzzle, ciascuno con un nome dietro – *Marta, Giulio, Prof* –, li infilò nella tasca della borsa, dove aveva messo anche lo spazzolino di suo padre. Portafortuna, talismani, attrezzi indispensabili per il viaggio che stava progettando.

Eleonora si addormentò pensando al marito. Andrea si addormentò pensando alla madre. Margherita si addormentò pensando a Giulio. Il professore si addormentò pensando a Stella. Giulio si addormentò pensando a Margherita. Teresa si addormentò pensando a Pietro. Marta non riusciva ad addormentarsi perché le gemelle le facevano i dispetti, che era il loro modo di pensarla. Prima di addormentarsi e trasformarsi in sogni i pensieri subiscono la forza di gravità universale, che i poeti chiamano amore, che tutto attira a sé, silenziosamente.

E silenziosamente la notte calò su tutte quelle vite, come un collante che, nascosto, le unisce e le lega. Pezzi di puzzle sparsi per il mondo costruivano un unico grande disegno che una mano componeva, lenta ma sicura, riempiendo tutto di una bellezza invisibile perché ancora incompiuta. O ferita.

X

«Ho un regalo per te» disse Margherita.

Marta si illuminò.

Margherita aprì la mano e c'era un piccolo pezzo di puzzle rosso mogano, come lo scafo della barca.

Marta la guardò incerta e Margherita le spiegò il grande rompicapo della vita.

«Adesso la mia vita dipende anche da te.»

Marta prese il pezzo di anima che le veniva affidato e abbracciò Margherita in modo perfetto, proprio come fanno due pezzi di puzzle.

Alla fine delle lezioni raggiunse il professore e gli chiese di parlare in privato. Il professore, perso da qualche parte nel suo labirinto, aveva il viso spento. Aspettava solo che il Minotauro lo ghermisse: non c'era nessuna Arianna che tenesse il capo del filo per tornare indietro, non c'era nessun Dedalo che potesse costruirgli un paio d'ali per scappare.

Gli consegnò il suo pezzo di vela bianca e diventò rossa.

Il professore avrebbe voluto fuggire di fronte a quella che forse era una dichiarazione d'amore, ma riuscì a contenere l'imbarazzo. Poi Margherita gli raccontò l'origine e il significato di quello stupido pezzo di cartone, e lui serrò il suo pugno sul pezzo di anima di una alunna che avrebbe potuto essere sua figlia.

«Sa, prof, lei ha ragione.»

«Su cosa?» non ebbe la forza di correggerla.

«Sulla vita.»

«Sulla vita?»

«Farò come Telemaco. Andrò a cercare mio padre. Mio padre se n'è andato e nessuno sa perché. Credo che sia nella casa estiva, vicino a Genova.»

«E come farai?»

«Come ha fatto Telemaco. Con una nave.»

«E chi la guiderà?» chiese il professore credendo si trattasse di una metafora.

«Volevo fosse lei...»

Il professore rimase interdetto e prima che potesse deluderla con un'espressione di disappunto o di sufficienza, Margherita continuò:

«Mi accompagna a cercare mio padre? Lei ha detto che c'è bisogno di compagni per realizzare i nostri progetti più grandi e impegnativi... Ci ho pensato tutta la notte, come Telemaco: tocca a me fare questo viaggio e far tornare mio padre a casa. So che lo posso fare, so che lo devo fare.»

Al professore veniva quasi da ridere di fronte alle fantasticherie sconnesse di quella ragazzina, non fosse che era stato lui a suscitarle spacciandole per la verità. Con coerenza perfetta la vita usciva da un libro e voleva vivere ancora e ancora di più.

«Ma tua madre lo sa?» prese tempo goffamente.

«Non lo deve sapere. Altrimenti non mi lascerà andare e rovinerà tutto, come al solito. Ho bisogno di lei, professore. Lei ha una macchina?»

«No... io no, ho una bicicletta... avevo...» cercava scuse per scongiurare il destino che stava per abbattersi su di lui.

«Be', potremmo prendere quella di mia madre, oppure lei se ne fa prestare una da qualche amico...»

«Non capisco, Margherita, ma... che c'entro io?»

Margherita cominciò a sentire che qualcosa scricchiolava.

«Lei è come Atena, sotto le apparenze di Mentore. Chiunque altro parlerebbe con mia madre. Lei invece sa come va la storia di Ulisse...»

Il professore non aveva scampo. Aveva fatto uscire Telemaco dalle pagine e ora doveva rimanergli accanto. Ma non poteva. Come poteva mai assumersi una responsabilità del genere? Se fosse successo qualcosa? Erano solo i sogni fatui di un'adolescente. Era solo letteratura.

«Ma non si può prendere tutto alla lettera, Margherita. Le cose sono cambiate...»

«Che vuol dire?»

«Tu sei minorenne, io non sono un tuo parente... Non hai idea cosa può succedere di questi tempi...»

«E Telemaco non era solo un ragazzo? Non se ne andò per mare? Poteva annegare, naufragare, perdersi... Sono i rischi del viaggio.»

«Ma quello è un viaggio di fantasia...»

«Ma se lei ha detto che va nelle città più importanti di quel tempo?!»

«Sì, però non era proprio la realtà...»

«Ma lei allora dice bugie?»

«No, no. È che letteratura e vita sono un po' diverse, Margherita. La letteratura è una bugia che serve a dire la verità...»

«A me sembra che lei si nasconda dietro quelle bugie per non dirla la verità: lei non ci sta, è lei che non ci sta. *Abest!* Il professore? Colui che professa? Assente!» rispose Margherita senza trattenersi.

«Ehi, ragazzina! Quella è letteratura, una fantasia, parole, carta, aria! Lo capisci? Un professore e un'alunna non se ne vanno in giro a cercare il padre, succede un casino!» rispose il professore quasi arrabbiato.

«Ma è già un casino! Lei è un bugiardo. Tutte chiacchiere. E io che credevo di avere trovato un adulto diverso dagli altri. Capace ancora di sognare e credere nella vita. Lei invece è solo un bambino pieno di paure che gioca a fare l'adulto con i libri. Lei sogna solo nei libri. Non ha le palle!»

Il professore non riuscì a rispondere alla seconda donna che in ventiquattr'ore lo metteva all'angolo.

Margherita si voltò e andò via piena di rabbia. Il suo viaggio era deciso e nulla avrebbe potuto fermarla, sarebbe andata da sola. Con o senza nave, con o senza compagni di viaggio.

Il professore alzò il braccio per trattenerla, ma era già sparita, e nel pugno chiuso per la frustrazione trovò il pezzo d'anima che quella ragazzina gli aveva affidato: un pezzo di cartone su cui era scritto *Prof*. Una figura maschile adulta di riferimento o una sottomarca?

Marta la vide scappare in lacrime. Cercò di fermarla, ma Margherita la tenne lontana con un cenno della mano. Quello che doveva fare lo doveva fare da sola. Neanche Marta avrebbe potuto aiutarla. Rimase a fissarla mentre andava via di corsa, con i capelli simili a lacrime. Ci sono dolori in cui nessuno può entrare. Ci sono cose che bisogna fare da soli.

Sola. Cominciò a scegliere ciò che le serviva per il viaggio: avrebbe messo tutto nella borsa per la scuola, così da non destare alcun sospetto. Era venuto il momento di intaccare la sua risorsa aurea... Una scatola colorata, sigillata con il nastro adesivo e con la scritta *in caso di emergenza*. Era il momento. Lì conservava i regali in denaro della nonna e qualche altro spicciolo: il resto del giornale che i suoi le lasciavano e quel che rimaneva della paghetta, quando rimaneva... Aprì: c'erano 38 euro e 25 centesimi. Erano sufficienti per arrivare dove doveva. Almeno così pensava. Cos'altro le serviva, oltre a una nave?

Eleonora uscì dall'ufficio per andare a prendere Andrea all'asilo. Il pomeriggio adulava la luce perché indugiasse ancora, quando lei incontrò una coppia di amici.

«Eleonora! Come stai? Quanto tempo...» fece lei, luminosa come può essere una donna accanto al proprio uomo.

Il marito sorrise, come se avesse posto la domanda insieme alla moglie.

«Tutto bene. E voi?»

«Benissimo. A parte un po' di fatica, adesso che la pancia comincia a farsi sentire...» disse la donna raggiante.

Eleonora squadrò la pancia e poi la guardò negli occhi sorridente.

«Aspettiamo un bimbo!»

«È una bambina» aggiunse il marito fintamente polemico, carezzando la pancia della moglie.

«Stiamo andando a comprare la culla.»

«E i tuoi ragazzi?»

«Margherita ha appena cominciato il liceo. Andrea è all'asilo. Sto andando a prenderlo.»

«Tuo marito sta bene?» chiese lui.

«Sì» rispose con un attimo di esitazione.

«Salutamelo, è un po' che non ci vediamo.»

«Perché non venite a cena da noi una di queste sere?» aggiunse la moglie.

«Va bene. Però, adesso è un periodo difficile, con l'inizio della scuola... Appena si calmano un po' le acque senz'altro...»

«Bene. Allora mi faccio viva presto. Voglio farti provare la mia mousse di tonno...»

«Da quando è incinta cucina meglio...» disse il marito. «È proprio vero che i bimbi arrivano con la pagnotta sotto il braccio!»

«Ma che c'entra, stupido!» rise lei, e gli diede un pizzico sulla spalla che lui ripagò con un bacio.

Eleonora li fissava e le sembrava che il suo volto stesse per staccarsi da un momento all'altro, tanto le pesava la maschera che impedisce di far vedere le proprie debolezze. Ma cosa poteva fare, scoppiare a piangere davanti alla gioia di quei due?

«Scusate, devo scappare. Sennò chi la sente la maestra... A presto» tagliò corto.

«A presto. E riposati, ti vedo stanca...»

Eleonora si voltò qualche metro dopo averli lasciati. Lui teneva la mano attorno al fianco della moglie, a proteggere la vita che in lei si faceva spazio. Restò immobile come una statua in mezzo al marciapiede.

Andrea stava disegnando in attesa della madre. Riempiva di verde le chiome di una fila di alberi e di azzurro un cielo estivo. Al centro del foglio un bambino, mano nella mano con il proprio papà. Un compagno si avvicinò e gli strappò il foglio: «È mio!» disse con cattiveria, invidioso della bravura di Andrea.

«No, è mio» rispose Andrea, tendendo le mani verso il foglio e riuscendo ad afferrarne un lembo.

Il foglio si strappò. Il compagno fuggì via con la metà che gli era rimasta in mano. Andrea restò a guardare il braccio strappato del bambino, ancora attaccato a quello del padre nella sua parte di disegno.

Lo stringeva in pugno come se fosse questione di vita o di morte, ma allo stesso tempo con riluttanza, quasi che scottasse.

La maestra Gabriella lo trovò così, con il braccio sollevato, immobile, scosso da un pianto inconsolabile.

Teresa sferruzzava seduta accanto alla finestra, così poteva vedere le sue piante. Lo faceva quando era sola e la prendeva la nostalgia del marito. Intrecciare trama e ordito la calmava, le ricordava che tutto era in ordine. Tra le sue dita si risvegliavano secoli di opere femminili e attività che aveva visto realizzare da bambina a sua madre, quando ancora c'erano i telai di legno. La lana grezza in fiocchi giaceva in matasse alte quanto un uomo. La luce entrava dalle finestre e si lavorava finché ce n'era, di luce e di lana. Con l'aiuto della conocchia una donna arrotolava la lana tra l'indice e il pollice trasformandola ora nel filo dell'ordito, la parte verticale e più soffice del tessuto, ora in quello più spesso e duro della trama. Quest'ultimo, guidato dalla spoletta, attraversava in orizzontale, avanti e indietro, l'ordito, componendo passi e disegni sempre nuovi.

La lana dell'ordito assomigliava a una donna capace di accogliere, grembo soffice e paziente, il filo della trama: l'uomo, che ne attraversava la tenerezza, fecondandola. Teresa rimaneva ore a guardare e gradualmente emergeva un disegno che nascondeva lo scheletro e i nodi del tessuto intrecciato. Come per magia quella montagna di lana diventava una coperta decorata per il corredo di una ragazza che andava in sposa. E la vita le sembrava così simile a quel lavoro. Trama e ordito da soli servivano a poco, ma uniti creavano un tessuto forte, bello, nuovo.

Ora il filo della trama aveva smesso di intrecciarsi a quello dell'ordito. Pietro non c'era più. Il suo filo era finito. L'intreccio rischiava di sfilacciarsi. Pietro l'aveva salvata dall'abisso, l'aveva tirata fuori dal labirinto in cui si era cacciata dopo i giorni della disgrazia, che non poteva neanche ricordare senza rinnovarne il dolore muto. Senza di lui sarebbe rimasta un filo scompagnato.

Guardava il disegno della sua vita, e ricordava. Ricordava quando il giovane maestro palermitano, ottenuto l'incarico nel suo paese, passava davanti alla pasticceria Dolce, così si chiamava il proprietario, manco a farlo apposta. Lei lavorava lì, si svegliava alle quattro di mattina per infornare il pane e preparare i dolci caldi per la colazione e si faceva trovare sulla soglia, per lanciargli un'occhiata, a quel bel ragazzo con i baffetti, la borsa di pelle e il cappello. Il signor Dolce la rimproverava per quella distrazione e qualcuno la riteneva una sfacciata, ma il suo cuore sapeva che *quannu l'amuri tuppulìa, 'un l'ha lassari ammenzu a via*, quando l'amore bussa devi farlo entrare in casa. Lui, colto, timido e imbarazzato, raccoglieva quel sorriso pieno e caldo come l'odore dei panini appena cotti e quasi quasi lo ricambiava.

Poi un giorno era entrato nella pasticceria, aveva ordinato una cassatina e gliel'aveva offerta: lui aveva donato a lei un dolce che lei stessa aveva preparato. Un uomo bizzarro. E lei, che non assaggiava mai i propri dolci, aveva trovato squisito quello che le veniva porto dalle mani di quell'uomo: la ricotta dolce al punto giusto e la glassa non troppo spessa, ma friabile e tenera, così da non risultare stucchevole. In fondo la vita di coppia è ricevere se stessi da un altro, come il più delicato dei dolci. Avevano parlato, poco, ma quanto bastava per scegliersi. Ci sono parole come le conchiglie, semplici ma con il mare intero dentro.

Avevano preso il fresco nella casa al mare, annusando profumi dolci e amari, scambiandosi occhiate furtive e tradendo desideri che non stavano bene. Poi lui era dovuto partire per la guerra e a lei si era rotto il cuore. Ma quando era tornato, si era presentato a chiedere la sua mano ai genitori di lei, e il cuore si era aggiustato. In quel magico giardino di basilico, menta, salvia, rosmarino, capperi, pomelie, gelsomini, bouganville, fichidindia e il mare che sotto ripeteva il suo verso e mescolava tutti quegli odori al suo, tutti quei colori al suo. I suoi genitori e lei erano seduti sulle sedie di legno. Lui elegante come uno sposo, impettito, tutto inchini e baciamano, con quei suoi baffetti impomatati.

«Io a Teresa posso dargli solo questa casa» aveva precisato suo padre.

«Ma io non ho chiesto una casa, io le ho chiesto Teresa» aveva risposto Pietro. E la cosa era fatta.

E poi era venuta la vita insieme. E i giorni terribili della disgrazia. Il solo pensiero le faceva tremare le mani. La decisione di lasciare la loro terra e la nuova vita lontano, al Nord, nel Continente, dove il freddo era freddo vero: *s'aggigghiava* e non c'era il mare. Ma a questo non voleva pensare, c'era troppo dolore. Nodi, intrecci, inciampi: così era il rovescio della loro vita, ma il dritto che disegno meraviglioso! *L'amuri è duluri, ma arricria lu cori...*

Lui le scriveva lettere durante il corteggiamento, e lei si sentiva importante, anche se sapeva leggere a malapena e imparava poco a poco grazie a quelle righe, sulle quali il signor Dolce la sorprendeva a sognare nell'orario di lavoro, rimproverandola bonariamente. Pietro all'inizio le dava del lei, *signorina Teresa* la chiamava, come si fa con le persone importanti. Le raccontava sempre le storie che conosceva, ogni lettera una storia. A lui piacevano le leggende cavalleresche e i miti: il filo di Arianna, i due sposi che volevano morire insieme e furono accontentati dagli dèi, le avventure di Rinaldo e Orlando, gli amori di Angelica... Dopo il fidanzamento aveva cominciato a darle del tu e terminava le sue lettere sempre con le parole:

"Ti bacio sugli occhi."

«Perché sugli occhi?» gli chiese lei una volta. E lui, con tono da maestro, le spiegò che negli occhi c'è la pupilla. *Pupilla* in latino vuol dire "bambina", *nicariedda*, e lei era la sua pupilla. Glielo diceva come si dice ancora in dialetto a una bella bambina: *sì na pupidda*. Se la voleva *spupazzare* tutta, ma non era ancora il tempo. Si accontentava di baciarle gli occhi e la rendeva bambina, sposa e madre. E lei sentiva adesso il bacio di colui che per lei era stato figlio, marito e padre. Ed era felice.

Sola. Cellulare spento. Rintanata nella stanza del cuore, un tempo occupata da giochi e fantasie, ora da dolori e paure. Uscì di casa. Aveva ancora un pezzo di puzzle da consegnare prima di partire. Si trovarono davanti alla vecchia chiesa, con quel che restava del passato imperiale della città: una fila di colonne erose dal vento, dall'acqua e dagli scarichi.

Quando arrivò, senza dire nulla Giulio le porse la mano. Lei vi nascose la sua, come faceva con il padre quando dovevano attraversare la strada e lui diceva: «Mano!», e lei desiderava quel comando come una carezza.

Nella mano di quel ragazzo riconobbe la stessa sicurezza e seppe che poteva fidarsi. Giulio percepì nella stretta di Margherita un dolore simile al suo, ma più bruciante e vivo: quella mano non mentiva. Non stringeva la mano di una ragazza in quel modo da quando... E si rese conto che non lo aveva mai fatto.

«Sono stato io» disse.

«A fare che?»

«Quel casino, l'altro giorno.»

«Ad allagare la scuola?»

Giulio annuì.

«È la cosa più bella che abbia mai visto a scuola...» disse Margherita e sorrise.

Il viso di lui si trasformò, il suo volto tagliente e teso si rilassò e le fece venire in mente un gatto che riabbassa il pelo e socchiude gli occhi sornione dopo uno scampato pericolo. Margherita vide in quell'espressione una tenerezza che forse neanche lui sospettava di avere. Forse nemmeno da bambino aveva sorriso così.

«Dove vuoi andare?» chiese lui.

«Dove c'è silenzio» disse lei stringendogli la mano e appoggiando il fianco al suo.

La sera spazzava via i residui di luce come polvere sotto un tappeto e la città sembrava un enorme palcoscenico al centro del quale Margherita e Giulio recitavano la loro parte con arte consumata, mentre cose e persone si avvicendavano come goffe ed evanescenti comparse. Con la leggerezza dei passi di danza un uomo e una donna avanzavano sul filo sospeso della vita, l'uno verso l'altra. Passo dopo passo il filo si irrobustiva e diventava corda, asse, ponte lanciato sull'abisso.

«So io dove andare» disse Giulio senza guardarla, ma senza lasciarle la mano.

Si ritrovarono in una strada stretta, a fondo chiuso. Contro il muro scrostato erano accatastate scatole di cartone rotte e casse di legno. Dalle finestre uscivano voci, storie, silenzi. Una fila di bidoni per la raccolta differenziata sembrava una processione di bocche affamate e un odore intenso impregnava i muri e l'asfalto. Margherita ebbe un sussulto di paura. Ricordò gli avvertimenti che le ripeteva sempre la mamma da bambina: non seguire mai nessuno, non accettare nulla dagli sconosciuti.

Giulio la trascinò oltre i bidoni e le indicò una porta di legno scrostata, da cui esalavano vapori densi. Margherita ebbe un tremito e lasciò la mano di Giulio, che la fissò ferito, ma non disse nulla.

La precedette dentro il vapore, come se entrassero all'inferno. Uno stretto corridoio portava verso un'altra porta, sulla quale c'era scritto *Cucine, lasciare libero il passaggio*. Imboccarono le scale che cominciavano oltre quel corridoio e non si vedevano dall'ingresso. Avanzavano in fila perché non c'era spazio per due sulla rampa, ritagliata come un pozzo dentro il palazzo. Margherita saliva senza dire nulla, un misto di paura ed esaltazione si era impadronito di lei. L'odore sprigionato dalla cucina riempiva tutta la tromba delle scale e le pareti sembravano trasudare olio. I pianerottoli ospitavano solo due porte, una accanto all'altra, prive di targhe con i nomi degli inquilini. A ogni piano Margherita si fermava a guardare Giulio, che le faceva cenno di proseguire, con i suoi occhi trasparenti.

Dopo chissà quanti piani di scale (Margherita aveva perso il conto) si ritrovarono con il fiatone sull'ultima rampa. Davanti a loro c'era una porta di ferro grigia e mezza arrugginita, che aveva tutta l'aria di essere chiusa. Con uno strattone Giulio la disincagliò. La luce entrò e il fumo uscì risucchiato dall'aria del mondo. Margherita lanciò un urlo.

«Scusa. Non volevo spaventarti» disse Giulio. Si fermò sulla soglia e lasciò che Margherita lo superasse, come se la stesse facendo entrare in casa sua. Erano sul tetto di un palazzo, uno dei più alti del circondario. Il pavimento era coperto di uno strato di pece nera e gommosa, piena di rigonfiamenti e piccole cavità. Faceva pensare alla superficie di un pianeta dimenticato: masse di fili lo percorrevano sprofondando nel nulla, collegando le antenne agli apparecchi. Grappoli di parabole bianche sembravano alberi del futuro.

Il vento fresco, liberato dalla stretta dei palazzi, strinse il corpo di Margherita, che si sentiva la prima donna sbarcata su qualcosa di simile alla luna. In un angolo c'era una sedia di plastica. Giulio la prese per mano e la guidò verso il basso parapetto. Si affacciarono sul vuoto e videro i tetti, e la città gli sembrò una donna che si gira all'improvviso, mostrando il suo vero volto. Il cielo riempiva tutto lo spazio lasciato libero da ciò che le mani dell'uomo avevano costruito.

Il panorama, a una prima occhiata uniforme e piatto, era in realtà irto, quasi spinoso: le antenne di centinaia di televisori crescevano sui tetti, cercando di captare i liquidi messaggi dispersi nell'atmosfera. Suoni, immagini, colori trasformati in onde immateriali riempivano l'aria e, invisibili, scrosciavano sulla pelle di Margherita e Giulio. In cima alle cupole e ai campanili di qualche chiesa crescevano croci solitarie, simili ad antenne impegnate a tradurre i segnali silenziosi che il cielo manda alla Terra. La guglia del Duomo con la Madonnina svettava su tutto, luccicando dorata e solitaria.

I rumori della città sembravano soffocare.

«Ci vengo quando ne ho bisogno» disse Giulio accennando alla sedia di plastica.

«Quando?»
«Siediti.»
Margherita obbedì.
Giulio poggiò i gomiti sul davanzale e senza guardarla disse: «Quando ho bisogno di non vedere nulla di quello che fanno le persone».
«Perché?»
«Perché è sbagliato.»
«E cosa guardi?»
«Il cielo.»
«Perché?»
«Mi salva. Non c'è niente qui, eppure si vede tutto quello di cui ho bisogno. Soprattutto quando è notte. Il buio ammazza la nostalgia. E i sogni li prendo dalle stelle: sono la libertà e la bellezza che posso permettermi. Senza dubbio altrove esistono tramonti più belli, ma da qui si vedono le stelle. Stelle con magazzini, negozi, cucine sottostanti, è vero, ma pur sempre stelle... E scrivo.»
«Cosa?»
«Niente, parole...» Si perse nella sua malinconia e tacque. Margherita immaginò un quaderno sgualcito e pieno di parole simili a conchiglie da origliare.
«Raccontami il tuo primo ricordo, la cosa più vecchia che sai di te» chiese Giulio.
Lei rimase in silenzio per un po'.
«Avrò avuto quattro anni. Camminavo con mio padre lungo la spiaggia, piena di alghe, sassolini e conchiglie. Ogni tanto anche qualche medusa finiva sulla sabbia e si scioglieva al sole. Avevo una paura terribile delle meduse, davano la scossa se le toccavi, e mi nascondevo dietro le gambe di mio padre. Lui trovò una conchiglia molto grande, abbandonata lì dalla corrente. Mi disse di prenderla. Il mare era fermo, il vento anche. Gliela diedi, lui me l'appoggiò sull'orecchio e mi chiese, tappandomi l'altro orecchio: "Cosa senti?". Si sentiva un rumore sordo, un mormorio lontano ma

costante. Io non risposi perché non sapevo la parola per chiamare quella cosa. "Sai cos'è?" "No." "Il mare." "Il mare?" "Sì, il rumore delle onde rimane incastrato nelle conchiglie e loro lo ripetono per sempre." "Per sempre?" "Per sempre." Appoggiai nuovamente l'orecchio a quell'orecchio liscio e quel rumore sordo, lontano, ma costante era ancora lì. Conservai la conchiglia. Tutte le sere l'ascoltavo e mi immaginavo quali segreti nascondesse quell'eco. Mi consolava. Non so perché, ma era sempre lì, anche quando il mare non c'era più. E qual è invece il tuo primo ricordo?»

«Non ne ho.»

«Impossibile... dài!»

«Chi non ha genitori non ricorda nulla della propria infanzia.»

«Sono morti?»

«Sì.»

«Come?»

«Mi hanno abbandonato.»

«E dove sono adesso?»

«Non lo so. Quando sono nato non mi volevano e mi hanno ceduto ad altri.»

«E perché?»

«Non lo so.»

Rimasero in silenzio. Margherita fissava il cielo che ingrigiva, ormai senza sole. Giulio si sedette sul parapetto con le gambe penzoloni nel vuoto.

Rimasero in silenzio per un tempo lunghissimo, poi Margherita si alzò, gli cinse il petto abbracciandolo da dietro e come un dottore che ausculta il paziente poggiò l'orecchio sulla sua schiena. Sentì il battito della vita di Giulio, un ritmo nervoso, come se qualcosa a ogni giro s'inceppasse.

«Ho una cosa da darti.»

«Cosa?» chiese Giulio senza voltarsi, rinchiuso nel suo gomitolo di pensieri, in cui Margherita cominciava a frugare alla ricerca del bandolo.

Margherita aprì la mano sotto gli occhi di Giulio e gli sussurrò all'orecchio: «Anche se non ti conosco mi fido di te» sforzandosi di soffiargli le parole nel cuore, in modo che le portasse sempre là dentro.

Giulio prese il pezzo di puzzle con il suo nome scritto dietro e lo strinse tra i polpastrelli.

«Cos'è?»

«Un pezzo del mio puzzle», e seduta accanto a lui, sfidando la vertigine, gli spiegò del rompicapo.

Giulio la ascoltava, guardando l'orizzonte in cui baluginavano le prime stelle. In silenzio.

Un brusio smorzato saliva dalla città, come da un'immensa conchiglia di cemento. Margherita e Giulio, a metà tra cielo e terra, ne ascoltavano l'eco che saliva alle stelle, e non sapevano decodificarne il messaggio.

Cos'è quel rumore di fondo, se non il miscuglio di dolore e gioia che, nel labirinto di case, nel gomitolo di vie, dai sotterranei ai sottotetti, emana la vita tutta intera? Cosa dice esattamente nessuno lo sa, forse solo l'orecchio di Dio.

«Ho deciso di partire» disse Margherita.

«Vengo con te» rispose Giulio senza sapere dove, sicuro che fosse il posto giusto.

SECONDA PARTE
La madreperla

Ma là dove c'è il pericolo,
cresce anche ciò che salva.

F. HÖLDERLIN, *Patmos*

I capelli neri di Margherita volavano via risucchiati dal finestrino, i suoi occhi verdi temevano che semafori rossi potessero ostacolare la corsa sulla strada, che appariva davanti a loro e spariva sotto di loro. La libertà e la bellezza del cielo entravano da quel finestrino spalancato, ma la paura dell'ignoto scendeva da quello stesso cielo come un filo bianco pronto ad avvolgere la macchina nella sua ragnatela.

Una mano le sfiorò il ginocchio scoperto, per cambiare marcia. Un brivido risalì lungo il suo corpo e lei d'istinto ritrasse la gamba. Giulio, mani sul volante, non aveva paura di nulla, era nel suo elemento. Era stato facile prendere la macchina di Eleonora: lei non la usava mai per andare al lavoro, e non si sarebbe accorta che non era più nel box.

Libertà e bellezza. E paura. Margherita voleva che andasse più piano: Giulio aveva solo la patente per il motorino, e non poteva certo guidare una macchina. Se l'avessero fermato per una multa, sarebbe stato un disastro. Erano soli. Loro due soli. Come le era venuto in mente di partire in quel modo? E se li avessero beccati? Sarebbe finita in prigione? No, forse no, ma ci avrebbero mandato suo padre o sua madre. Come aveva potuto credere alle stupidaggini di quel professore squinternato e ai suoi fantasmi omerici? La linea di mezzeria sembrava uscire dal parabrezza come un filo che si dipana o si arrotola, come quello che Arianna aveva dato a Teseo. E se avessero sbagliato direzione? E se quel filo li avesse portati dritti tra le braccia del Minotauro? Tutta quella libertà le faceva paura, ma quel mondo non codificato da obblighi e ruoli la esaltava. Ancora una volta un sentimento e il suo contrario si contendevano il cuore di Margherita stirandolo fino allo spasimo. Quel viaggio si doveva compiere, era il destino, e il destino giace sulle ginocchia degli dèi, diceva Omero. E poi accanto a sé aveva un uomo, sicuro, senza limiti, sprezzante del pericolo, occhi azzurri, cuore spavaldo. La macchina era solo un dettaglio e la patente un vezzo della burocrazia.

Margherita guardò l'orologio sul cruscotto: 8.50. Marta era in classe con la professoressa di matematica, alle prese con chissà quali equazioni in cui l'incognita ha sempre una soluzione. Non come su quella strada. Per lei però non mancavano dieci minuti alla fine dell'ora, no. Non c'era la noia da scacciare, la versione da copiare, il terrore dell'interrogazione e la speranza del fine settimana. C'era solo un tuffo nell'ignoto, senza orari né muri. L'universo si faceva largo dentro di lei, ma allo stesso tempo le mancava il coraggio di viverci dentro. Ma per quello c'era Giulio. Il cuore avrebbe sopportato tutta quella bellezza e quella libertà insieme? Giulio le avrebbe insegnato come fare.

Le mancò il respiro. "Nella vita sono importanti non i momenti in cui respiri, ma quelli che il respiro te lo tolgono", parola di Hitch. Non c'è altro modo di trovare la propria storia, se non perdi il respiro, costi quel che costi. Voleva che tutti i suoi sogni non volassero via come coriandoli, prima ancora di diventare progetti. Si sarebbe sentita in colpa, ne avrebbe avuto nostalgia e non c'è nostalgia maggiore di ciò che non è mai stato. La nostalgia del futuro.

I due ragazzi tacevano. Qualsiasi parola avrebbe

incrinato quell'equilibrio miracoloso tra paura e passione. Il cellulare di Margherita squillò. Marta. Era finita la prima ora e lei provava a chiamarla. Attraverso quel trillo tutta la realtà tornò a precipitarle addosso, sotto forma di senso di colpa. Margherita lo lasciò squillare. Ogni trillo era un rintocco funebre. Finalmente tacque.

«Spegnilo» disse Giulio.

«E se fosse qualcosa di importante?»

«Non c'è niente di più importante di quello che stiamo facendo.»

Aveva ragione. Nessuno doveva cercarla o trovarla, era lei che doveva cercare e trovare qualcuno. Spense il cellulare e lo infilò nello zaino.

Giulio tirò fuori dalla tasca il suo iPod e lo inserì nella fessura del cruscotto. Selezionò la playlist che cercava e fece partire la musica, mentre si districava tra le vie della periferia per imboccare l'autostrada per Genova.

Alzò il volume e l'abitacolo si riempì di un arpeggio di chitarra e di una voce calda.

Comes the morning
When I can feel
That there's nothing left to be concealed.

Margherita incuriosita lesse il titolo della canzone: *No ceiling* di Eddie Vedder.

«Ti ho voluto preparare una playlist per questo viaggio» disse Giulio senza distogliere lo sguardo dalla strada, per non guardarla negli occhi.

Sure as I am breathing
Sure as I'm sad
I'll keep this wisdom in my flesh.

«Tu sai le parole? Io non capisco tanto bene...» chiese Margherita consapevole di non aver mai ricevuto un dono più bello.

«È la colonna sonora del mio film preferito, *Into the*

Wild. Qui è quando lui comincia a vivere da solo nella natura e si lava all'aperto. L'acqua non è solo acqua. Non ha niente sopra di sé: genitori, regole, soffitti. Solo il cielo.» Indicò l'iPod per mostrarle quello che stava spiegando.

I've been wounded, I've been healed
Now for landing I've been, for landing I've been cleared.

«È come se lui fosse morto e rinascesse a contatto con quell'acqua. Finalmente libero, scopre di avere già tutto quello di cui ha bisogno.» Il ritmo un po' country metteva allegria, ma aveva dentro una sottile malinconia.

I leave here believing more than I had
This love has got no ceiling.

«Quest'amore non ha...? Cosa dice?» chiese Margherita.

«*Ceiling*. Soffitto.»

Niente soffitto. Così si sentiva Margherita, senza soffitto. Sotto il cielo, con il ragazzo che saliva sui tetti.

Margherita si lasciò invadere dalle note finali della canzone e le venne da piangere. Giulio mise in pausa la compilation, che aveva intitolato: *Into the Wild not Alone*.

«Come stai?» chiese Giulio poggiandole una mano sulla sua e stringendola forte. La mattina intanto era esplosa come un soffione investito dai desideri di un bambino e si disperdeva in ogni angolo della città.

Margherita rimase in silenzio, con gli occhi velati di lacrime lo guardò mentre guidava, così sicuro di sé. Avrebbe voluto la sua sicurezza. Sarebbe voluta crescere in un attimo per essere degna di stargli accanto. Il profilo di lui era incorniciato dal finestrino luminoso, i capelli neri avvolgevano la testa di una gentilezza perduta e gli occhi si muovevano come libellule che sbattono le ali così rapidamente da rendere quel volo un miracolo.

Giulio non ripeté la domanda, il silenzio di Margherita era più eloquente di qualsiasi risposta, le lacrime più delle parole. Si voltò e le sorrise. Poi cominciò a cantare, piano piano. Margherita rimase ipnotizzata dalla sua voce, dal suo timbro.

Il suo corpo si accoccolò e a occhi chiusi sentì una casa che le si costruiva attorno, benché avessero come pavimento la strada e come tetto il cielo, a parte quello provvisorio della macchina. Si ricordò di Carl ed Ellie in *Up*: tutte le volte che guardava i primi dieci minuti di quel film piangeva come una bambina. Le venne in mente la casa sospesa nel cielo e trascinata da una nuvola di palloncini colorati sino in Patagonia, alla ricerca di un posto sempre e solo sognato da Carl ed Ellie.

La barriera dell'autostrada costrinse la macchina a rallentare. Margherita sussultò, temendo che ci fosse già una macchina della polizia ad aspettarli per portarli in prigione, dove li avrebbe interrogati un poliziotto cattivissimo come quelli delle serie che piacevano a suo padre. Non poteva essere: sua madre era al lavoro e non si sarebbe accorta di nulla.

Giulio prese il biglietto e lo passò a Margherita. Per un attimo le sembrò che fosse suo padre a passare il biglietto a sua madre, come era accaduto tante volte nei loro viaggi verso Genova. Possibile che quei viaggi magici, che duravano meno di due ore ma che a lei sembravano lunghissimi e pieni di avventure, fossero finiti?

La sbarra si alzò ed entrarono nel viaggio, sicuri che le tappe si sarebbero materializzate davanti a loro anche se ancora non esistevano. Sua madre incastrava sempre il biglietto nella fessura interna del parasole, ma prima di farlo Margherita lo rigirò in mano, non ne aveva mai visto uno da vicino. Diceva il luogo di partenza, ma naturalmente non quello di arrivo: con quel biglietto tra le dita sentì scorrerle nel sangue il coraggio di chi parte alla ricerca di nuove terre, continenti, passaggi proibiti. In ogni vita c'è un'India da raggiungere, un'America da scoprire, un miraggio da trasformare in realtà. Margherita teneva il biglietto in mano e lo strinse fin quasi ad accartocciarlo.

Giulio appoggiò il braccio fuori dal finestrino e Margherita lo imitò, lasciando che anche la testa si sporgesse e i capelli fossero risucchiati dalla strada che rimaneva alle spalle. Chiuse gli occhi. Sperò che in porto ci fosse tanta gioia quanta ce n'era nel raggiungerlo.

Il vento rimbombava nelle orecchie, e Giulio urlò come un condannato a morte che riceve la grazia a pochi minuti dall'esecuzione.

Margherita si spaventò, poi rise e urlò anche lei.

«Qual è la tua canzone preferita?» le chiese Giulio.

«*La donna cannone*» sorrise.

«Che pesante che sei...» disse Giulio serio.

Margherita, ferita da quella frase, sentì che il sorriso le si congelava sul viso. Ma non fece in tempo a dirsi che sbagliava tutto, persino la sua canzone preferita, che Giulio prese a canticchiare:

Con le mani amore, per le mani ti prenderò...

Margherita continuò con voce sottile:

E senza dire parole nel mio cuore ti porterò...

Giulio allora la sorresse, come fanno le righe del pentagramma con la melodia delle note, e le voci si mescolarono:

E non avrò paura se non sarò bella come dici tu,
ma voleremo in cielo in carne e ossa,
non torneremo più...

Tennero la *u* a lungo, molto più a lungo del dovuto. Scoppiarono a ridere e cominciarono a duettare su quella *u* come fosse il testo dell'intera canzone. Margherita rideva fino alle lacrime, le stesse che il dolore aveva prodotto poco prima. Chissà se la loro composizione era la stessa. Nessuno scienziato si occupa di questi esperimenti fondamentali. Di sicuro c'è che gioia e dolore sgorgano da un'unica fonte, il cuore del cuore.

Il cuore non è altro che una fila di stanze, sempre più piccole, una immette in un'altra attraverso una porta chiusa e scale che scendono. Sono in tutto sette stanze. Il cuore del cuore è la settima, la più difficile da raggiungere, ma la più luminosa perché le pareti sono di cristallo. Gioia e dolore vengono da quella stanza e sono la chiave per entrarci. Gioia e dolore piangono le stesse lacrime, sono la madreperla della vita, e quel che conta nella vita è mantenere intatto quel pezzetto di cuore, così difficile da raggiungere, così difficile da ascoltare, così difficile da donare, perché lì tutto è vero.

Una macchina li superò e una bambina la salutò, nascondendo subito occhi vispi e una testolina bionda e riccia dietro il sedile. Margherita aspettò che riapparisse, conosceva bene quel gioco, e la salutò, la bambina sorrise e rimpicciolì rapita dalla velocità dell'auto. Se la bambina e la ragazza si erano scambiate un arrivederci o un addio non si sa.

I campi si stesero lungo la strada, ingialliti dall'estate ormai spenta o denudati dalla raccolta.

«Guarda che bello quell'albero!» gridò a un tratto Margherita.

Era una quercia solitaria in mezzo a un campo di grano. Svettava come un padre che chiama a raccolta i suoi figli.

Giulio guardò il punto indicato da Margherita e rimase piuttosto indifferente.

«Mi sono sempre piaciuti questi alberi soli, in mezzo al niente. Sarebbe bello poterlo abbracciare...» aggiunse lei, resa coraggiosa dalla libertà.

Giulio scoppiò a ridere.

«Era solo un'idea, se non ti va non importa...» disse Margherita offesa, mentre, girata dall'altra parte, seguiva il profilo dell'albero.

Giulio le toccò la spalla perché si voltasse, ma Margherita resistette. Una piazzola di soccorso si apriva pochi metri più avanti. Giulio rallentò bruscamente.
«Che fai?» chiese Margherita.
«Quello che mi pare. È il nostro viaggio e facciamo quello che ci pare.»
«Cioè?»
Giulio scese. Fece il giro della macchina. Aprì la portiera di Margherita e la invitò a uscire.
«Non dobbiamo dare nell'occhio! Ma sei matto?»
«Non più di te... Andiamo» rispose Giulio. Con un balzo superò il guard-rail incamminandosi nel campo.
Margherita lo seguì sino alla protezione di ferro, calda e screpolata dal sole.
«Dove vai?»
Giulio si fermò, poggiò le mani sui fianchi e con candore rispose:
«A salutare un vecchio amico.»
Margherita rise e lo seguì, quasi le mancava il respiro.
Le piante si piegavano al loro passaggio e il terreno scuro e grasso si nascondeva sotto l'intreccio di steli. Non c'erano sentieri, solo un'onda di grano, pronta a reagire a ogni minimo movimento dell'aria. I grilli saltavano sorpresi da quei passi improvvisi.
Arrivarono ai piedi dell'albero e Giulio lo abbracciò. Il tronco era rugoso e tiepido, profumava di terra e corteccia bruciata. Era abbastanza grosso da impedire a Giulio di abbracciarlo tutto. Il sole si intrufolava tra le foglie fitte.
«Non è male, però è un po' troppo grasso...» sorrise, prendendo in giro Margherita. Lei guardava rapita un uomo capace di credere in quello che gli dici, anche se è una cosa da bambina di dieci anni. Se solo gli uomini sapessero che per amare una donna occorre amare la bambina che è in lei...
«Non se siamo in due...» rispose Margherita.
Abbracciò il tronco dall'altra parte e afferrò le mani

di Giulio. Sentì l'anima attraversarle le dita e fluire nelle mani di lui, una scossa dolce, che si propagò per tutto il corpo. Ne ebbe paura, voleva staccarsi e rimanere attaccata allo stesso tempo: singolare ebbrezza della fragilità, come un tuffo in mare da un alto scoglio. Strinse le mani di Giulio ancora più forte. Le dita s'intrecciarono e la tensione per raggiungersi li costrinse a schiacciare la guancia contro il tronco, come per ascoltare la linfa che vi scorreva. Il rumore della strada era lontano, inghiottito dalle piante che sfrigolavano l'una contro l'altra.

Margherita si sentì parte di una storia antichissima, e Giulio insieme a lei. Quell'albero era lì e questo bastava. Invece di non esserci, c'era. E chissà chi ce l'aveva messo. Le loro mani strette c'erano e non potevano non esserci. Le cose c'erano, le mani c'erano e se c'erano, ci sarebbero state anche dopo. Tutte le cose belle non possono morire.

Margherita rise come chi riceve un dono e ha qualcuno con cui condividerlo: tutto sarebbe andato bene.

«Che avete da ridere tu e il tuo amico, qui? Mi nascondete qualcosa?» chiese Giulio, che non poteva vedere il viso di Margherita, ma sentiva il tremito delle sue piccole mani.

Margherita posò la mano destra sopra quella di Giulio e ne guidò l'indice sopra la corteccia, come se scrivesse sul legno in un esercizio di calligrafia. Il ragazzo cercava di intuire le lettere che il polpastrello tracciava sulla superficie di quell'albero.

S... F...

Giulio sentiva il significato di quelle lettere risalire lungo il dito.

«Sei felice?» chiese Giulio parlando dentro l'albero.

Margherita gli disse sì poggiando tutta la mano sulla sua, lentamente. Poi lei scrisse.

P... S...

Rimasero mani nelle mani per qualche istante. Poi

Giulio scappò tra il grano gridando «In viaggio!» e Margherita lo inseguì, inciampando come una bambina dissetata dalla grazia delle cose, che sarebbe durata *per sempre.*

Ripartirono e Giulio fece andare la seconda canzone del loro viaggio melodico. Una voce selvaggia e romantica graffiò l'abitacolo.

It's been seven hours and fifteen days
Since you took your love away
I go out every night and sleep all day
Since you took your love away
Since you been gone I can do whatever I want
I can see whomever I choose

Quella donna modulava rabbia, paura e nostalgia e Margherita intuiva il muto pianto di chi ha perso qualcuno. Per sempre.

I confini del paesaggio erano sempre meno ampi. La strada saliva e l'autostrada si restringeva in una specie di statale tagliata tra le montagne sin dai tempi dei Romani, tra gole, torrenti, paesi dipinti più che reali e un cielo fitto tra quelle montagne, da Serravalle sino al passo dei Giovi.

Nothing can stop these lonely tears from falling
Tell me baby where did I go wrong?
I could put my arms around every boy I see
But they'd only remind me of you

Giulio strinse le mani sul volante con forza, fino a farsi sbiancare le nocche. Margherita guardava fuori senza fissare nulla in particolare mentre cercava di cogliere le parole della canzone.

All the flowers that you planted, mama
In the back yard
All died when you went away

I know that living with you baby was sometimes hard
But I'm willing to give it another try
Nothing compares
Nothing compares to you

Quelle parole ripetute divennero la litania di un rito che cercava di riportare in vita ciò che quella donna aveva perso.

Giulio ora guidava in silenzio: le curve di quel tratto di strada richiedevano più concentrazione, doveva proteggerla e portarla a destinazione.

«Sono belle le tue canzoni. Hai gusti strani però...» disse lei.

«Gusti miei» rispose lui semiserio.

Margherita ammirava tutto come se lo vedesse per la prima volta. Con un gesto secco della testa scacciò il volto serio di sua madre, che tentava di riportarla al passato. Lei adesso era calamitata dal futuro. Lo Scrivia scorreva azzurro, quasi verde, tra le rocce, e l'acqua anche se era poca sapeva sempre dove andare.

«Quando hai imparato a guidare?»

«L'anno scorso.»

«Come?»

«Mi ha insegnato un volontario della casa famiglia.»

«Come ti ha insegnato?»

«Gli ho rubato la macchina.»

«Allora non ti ha insegnato...»

«Ho imparato da solo, ma con la sua macchina.»

«Da solo?»

«Ho dovuto.»

«Non potevi chiederglielo?»

«Perché tuo padre se n'è andato?»

Margherita non rispose.

Passò qualche minuto di silenzio.

«Non lo so. Per questo lo andiamo a cercare...»

«Se n'è andato con un'altra?»

«No. Non lo farebbe mai...»

«Tu non conosci gli uomini, Margherita.»
«Vuoi dire che io non conosco mio padre?»
«Voglio dire che non conosci le ombre.»
Margherita rimase in silenzio, voleva che Giulio continuasse, ma aveva paura di chiederglielo.
«Le persone sono fatte di luci e ombre. Finché non conosci le ombre non sai niente di una persona. Cerca di vedere le ombre prima delle luci, altrimenti resti delusa.»
Margherita immaginò di trovare suo padre con un'altra donna, magari sulla loro barca a vela. Giulio vide la mano destra di lei contrarsi e tormentare la pelle del braccio sinistro.
«Tu sai guidare?»
«No!»
«Sai almeno a cosa servono i pedali?»
«Freno?»
«Sì.»
«E acceleratore!»
«Brava! E poi?»
«Ce n'è un altro?» chiese lei stupita.
«Frizione, serve per...» Non sapeva come spiegarlo. «Vuoi provare?»
«Sei matto?»
«Sempre meglio che abbracciare gli alberi.»
Margherita rise, gli diede una botta sul braccio e la macchina sbandò leggermente. Lanciò un urlo portandosi la mano alla bocca e spalancando gli occhi.
«Scusa, scusa...» si affrettò a dire.
Giulio sorrise e fece partire una nuova canzone.
Un'intera orchestra entrò nelle loro orecchie. Margherita lo guardò interrogativa.
«Classica???» chiese con disprezzo.
«No. Eterna. Ludovico Van.»
«Chi è?»
«Voi lo chiamate Beethoven.»
«Che noia...»

«Ascolta... Così impari qualcosa di diverso da Lady Gaga.»
«Scemo...»
Una minacciosa orchestra rimproverava un pianoforte dolcissimo e struggente, come si trattasse di un dialogo tra un padre e un figlio che si è comportato male.
«Cos'è?»
«Il secondo movimento, andante con moto del Concerto numero quattro per pianoforte e orchestra.»
Il pianoforte piangeva e l'orchestra placava la propria arroganza fino a spegnersi. Le note del piano diventarono un discorso sussurrato all'orecchio, pieno d'amore, che avrebbe convinto chiunque, persino un'intera orchestra arrabbiata.
Orchestra e pianoforte si estinsero in un pianissimo prolungato. Rimasero in silenzio. Margherita sentì quella dolcezza inquieta e pacificata entrarle nel cuore e la fece sua. Luci e ombre. Poi una lunga galleria li inghiottì.
«Hai portato il costume?»
«No.»
«Ne compreremo uno.»
«Ma noi siamo qui per mio padre, non abbiamo tempo per fare il bagno.»
«Noi abbiamo tempo per fare tutto quello che vogliamo.»
«Tu lo hai portato?»
«Certo!» rise Giulio.
La luce li schiaffeggiò di nuovo, accecandoli. Cominciò la discesa che li spinse verso il grande padre, che improvvisamente apparve tra tetti e pini marittimi: una luccicante scaglia azzurra. Né Margherita né Giulio dissero nulla, catturati dalla nostalgia che quell'inchiostro blu scrive da sempre nei cuori. Margherita appoggiò la testa sulla spalla di Giulio, chiuse gli occhi e immaginò di aver ritrovato suo padre.

La sopraelevata si tuffò dentro la città che fasciava l'Appennino strapiombante. I colori delle case erano accesi come fiamme e il mare sulla destra trasformava tutto in un sogno azzurro e giallo. La brezza saliva per disperdersi verso l'alto e Genova era un mosaico di tessere colorate addossate sulla costa che scivola troppo rapidamente in mare. Mattoni, facciate, finestre brillavano.

«L'acquario!» esultò Margherita improvvisamente invasa da un ricordo d'infanzia.

«Roba da bambini...»

«E allora? Forse ti farebbe bene provare cosa vuol dire essere un bambino... Sembri sempre così freddo, distante...»

Giulio si pietrificò e perse tutta la propria abituale ironica sicurezza, ferito. Margherita si rese conto di avergli fatto male:

«Intendevo solo che è divertente... fidati! A volte dico le cose male.»

«Dove devo andare?»

«Esci qui!»

Giulio abbandonò la sopraelevata e si portò verso destra.

«Perché?»

«Facciamo quello che vogliamo, hai detto, no?»

«Già.»

«Andiamo a vedere l'acquario. Abbiamo il tempo. Abbiamo tutto il tempo che vogliamo, noi due.»

Giulio parcheggiò in un vicolo che profumava di mare e catrame. Ogni città ha il suo genio, la devi strofinare perché esca fuori. Ti ci devi strusciare contro, toccare i muri, annusare le strade, ascoltare i nomi delle vie e delle persone. Genova sembrava un paguro, nascosto in una conchiglia a chiocciola, abbarbicato su una roccia battuta dal mare instancabile. La brezza saliva verso i vicoli come il mare nei meandri di una conchiglia, e si intrufolava nei carruggi tra le pieghe dei panni stesi e le persiane, sino a sfuggire oltre il cielo. La luce mescolata all'aria sembrava una mano che accarezza la pelle di una donna dalla bellezza stanca e dai capelli sciolti. Molte bandiere sventolavano sugli alberi di barche, i cui scafi beccheggiavano con ritmici battiti metallici, e tubavano tra loro come piccioni. Il vento sibilava insinuandosi in quella foresta di pennoni e vele, e c'era da impazzire di fronte a tanta libertà di partire, perdersi, e forse tornare. Lungo la scogliera e i moli passeggiavano vecchi e cani, e cani senza padroni. Un gruppetto di ragazzi, macchiati dalla stessa colpa di Margherita e Giulio, guardavano il mare, fumavano e ridevano. Una ragazza, resa più bionda dalla luce acquamarina, correva. Nuvole di palloncini fremevano, ansiosi di scappare via dai loro fili.

Giulio e Margherita si fermarono a guardare il mare e come sempre le Sirene erano lì, pronte a trattenerli, ipnotizzando occhi e orecchie con l'enigma primordiale dell'acqua. Ci sono Sirene che incantano occhi e orecchie degli uomini e fanno loro dimenticare casa, moglie, figli. Sirene antiche e subdole. Ma ci sono Sirene disposte ad abbandonare la coda e sentire il dolore dilaniante di un nuovo paio di gambe, pur di amare, pur di non morire, pur di vivere per sempre, piuttosto che diventare schiuma dopo la morte. Margherita temeva le prime, che avevano forse ingannato suo padre, e si sentiva simile alle seconde: anche lei aveva deciso di camminare su nuove gambe, a costo di sentire i piedi attraversati da mille spilli, come accade alla Sirena della favola. Giulio appoggiò il braccio sulla spalla di Margherita e la strinse a sé come per proteggerla, mentre guardavano davanti a loro e il rumore di martelli sulle chiglie delle barche in rimessa ricordava che ogni viaggio, anche il più bello, porta con sé delle scorie.

Margherita, in imbarazzo, lo guardò solo per un attimo e sorrise.

«Hai mai visto un delfino?»

«No.»

«Andiamo.»

Lei corse avanti, Giulio la fissava e sentiva sbrogliarsi dentro di lui grovigli antichi, o forse semplicemente accettava che potessero rimanere lì sperando che qualcuno un giorno li avrebbe amati, senza la pretesa di scioglierli a tutti i costi.

S'immaginò di essere uno di quei marinai che si imbarcavano per affrontare l'oceano ai tempi di Colombo, Magellano, Cortés... Si lasciavano alle spalle, sulla terraferma, una vita da dimenticare, spesso fatta di ombre, e riempivano il futuro della speranza di diventare uomini nuovi. Anche lui, senza sapere perché, si trovava a sperare che il futuro riservasse qualcosa di inatteso, qualcosa di migliore. Per i marinai il mare è il padre di quella promessa. Assomiglia a un padre, il mare. Come i bambini riempiono il buio di mostri, gli uomini riempiono il mare di attesa e tesori nascosti. Il mare aspetta e ci sarà sempre. Anche se cela i suoi relitti, come ogni uomo le sue ombre. Il mare.

Giulio pagò i due biglietti e Margherita lo ringraziò con un sorriso perfetto. Poi li avvolsero la luce bluastra dell'acquario e il rumore tranquillo dei fondali. C'era un odore umido e leggermente salato. Bolle si liberavano continuamente nelle vasche e pesci scivolavano pigri o con scatti improvvisi, esperti conoscitori del ritmo giusto della propria esistenza. Giulio, forse ispirato dalla naturalezza dei pesci, prese la mano di Margherita: guardare quello spettacolo condividendone lo stupore lo duplicava e lo riponeva in una delle stanze del cuore più vicine alla settima, per conservarlo intatto più a lungo. La bellezza vuole sempre essere ricordata: per questo pensiamo sempre a chi ci è più caro, quando ci colpisce.

Margherita percepiva il mistero di quel ragazzo pieno di segreti; non erano i segreti a incuriosirla, ma il mistero che lui era a incantarla.

«Grazie» disse Margherita.

«A te» rispose Giulio.

Le loro mani si staccarono solo quando Giulio le appoggiò al cristallo della vasca dei delfini. Entrambe le mani incollate al vetro: potevano quasi attraversarlo e toccare l'acqua. Margherita rimase a fissare lo spettacolo del delfino e lo spettacolo di Giulio, incapace di scegliere. A osservare bene come gli altri guardano le cose si scopre chi sono e cosa vogliono, prima ancora che aprano bocca. *Unne ti luciuno?*, diceva la nonna quando doveva chiedere dove ti trovavi o a cosa pensavi, sottintendendo gli occhi: "Dove ti brillano gli occhi? Guardando che cosa?".

Il delfino volava e spariva per una frazione di secondo, per poi riapparire deciso e sicuro. Giulio era imbambolato di fronte a quella danza.

«Escono dall'acqua per respirare e possono resistere fino a quindici minuti in immersione.» Margherita leggeva le didascalie vicine alla vasca nella quale la coppia di delfini volteggiava.

«Il loro sistema visivo è basato sull'udito. Lanciano delle onde che si riflettono sulle cose e producono un'immagine in pianta di ciò che hanno davanti: come se vedessero la mappa dello spazio dall'alto.» Giulio guardava e ascoltava la voce di Margherita.

«Sembri un bambino» gli disse lei.

Lui si voltò e aveva gli occhi grandi, le pupille illuminate dallo stupore.

«Vorrei essere...»

«Come?»

«Così leggero... a loro tutto riesce perfetto. Non sbagliano un movimento.»

«E tu?»

«Io sbaglio sempre. Non ho la mappa dall'alto per andare dove devo andare.»

«Ma andare dove?»
«Non lo so. Loro sì.»
«Per andare dove non sai, devi passare per dove non sai.»
«Che hai detto?»
«Me lo dice sempre mia nonna. È una delle sue frasi sagge, che le diceva il marito, quando lei aveva paura... lei le dice in siciliano, ma io non sono capace.»
«Tipo?»
«Dài, non lo so fare, mi vergogno...»
«Prova.»
«*Pir ghiri unni*... Non me lo ricordo» provò Margherita, che sembrava imitare una parlata scandinava piuttosto che mediterranea.
Giulio rise e le fece il verso, imitando l'inflessione meridionale:
«Terrona sei!»
«*Miiinchia*, portami rispetto, *vastaso*!» disse Margherita, arrossendo subito e portandosi la mano davanti alla bocca.
Risero insieme.
«Mi piace questo posto!» La prese per mano e si lanciarono a caccia di misteri.

Si aggirarono per le sale dell'acquario: un labirinto marino, pieno di creature sorprendenti. Si perdevano di proposito, tornavano sui loro passi a rivedere meglio qualcosa, vagavano senza meta, felici di perdersi. Davano nomi propri ai pesci, per lo più ispirati alle sorprendenti somiglianze con i professori. Giulio metteva in imbarazzo Margherita, faceva girare le persone toccando loro la spalla o con un discreto «Scusi, signore?», e poi si sottraeva rapidamente con un guizzo da delfino, lasciando Margherita faccia a faccia con l'interlocutore, che credeva che fosse stata lei. Diventava tutta rossa ma, prima che riuscisse a giustificarsi o indicare il colpevole, la vittima dello scherzo si allontanava scocciata. Giulio rideva e Margherita stava al gioco, fingendosi arrabbiata.

I bambini scorrazzavano tra le vasche, trasformati in bocche aperte incapaci di contenere i loro stessi perché. Margherita pensò ad Andrea: chissà cosa faceva. Avrebbe avuto paura senza di lei? Chi lo avrebbe aiutato a tenere lontani i mostri? Ce l'avrebbe fatta da solo? Avrebbe pianto, ed era colpa sua...

Infestata da quei fantasmi, leniva l'ansia con lo stupore. Vagavano tra stelle marine abbarbicate su scogli ricoperti di mucillagini, pesci tropicali usciti dal pennello di Picasso, squali di tutte le forme e dimensioni che la paura sa inventare. Rimasero ipnotizzati di fronte alle vasche delle meduse, dove lunghi cilindri illuminati rendevano fluorescente il movimento di quelle principesse dal lunghissimo strascico urticante. Danzavano e incantavano gli spettatori, e le loro prede. Margherita si nascose dietro Giulio, perché la terrorizzavano anche dietro a un vetro.

Tutte quelle creature sembravano parte di una danza che disegnava nell'acqua un'unica grande mappa del tesoro: segni e cifre di un codice segreto.

Quando uscirono il sole spaccava in due l'arco celeste e fu come riemergere da un tuffo. Passeggiarono su una lingua di pietra e legno nel cuore del porto antico, dedicata a Fabrizio De André. Le barche bianche invitavano i passanti a trasformarsi in marinai. Si spinsero fino all'ultima delle tre terrazze di legno galleggianti, come chiatte che avrebbero potuto prendere il largo da un momento all'altro.

«Uno dei pochi cantanti italiani che sopporto.» Giulio indicò una targa che riportava il nome del musicista genovese.

«Chi è?»

«Sei proprio rovinata, tu... Ma quando sei nata?»

«Nel 1997. Guarda che hai solo tre anni di più...»

«Bastano tre anni per fare un uomo!» rispose Giulio. «È un grande cantastorie.»

Tirò fuori l'iPod e le fece ascoltare una delle canzoni che aveva inserito nella playlist: *D'ä mê riva.*

Si spartirono gli auricolari, appoggiarono le braccia sul parapetto fatto di tubi di ferro, e il mare verde del porto si trasformò in note. Si udiva la risacca e una corda pizzicata al ritmo di una barca che salpa.

D'ä mê riva
sulu u teu mandillu ciaèu

«Ma non si capisce niente!» disse Margherita.

«È in dialetto genovese, ma tu ascolta, prima di capire devi ascoltare.»

La canzone si dipanò piena di nostalgia.

a teu fotu da fantinna
pe puèi baxâ ancún Zena
'nscià teu bucca in naftalina

A Margherita veniva da piangere e non sapeva neanche perché.

«Parla della nostalgia di un marinaio che salpa dal porto di Genova e vede il fazzoletto bianco della sua donna che lo saluta. Poi guarda dentro la valigia che lei gli ha preparato. E trova una sua foto, che bacia come baciasse l'intera città che ha lasciato.»

Rimasero in silenzio, scrutando l'orizzonte, ciascuno nell'attesa di chi avevano per mare, mentre il vento li accarezzava.

La campanella si spense, sostituita dal vociare dei ragazzi che sciamavano fuori ad aggredire un pomeriggio pieno di sorprese. Marta varcò il portone e passò accanto ai muri dipinti di dolori e gioie: *Il futuro non è più quello di una volta, Ele e Ale forever, Meno libri più liberi!, Zeru tituli!* Li costeggiava come i fondali di cartone di un teatro vuoto. Quando la tua compagna di banco non occupa la sedia accanto a te, ti sembra di dover affrontare il mondo da sola. Controllò il cellulare, niente. Provò a chiamare: staccato. A testa bassa e con il cuore nelle scarpe, Marta si trascinò sino alla macchina dove l'aspettava sua madre.

«Come stai?» le chiese Marina, facendo la domanda giusta e non il solito inutile *cosa hai fatto oggi?* che provoca solo onomatopee di disapprovazione o invalicabili *niente*.

Marta rimase in silenzio.

«È andato male qualcosa?» intuì la madre dandole una carezza.

«No.» Ma quando la mano della madre si staccò dal suo viso aggiunse: «Margherita non è venuta a scuola. Ho paura sia successo qualcosa...».

«Perché?»

«Non so, me lo sento.»

«L'hai chiamata al cellulare?»

«Sì, ma prima non ha risposto, poi lo ha staccato. Non ha risposto neanche ai messaggi.»

«Dài, poi la chiamiamo a casa. Vedrai che è tutto a posto.»

«Non è tutto a posto...»

«Allora dobbiamo essere pronte» rispose Marina e le diede un bacio.

Marta alzò lo sguardo e sorrise. Sua madre la prendeva sempre sul serio; sua madre c'era sempre su quella strada senza segnaletica che è l'adolescenza. Sua madre era la soluzione che non dava soluzioni, come la vita.

La fame li richiamò. Risalirono dal mare come anfibi che allungano le zampe sulla terraferma e conquistano spazio, imparando la fatica della terra dopo essere scivolati lungo le correnti. Affrontarono la città in salita, con le sue crose avviticchiate come labirinti che andavano chissà dove, forse direttamente in cielo. Si addentrarono senza meta nei vicoli alle spalle del porto antico. Sembrava di essere nel ventre di un grande animale marino. Solo guardando le interiora di una città scopri se è viva: i suoi muri, le sue strade sono l'intreccio di relazioni che la tengono in vita o ne manifestano i cancri nascosti. Le città sono come le poesie, prediligono alcune figure retoriche, che corrispondono alla loro anima profonda. Milano è una litote o una reticenza, ama svelarsi nascondendosi, dice "non sono brutta" per dire "sono bella", devi corteggiarla per scoprire che è una donna elegante e un po' snob. Roma è un'iperbole, con i suoi fasti imperiali e la sua storia troppo grande, ma quando capisci che anche lei non ci crede più, ti innamora con il suo imperiale disincanto. Palermo è una sinestesia, una confusione di storie e sensi: si ascoltano profumi, si sentono colori, si toccano storie. Genova invece è la città dell'ossimoro. Genova unisce gli impossibili, la bellezza con la rovina, la vita con il cadavere. Gli odori dell'Appennino scendono e si mischiano con quelli che salgono dal mare, rimescolati dalla vita della città.

Giulio si avventurava in vicoli deserti, difesi da barriere di ferro che impedivano il passaggio di biciclette e motorini. Margherita cercava di trattenerlo perché aveva paura. Quello stomaco labirintico poteva digerirli da un momento all'altro, e assorbirli tra le anse di muri, scale, vicoli. L'intestino di un predatore.

«Giulio? Dove sei?»

Giulio si era nascosto in un cortile che odorava di salvia e basilico. Gerani rossi infioravano un'antica immagine della Vergine, di quelle che le mogli dei marinai facevano dipingere per ringraziare la Madre di tutti i naviganti, perché i mariti erano tornati a casa sani e salvi.

«Giulio...?»

Improvvisamente, sopraffatta dalla paura e dalla solitudine, Margherita si ricordò cosa stava facendo: era lontana dalla sua città con un ragazzo senza patente, avevano sottratto la macchina a sua madre, cercavano un padre che non si sapeva neanche dove fosse. Ed era tutta colpa sua. L'avrebbe pagata cara. Perché vivere è così difficile? Perché bisogna per forza perdersi nel labirinto per trovare un'uscita?

Si sedette su un gradino di pietra. Sopra di lei si gonfiavano panni stesi simili a vele di navi in partenza, e da tutte le finestre semichiuse, dai cunicoli bui, uscivano i mostri di Andrea. Si prese la testa fra le mani.

Giulio si avvicinò e le si sedette accanto. La abbracciò come una conchiglia con la sua perla. E tutti i mostri tornarono nei loro buchi.

«Vieni.»

La fece entrare in un negozio cinese di vestiti di pessimo gusto. C'erano anche salvagenti, prendisole e oggetti il cui scopo rimaneva oscuro. Una donna dall'età indefinibile si avvicinò.

«Posso aiutale?»

«Un costume, per favore» rispose Giulio, indicando Margherita.

«Tutti i cololi» disse la donna indicando il bancone su cui giacevano alla rinfusa bikini dai colori sgargianti.

Margherita sorrise: parlava veramente come nei cartoni animati.

Giulio le consigliava i più brutti per farla ridere e lei si schermiva.

«Non lo comprerò mai, non c'è neanche il camerino per provarlo...»

«Questo è perfetto per i tuoi occhi!» disse Giulio sollevando un costume color corallo.

«Dici?» chiese Margherita.

«Sì, perfetto!» rispose Giulio, avvicinando il tessuto al viso di Margherita, che divenne rossa. Si mise a rigirare tra le mani i due pezzi per nascondere l'imbarazzo. Non ce l'avrebbe mai fatta a farsi vedere in costume da Giulio. Se almeno avesse avuto il suo preferito, a fantasie bianche e azzurre. Perché non ci aveva pensato?

«Posso provarlo?» chiese alla donna.

«Sì, lì» rispose quella indicando una specie di box doccia che sembrava in vendita.

Margherita entrò, cercò di chiudere bene le tendine e ogni tanto controllava che Giulio non la guardasse, ma lui era tutto intento a scrutare dei soprammobili a forma di drago o di cane.

Si osservò allo specchio che non riusciva a contenerla tutta. Quel corpo magro, le gambe sottili, il viso insignificante. Però Giulio aveva detto che quel colore le donava, ed era vero.

«Lo prendo» disse uscendo già rivestita dal camerino.

«Quindici eulo.»

A Margherita rimanevano cinque euro. Aveva pagato il pedaggio, diviso la spesa della benzina con Giulio, e si vergognava ad ammettere che quelle erano tutte le sue finanze.

Si intrufolarono dentro un panificio e comprarono un chilo di focaccia farcita, al formaggio e alle cipolle. Si lasciarono incantare dalla salita Sant'Anna, tra muri arancioni intonacati di fresco e muri screpolati che lasciavano vedere le pietre nude. Si ritrovarono in una piazzetta piccola e sghemba, protetta da muri rosa, rossi, gialli; le persiane verdi incorniciate da una striscia bianca facevano apparire vive le facciate delle case. Un gatto bianco si sollevò dall'erba sotto un enorme tiglio che lasciava cadere il suo odore su chi sostava all'ombra, e cominciò a girare intorno a loro. Li seguiva a distanza, attirato dal profumo della focaccia. Si inerpicarono su una stradetta chiamata salita Bachernia, che come un filo unisce la città vecchia alla collina. Un filo incastrato tra muri antichi, con il lastricato di mattoncini rossi al centro e bassi scalini grigi e rossi sui lati, con il corrimano di ferro per gli anziani. I cespugli di malvarosa, i rami dei nespoli e dei peschi si lanciavano oltre i muri protettivi degli orti, le persiane erano mezzo sollevate, come si usa da quelle parti, simili a palpebre instancabili che guardano chi passa. Si sedettero su un muretto basso dentro un microscopico orto che dava su una scaglia di mare. Sotto la linea perfetta di blu si spezzava il profilo frastagliato dei tetti grigiastri, decine di gabbiani nuotavano nella luce.

«Non lasciarmi più sola, neanche per scherzo.»

«Scusa» rispose lui. Avrebbe voluto darle una carezza, ma si trattenne.

Giulio scartò la focaccia e avvicinò il vassoio a Margherita. Lei era in imbarazzo e non voleva cominciare: si vergognava di lasciarsi vedere mentre mangiava. L'avrebbe vista masticare e ungersi il viso. Piuttosto avrebbe detto che non aveva più fame... Mentre era persa in questi pensieri Giulio aveva già cominciato. Assorto, guardava l'orizzonte e l'aria che saliva dalle crose gli scompigliava i capelli.

«Assaggia quella al formaggio, è incredibile!» le disse con la bocca piena e storpiando le sillabe.

Margherita rise e capì che quella quotidianità, quei denti che masticano, quella bocca piena, era parte non della prosa, ma della poesia del quotidiano.

Rimasero in silenzio a mangiare. Giulio nel passarle un altro pezzo di focaccia ne approfittava per guardarla. Erano ancora timorosi non di guardarsi gli occhi, ma di guardarsi negli occhi.

Il gatto bianco sbucò all'improvviso e si mise a leccare un pezzo di focaccia adagiato sul muretto. Margherita fece un balzo, per la paura, Giulio lo lasciò fare e lo accarezzò. Il gatto leccava la focaccia di cipolle:

«Ti piace, eh? Sei il primo gatto della storia a cui piace la cipolla...»

Margherita sorrise e lo accarezzò anche lei, il gatto le leccò il palmo della mano. Aveva occhi verdi come i suoi.

Si saziarono della compagnia reciproca e della compagnia delle cose piccole e grandi che capitavano sotto i loro occhi. Non avevano una lista di cose da fare, né materie da preparare, né un orario da rispettare. Dovevano solo essere lì in quel preciso istante.

Sarebbe bello poter vivere sempre così, pensavano entrambi, ma non avevano ancora il coraggio di dirselo. Ogni giornata sufficiente a se stessa. Ogni ora. Senza dopo, perché il dopo è già qui.

Margherita aveva il viso cosparso di olio. Giulio rise e lei diventò rossa. Lui le pulì una guancia con un tovagliolo e in quel momento Margherita seppe che con lui poteva essere dolce anche sentirsi ridicola. Poi Giulio la prese per mano e si incamminarono di nuovo sulla crosa, verso il mare, nel ventre della città. Odore di sugo usciva dalle persiane e voci di telegiornale.

Si rituffarono nella trama di carruggi e crose. Le rondini, incapaci di posarsi, si infilavano nei vicoli, dove neanche i gabbiani osavano, garrivano nella luce smorzata dai muri alti che schivavano un attimo prima di sbatterci contro. Giulio e Margherita si ritrovarono in una zona della città vecchia che conservava segni del fasto della repubblica marinara, con fregi di marmo, pietra serena e porfido.

I volti che affollavano le stradine intagliate tra le case erano per lo più di stranieri, tutti sembravano di passaggio come marinai che si riposano dopo l'approdo in attesa di un nuovo contratto, di un nuovo capitano. C'era nell'aria qualcosa di contraddittorio, qualcosa di provvisorio e minaccioso, come se quel grande animale si stesse risvegliando e uomini, donne, pietra, vento, mare, sangue si rimescolassero nelle sue viscere. Margherita si strinse a Giulio, camminandogli accanto per proteggersi dalla paura che quei vicoli incutevano. Avrebbero potuto rapirli, ucciderli, e nessuno se ne sarebbe accorto. Inghiottiti in quel ventre, rilasciati sulla costa come detriti, corrosi dal mare.

Una ragazza dagli abiti attillati e il trucco gridato sulla faccia uscì da un portone con il volto triste e il rossetto sbaffato sulla guancia. Un vecchio dalla barba trascurata e un cappello da marinaio la fissò dal seno in giù e poi scagliò una bestemmia contro un qualche dio della giovinezza che si era dimenticato di lui. Un ragazzino dalla pelle scura e gli occhi neri che gli zampillavano fuori dalle orbite si diresse verso di loro chiedendo qualcosa per mangiare. Si avvicinò a Giulio con trasporto eccessivo:

«Ehi, fratello! Un euro?» disse quasi abbracciandolo.

Giulio capì che stava tentando di fregargli il portafogli. Ma era già troppo tardi quando lo vide sfrecciare nella direzione opposta a quella da cui era venuto, in discesa. Non ci pensò un attimo e cominciò a inseguirlo.

Non appena si rese conto di cosa stava succedendo, Margherita si mise a correre dietro a Giulio tra vicoli e cortili, verso il mare. Le persone divennero coriandoli e Giulio un paio di suole che lampeggiavano. Incontrava occhi cinesi, arabi, africani e le sembrava che tutti si posassero ostili su di lei. Avrebbe voluto possedere braccia lunghissime e fermare Giulio con un abbraccio di ferro che non lo facesse più scappare via, che lo costringesse a restare. Ma adesso aveva solo gambe, gambe così corte che non bastavano a stargli dietro. Aveva sempre avuto le gambe troppo corte. Margherita lo vedeva allontanarsi e sentiva il dolore dell'aria che mancava ai polmoni e le faceva bruciare il petto. Allora urlò:

«Giulio!»

Un urlo che stupì anche lei. Il vicolo si riempì della sua voce, come se avesse gridato dentro un imbuto. Lui si girò con l'espressione che Orfeo doveva avere quando si voltò a guardare Euridice. Lanciò un ultimo sguardo al ragazzino, che si infilò in una stradina e sparì per sempre nel ventre della città. Lui, proprio lui, il re del furto fine a se stesso, il mago del gesto anarchico, era stato raggirato e fregato da un bambino. Si sentì vinto, incerto, immobile su un filo teso tra quel ragazzino in fuga col suo portafogli e la ragazza in fuga con lui. Margherita rallentò e si piegò in avanti, le mani sulle ginocchia. Giulio rimaneva fermo a guardarla e si chiedeva a cosa mai avesse obbedito, lui che aveva sempre deciso da solo cosa fare. Si era fermato. Perché lei aveva bisogno di protezione, e tutto il resto poteva anche andare in malora.

Margherita adesso camminava lentamente, come se scegliesse dove poggiare il piede su quel filo invisibile che li univa, e Giulio le andava incontro sullo stesso filo. Le porte e le finestre del vicolo assistevano mute allo spettacolo. L'aria del mare risalì in un soffio che fece ondeggiare il filo, stavano per perdere l'equilibrio entrambi, ma si raggiunsero e lui l'accolse tra le braccia.

«Scusami se non so mantenere le promesse.»

«Quali promesse?»

«Di non lasciarti sola.»

Su quel filo ondeggiante, un abbraccio donava l'equilibrio, il segno che amore è restare anche quando la vita ti urla di correre.

Margherita lo strinse più forte, nascondendo il viso nella sua spalla, come si fa da bambini.

Giulio la strinse più forte, chiedendosi chi stesse abbracciando l'altro, chi dava e chi riceveva. In un abbraccio viene un momento in cui non si distingue più, e quando accadde la prima volta, qualcuno lo chiamò amore.

«Siamo io e papà.»

Sul foglio in basso a destra c'era una casa, e sul tetto stava in piedi un uomo alto con la testa che toccava il cielo, tanto che la casa sembrava scricchiolare sotto il suo peso.

«Che bello...» disse Eleonora tradendo un'incertezza. «Ma dove sei tu?»

Andrea indicò un puntino rosso, quasi una macchia sul petto del padre. A Eleonora era sembrata una sbavatura, un errore o un fazzoletto che adornava l'abito dell'uomo, ma i bambini non infilano i fazzoletti nel taschino, neanche nei disegni.

«Questa macchia rossa?»

«Non è una macchia, mamma. Quello è il cuore.»

«E tu?»

«Io sono il cuore di papà.»

Eleonora gli prese la mano, mordendosi le labbra. La luce pomeridiana non era più intensa come qualche settimana prima e lentamente l'ombra autunnale tornava a riprendersi lo spazio. Mentre camminavano verso casa, Andrea continuava a raccontare cosa aveva fatto all'asilo.

«Sai, mamma, oggi mi sono nascosto nel bagno.»

«Che gioco era? Nascondino?»

«No. Avevo la paura.»

«E di che cosa avevi paura?»

«Mi nascondo lì tutte le volte che ho la paura.»

«Ma di che cosa?»

«Tu ti nascondi quando hai la paura, mamma?»

«Andrea, non si dice *la* paura, ma *paura* e basta.»

«No, io non ho paura e basta, io ho la paura.»

«Ma di che cosa?»

«Non lo so, io ho la paura.»

«E com'è?»

«Fa paurissima, la paura.»

«E come hai fatto a uscire dal bagno?»

«Ho pensato che tu mi venivi a prendere. Tu mi vieni a prendere sempre, vero mamma?»

«Sempre.»

Eleonora si fermò. Si chinò. Lo abbracciò.

Con quell'abbraccio gli prometteva qualcosa che avrebbe voluto dargli per sempre. All'inizio della vita si concentra tutto quello di cui abbiamo bisogno, poi passiamo il tempo a cercare ciò che abbiamo già avuto. E se non l'abbiamo avuto o lo abbiamo perso, allora quella è *la paura*.

Le chiavi girarono nella toppa mentre il telefono squillava. Eleonora si precipitò senza neanche chiudere la porta, ma proprio quando stava per afferrare la cornetta l'apparecchio ridivenne muto.

«Margherita!» chiamò Eleonora, «perché non hai risposto, amore?»

«Mita! Dove sei?» urlò Andrea.

Il silenzio era adagiato dappertutto nella casa. Margherita non c'era. Eleonora si diresse in camera della figlia: era vuota. La chiamò di nuovo e nessuno rispose. Andrea imitò la madre e il silenzio rimbombò più forte. Eleonora la chiamò al cellulare, ma era staccato. Le scrisse un messaggio chiedendole dove fosse e di richiamarla appena possibile. Andrea cercò Margherita in bagno, pensando si fosse nascosta anche lei lì. Non c'era.

«Non abbiamo guardato nel vostro armadio, mamma. Mita va lì quando ha la paura» disse.

Andarono in camera da letto e aprirono l'armadio, ma era vuoto, come un grembo sterile.

Eleonora chiamò la madre e le chiese se Margherita fosse lì, ma non aggiunse nulla per non farla preoccupare e finse anzi di essersi ricordata d'improvviso che forse le aveva detto che sarebbe andata da un'amica.

Il telefono squillò. Era Marta.

«C'è Margherita?»

«Non c'è. Chi è?»

«Sono Marta... ma sta bene?»

«Perché dovrebbe stare male?»

«No, no, niente... oggi a scuola non si sentiva bene...» mentì Marta, cercando di proteggere un segreto che non conosceva neanche lei.

«E cosa aveva? Non mi ha detto niente!»

Marta rimase in silenzio, incerta sul da farsi.

«Marta? Si può sapere che cos'è successo?»

«Oggi Margherita non era a scuola» crollò.

«Che cosa? E dov'è andata?» chiese Eleonora a se stessa più che alla ragazza. Abbassò la cornetta senza attendere una risposta, e una mano invisibile le piombò addosso per schiacciarle la testa. Avrebbe voluto nascondersi da qualche parte, quella mano era la mano della paura. *La* paura.

Corse di nuovo in camera di Margherita. Sulla scrivania c'era un libro aperto, che prima non aveva notato.

Le parole erano evidenziate con un tratto forte di matita colorata:

A te darò un saggio consiglio, se vuoi ascoltarlo:
armata una nave con venti remi, la migliore che c'è,
va' a domandare del padre partito da tempo,
se mai te ne parli un mortale o sentissi da Zeus
la voce che divulga la fama tra gli uomini.

Se senti qualcosa sulla vita e il ritorno del padre

Non devi più
avere i modi di un bimbo, perché ormai non sei tale.

Tu devi pensarci da te: dammi retta.

Detto così, Atena dagli occhi di civetta andò via,
rapida come un uccello si mosse; e a lui pose
forza e coraggio nell'animo, e suscitò un ricordo del padre
più vivo di prima.

Chiuse il libro e fissò la copertina dell'*Odissea*, dove un uomo legato all'albero di una nave era minacciato da un rapace dal volto di donna. Una Sirena.

Provò a chiamare il marito, ma il suo cellulare era staccato.

Sicuramente Margherita stava per tornare, si era persa in qualche passeggiata senza meta per le vie della città, oppure era andata a vedere le vetrine dei negozi. Non sapeva cosa fare. Cercarla? Ma dove? E Andrea? Forse era meglio portarlo da sua madre.

Avrebbe fatto così, voleva evitargli altri traumi. Cosa sarebbe stato di quel bambino andando avanti così?

«Andrea» gli disse, cercando di non tradire la propria agitazione, «ti porto dalla nonna. Ho un impegno da sbrigare. Vado da Margherita e poi ti veniamo a prendere insieme?»

«Posso portare i fogli e le matite?»

«Sì.»

«Mamma, quando mi compri la scatola con tutti i colori?»

«Poi, un'altra volta» rispose Eleonora sovrappensiero.

Eleonora riprese la borsa che aveva lasciato sul tavolo della cucina e allungò la mano verso la vaschetta delle chiavi, ma quelle della sua macchina non c'erano. Frugò nella borsa e non c'erano neanche lì. Dove le aveva lasciate? Si mise a cercarle ma non le trovò. Ricordò dove suo marito teneva quelle di riserva, le prese e scese in garage con Andrea. Ma come l'armadio, il garage era vuoto.

«È tornato papà! Ce l'ha lui!» disse Andrea alla mamma, ormai trasformata in una statua incompiuta.

Lei prese il telefonino e schiacciò il tasto della chiamata rapida al marito. Staccato. Margherita. Spento. Ne rimaneva uno, quello di sua madre. Non lo schiacciò. Salirono di nuovo a casa. Andrea taceva, intriso della paura che grondava dagli occhi e dal corpo della madre.

«Vai a disegnare, Andrea.»

«Io disegno la paura.»

«Va bene, disegna la paura» rispose Eleonora senza pensare.

Il bambino sparì.

Poi Eleonora si accasciò su una poltrona, coprì gli occhi con la mano e singhiozzò sommessamente perché il figlio non la sentisse. Sola, con le lacrime di chi ha perso tutto.

Cercò il numero di Marina nella rubrica. Solo un'altra donna sa aiutare una donna disperata, solo chi ha un marito sa cosa vuol dire essere abbandonata, solo chi ha portato in grembo un figlio sa cosa vuol dire saperlo in pericolo.

«La patente non ce l'avevo nemmeno prima e quindi chi se ne frega, ma non ho un soldo in tasca. Avevo tutto nel portafogli.»

«A me sono rimasti cinque euro.»

«Ah, be', allora siamo tranquilli...»

Entrarono in un bar e chiesero due bicchieri d'acqua, la corsa li aveva sfiancati. Si sorrisero mentre bevevano: l'acqua era l'elemento che più di ogni altro somigliava a loro in quel momento. Due atomi di idrogeno e uno di ossigeno, ogni elemento dava all'altro ciò di cui aveva bisogno. Due elementi invisibili da soli, ma che messi insieme danno vita alla storia d'amore più feconda dell'universo.

«Un euro» disse il barista.

«Per due bicchieri d'acqua?» chiese Giulio indispettito.

«Ah, ora l'acqua è gratis...!» rispose quello.

Giulio prese per mano Margherita, le fece un cenno con gli occhi e corsero via, inseguiti non dall'uomo ma dai suoi improperi in dialetto.

Senza sapere come, si ritrovarono alla macchina. Il mare riapparve in scaglie di luce pomeridiana; si fermarono a respirare l'aria aperta del porto e risero.

«Sei mai stato in barca?»

«Mai.»

Un mendicante dalla pelle nera per la sporcizia si accostò e chiese loro qualcosa per mangiare un panino. Giulio lo ignorò. Margherita cacciò la mano in tasca, tirò fuori i cinque euro e glieli diede. Il mendicante sorrise e ripeté almeno dieci volte grazie prima di andar via augurando loro buona fortuna, come fanno i marinai: *Sacci navegâ segondo o vento se ti vêu arrivâ in porto a sarvamento.* Loro non capirono che li invitava a navigare assecondando il vento se volevano arrivare sani e salvi in porto, ma Margherita gli sorrise lo stesso.

«Ma sei matta? Erano gli ultimi!»

«Ma lui è solo...» rispose Margherita, con occhi disarmanti.

«E come facciamo, noi?»
«Noi siamo in due... Magari facciamo come lui.»
«Hai ragione! Come Alex Supertramp. Brucia i soldi e vive di quello che la Natura e gli uomini gli regalano. Brava, Margherita. Impari in fretta...»
Margherita rise e stava per avvicinarsi a Giulio, quando qualcosa le si sfregò contro le caviglie nude. Sobbalzò.
Giulio scoppiò a ridere, la scena si ripeteva.
«I gatti di Genova hanno un debole per te!»
Margherita si abbassò ad accarezzare il gatto, che aveva il pelo rosso e folto e occhi verdi brillanti.
«Ne avevamo uno un po' di anni fa. Si chiamava Volpe...»
«Perché?»
«Hai letto *Il Piccolo Principe*?»
«Anche tu? Io quel libro non lo sopporto...»
Margherita si fece seria. Giulio aggiunse:
«Forse i gatti ti cercano perché gli somigli. Avete gli stessi occhi.»
Lei sorrise e nascose la bocca dietro a una mano, poteva anche perdonarlo, se non amava il suo libro preferito.
Ripresero il viaggio, senza un euro, pieni di paure e incognite. Ma forti come l'acqua.

La strada prese a srotolarsi nuovamente davanti a loro. Giulio cercava le indicazioni per l'A12 verso Sestri Levante, mentre Margherita era tormentata dalla paura.
«Hai visto?»
«Cosa?»
«Quella collina piena di pietre bianche...»
Margherita rivolse lo sguardo dove Giulio indicava e vide un bosco di alberi mescolato a un bosco di pietra.
«Cos'è?»
«Una collina-cimitero. Mi piacciono i cimiteri, sono gli unici posti oltre ai tetti dove nessuno mi rompe le scatole...»

«Non ti piace *Il Piccolo Principe* e ti piacciono i cimiteri! E poi sarei io quella *pesante*...» disse Margherita imitando la voce di Giulio, che rise.

«Hai mai letto l'*Antologia di Spoon River*?»

Margherita scosse la testa.

«No. Cos'è?»

«È il libro di poesie di un americano. Ogni poesia è la finta lapide di un cimitero e ogni lapide racconta la vita di un personaggio. De André ne ha prese alcune e ne ha fatto delle canzoni.»

Margherita rimase in silenzio, ad ascoltare lo sguardo di Giulio sulle cose. Che cosa vedevano quegli occhi trasparenti e freddi?

«Vuoi vederlo?» gli chiese.

«Ti andrebbe?»

«I cimiteri mi fanno paura. Però se va a te...»

«Solo un poco... In fondo è come l'acquario, quello è sott'acqua questo sotto terra...»

«Mmm... Lascia perdere... Andiamo!» esclamò lei vinta dalla curiosità.

Giulio proseguì verso la collina fasciata di lapidi. C'era anche un corso d'acqua secco, lì davanti. Gli parve di vedere il cimitero di Spoon River. In quel libro aveva trovato tutto quello che c'era da sapere sulla morte, e quindi sulla vita. Tante volte si era chiesto quale sarebbe stato il suo epitaffio, per cosa sarebbe stato ricordato, qual era l'essenza della sua vita. Gli si affollarono nella memoria i personaggi tumulati nei versi di Edgar Lee Masters, quelli che aveva amato di più, come amici che gli sembrava di conoscere: quel ragazzo morto il giorno in cui aveva marinato la scuola, e quell'altro, che sapeva dire solo la verità. Poi c'era il debole di cuore, di cui cantava De André. Gli faceva pena: era morto baciando Mary, che non poté rivelare a nessuno quanto mortale fosse stato il suo primo bacio. Si sentiva vicino a Henry, mistura malriuscita di padre e di madre, e a Marie, che conosceva il segreto della libertà, ma soprattutto al povero George Gray, navigatore mancato della vita, che aveva rifuggito amore e dolore, per paura.

Mentre era perso in questi pensieri, la strada lo portò fino al parcheggio del cimitero monumentale di Genova: Staglieno.

I due ragazzi non sapevano ancora che quel luogo non era un cimitero come tutti gli altri, non potevano sapere che lì i defunti non stanno sotto terra ma sopra, e sono fatti di pietra. Se ne accorsero poco dopo. Il cimitero non era la solita sfilza di lapidi corredate di orribili fotografie in bianco e nero, ma una folla di statue, ricoperte di polvere. Ogni tomba era abitata da una statua, e i lunghi corridoi porticati sembravano salotti in cui lo spirito del morto, trasformato in roccia, marmo, pietra si trovava a chiacchierare con vicini e passanti.

Giulio rimase abbagliato da tutta quella gente pietrificata. Margherita gli si stringeva contro mentre lui si avventurava, guidato da chissà quale istinto, per i corridoi e i viali. Ogni statua era una storia di pietra, rappresentava in qualche modo il morto, non nella fissità di un ritratto, ma rapito nel suo momento migliore dal feroce abbraccio della morte. A Giulio veniva da piangere, come se avesse ritrovato una famiglia. In quella mescolanza di statue, parole, date, storie, era così chiaro per cosa vivono, e quindi muoiono, gli uomini e le donne.

Un bambino fuggiva da mani ad artiglio che sbucavano dalla terra e lo richiamavano a giocare nell'oscurità: come se la terra stessa, solo cinque anni dopo la nascita, si fosse pentita di averlo dato alla vita. Poco oltre un angelo a braccia conserte conservava un'espressione severa, quasi corrucciata. Forse era invidioso del destino riservato all'uomo seppellito sotto di lui e stanco di un'immortalità che lo costringeva ad assistere a tanto dolore. Quell'angelo sembrava pensare che la morte è un dono per gli uomini: solo chi sa morire sa anche vivere.

Giulio si aggirava tra le statue dei morti e sembrava Ulisse quando evoca i defunti per conoscere il proprio destino. Margherita intanto si era fermata a fissare una ragazza di pietra, accosciata sulla propria tomba con un cane poggiato sulla gamba, fedele compagno in vita e sentinella nella morte. La ragazza le somigliava, con i capelli lunghi e raccolti da un lato, gli occhi un tempo vivaci fissati per sempre nella pietra. Poco oltre un'altra ragazza piangeva sul proprio destino. Era piegata in avanti con le mani al viso, ma né le mani né il viso si potevano distinguere, infatti una cascata di capelli di pietra ne copriva le fattezze. Chissà quali storie erano racchiuse nella malinconia dell'una e nella disperazione dell'altra, sue coetanee di un secolo prima.

«Perché ti piacciono i cimiteri?»

«Non è che proprio mi piacciano i cimiteri, ma la pace che c'è dentro e le storie dei morti...» rispose Giulio.

«Tipo?»

«Poter chiedere a ciascuno di loro cosa cambierebbero se potessero, cosa hanno lasciato, per chi hanno vissuto. Insomma se hanno avuto una vita così buona da farci un film... Qual è il tuo film preferito?»

«*Colazione da Tiffany*.»

«Mai visto.»

«E ti pareva...» sorrise Margherita, e dopo una pausa gli chiese: «Tu ci pensi spesso alla morte?»

Giulio non rispose. Si fermò di fronte alla statua di una giovane donna nuda, il seno florido e ancora pieno di vita, benché fosse di pietra, e il capo reclinato in avanti, tra capelli che sembravano ancora accarezzati dal vento. Un uomo le sorreggeva il capo con la sua mano forte, e le porgeva il suo ultimo bacio, tentando invano di riportarla in vita. Era la tomba di una ragazza di nobile famiglia morta in un incidente automobilistico nel 1909. Giulio guardò i capelli di lei e li immaginò scintillanti nella luce marina. Pensò a quanto doveva essere bella e piena di vita, mentre correva sull'auto del suo ricco e affascinante marito. Anche le sue amiche dovevano essere rose dall'invidia, nel vederla passare.

«Non lo so... In realtà più che alla morte, in posti come questi io penso alla vita, e arrivo a credere che possa essere bella. Ho voglia di assaporarla, di gustarmela, di non sprecare neanche un minuto, di vivere per quello che conta. Forse così si può fermare la morte.»

«Mia nonna dice che dopo la morte c'è Dio.»

«Tu ci credi?»

«Non lo so... so che mia nonna ci parla.»

«E che gli dice?»

«Tutto.»

«E lui?»

«Ascolta. Lei dice che preferisce essere ascoltata, e questo le basta.»

«Capirai che sforzo questo Dio... E poi, scusa, non dovrebbe sapere già tutto? Che se ne fa di ascoltarci?»

«Mia nonna dice che è come quando un padre ascolta il figlio che ha fatto una cosa semplice, ha scavato un fosso, ha trovato un tappo o un bottone, ha rotto un giocattolo... e il bambino racconta tutto, ogni cosa nei dettagli. E il padre sta lì e ascolta e quella storia diventa importante, quella storia non viene più dimenticata, quella storia diventa bella e più vera, ora che lui l'ha ascoltata.»

«Come padre Dio fa pena, come quelli veri... Guardati intorno... Troppo dolore. Troppo silenzio...» disse Giulio indicando quella folla di pietra e nostalgia.

«Lei dice sempre che gli diamo troppe colpe, a Dio, che magari sono solo nostre e non abbiamo il coraggio di ammetterlo. Sostiene che quando Dio non ci aiuta siamo noi che dobbiamo aiutare lui.»

«Già. E come?»

«Lei fa cose belle per gli altri: cannoli, maglioni, sciarpe, pranzi... Ti dedica tempo, ti ascolta, ti sorride... Dice che prega per te...»

«Me la devi far conoscere...»

«Ti piacerà e ti piaceranno i suoi dolci...»

L'odore dei cipressi, simili a mani giunte verso il cielo, si mescolava a quello dei licheni secchi sulla pietra, quello dei fiori nei vasi a un lieve sentore di muffa fresca che la polvere mischiata all'umidità depositava sulle statue.

«Io non voglio nessuna statua» disse Margherita.

«E cosa?»

«Un'aiuola in cui venga piantato un seme. Così nel corso degli anni da quel seme crescerà un albero, come quello che abbiamo trovato in autostrada, e le sue radici si nutriranno della mia terra, e tutti vedranno la vita, non la morte.»

«Come ti viene in mente una cosa del genere?»

«Lo hai detto tu poco fa che questi posti ti fanno amare di più la vita...»

Giulio rimase in silenzio, le aveva svelato in così poco tempo le cose che lo facevano sentire inadatto alle conversazioni con la gente normale. Ora grazie a Margherita scopriva che non solo non erano follie, ma potevano anche avere un senso e qualcuno ci si poteva persino riconoscere.

Uscendo Giulio si attardò sulla tomba di Fabrizio De André. Non sapeva fosse lì. Vi si sedette di fronte. Se avesse saputo come fare avrebbe pregato. Si limitò a dirgli grazie, quasi potesse ancora ascoltarlo.

«Ha preso la macchina» ripeteva Eleonora con il volto contratto dalla paura.

«Come ha fatto?» chiese Marina.

«Deve essere fuggita con qualcuno. Ti immagini quello che può succederle... non so cosa fare.»

«Intanto denunciamo il furto della macchina, così abbiamo qualche possibilità che la identifichino.»

«La mia bambina, la mia bambina...»

«Vedrai che andrà tutto bene.» Marina le mise un braccio intorno alle spalle.

Eleonora scoppiò in lacrime.

«Ho sbagliato tutto. Ho fallito in tutto. È una vita che corro per tenere insieme tutto. E non è servito. Ho perso il marito, mia figlia... Che cosa mi rimane?» singhiozzava disperata.

«Eleonora, guardami» disse Marina.

La donna alzò la testa lentamente.

«Tua figlia ha bisogno di te, adesso. Tutto il resto non esiste.»

«Io non so cosa devo fare...»

Rimasero in silenzio.

«Non sei sola» disse Marina e l'abbracciò. Poi aggiunse: «Andiamo a fare la denuncia, adesso».

Disteso sul letto a fissare il soffitto, il professore si scoprì a pensare a Margherita. L'assenza a scuola dopo il loro dialogo l'aveva preoccupato. Chissà cosa capitava nella testolina di quella ragazza. I libri potevano essere pericolosi per il cuore e la mente di una quattordicenne. Doveva stare più attento. Quella ragazza si era completamente immedesimata in Telemaco, aveva sentito che in tanti secoli non è cambiato niente: siamo figli che aspettano il ritorno del padre e devono trovare il coraggio di andarlo a cercare se non lo vedono arrivare.

Qualcuno suonò il campanello. Il professore guardò attraverso lo spioncino e vide il profilo minaccioso della signora Elvira, ancora più pauroso da quel forellino.

Trattenne il respiro per non farsi sentire e fingere di non essere in casa.

«Professore, lo so che sei là dietro. Senti, c'è una lettera per te. Me l'ha data Stella, ma ha detto di consegnartela dopo che se n'era andata.»

La donna sventolava la lettera davanti al suo naso. Il professore, smascherato, aprì.

«Che bella che è quella ragazza! Che occhi e che eleganza! Mi ricorda come ero io da ragazza... Tutti si voltavano! Tutti! Ma dove la trovi una così! Ti scrive pure le lettere... Io a voi giovani non vi capisco proprio. Ma che aspetti, di vincere al lotto o che l'arcangelo Gabriele ti dica di persona che lei è quella giusta per te?!»

Il professore sorrise, incapace di immaginare una Elvira sinuosa e seducente. Prese la lettera e ringraziò la signora, che se ne andò continuando a farfugliare dei bei tempi andati.

Prof,

perdonami se ti cerco così goffamente, dentro di te. Scusami se con il mio modo di amarti ti faccio soffrire, ma è che da te voglio estrarre il tuo migliore tu. Ieri sfogliando un libro ho trovato delle parole che mi hanno fatto pensare a te: "Leggevo molto, ma dalla lettura ottieni qualcosa solo quando sei capace di mettere qualcosa di tuo in ciò che stai leggendo. Voglio dire che leggi un libro veramente solo quando è lui che ti legge, solo quando ti avvicini alle parole con l'animo disposto a ferire e a essere ferito dal dolore della lettura, a convincere ed essere convinto, e dopo, arricchito dal tesoro che hai scoperto, a impiegarlo per costruire qualcosa nella tua vita e nel tuo cuore. Un giorno mi sono reso conto che in realtà io non mettevo niente nelle mie letture. Leggevo come chi si trova in una città straniera e per passare il tempo si nasconde in un museo qualsiasi a guardare con colta indifferenza gli oggetti esposti. Leggevo per senso del dovere: è uscito un nuovo libro e tutti ne parlano, bisogna leggerlo; questo classico non l'ho ancora letto, quindi la mia cultura è incompleta e sento la necessità di colmare questa lacuna, bisogna leggerlo".

Tu non hai mai accettato di ferire ed essere ferito nella lettura. I libri non ti mancheranno mai, qualcos'altro ti manca però, che è anche nei libri. Tu non hai il coraggio di arrivare al cuore e guardare ciò che c'è dentro. I libri o ti portano lì o sono un vezzo inutile, che invece di riscaldare il mare di ghiaccio del tuo cuore lo rendono ancora più duro.

Qualche mese fa, quando mi sono allontanata per ciò che

era successo con i miei genitori, mi sei stato dietro, perché mi ero persa chissà dove. Con coraggio e costanza mi hai tirata di nuovo in mezzo a "noi due", nel cuore di noi. Hai avuto una forza da uomo, una forza che vedo in te quando qualcosa è questione di vita o di morte. Hai il coraggio di un leone, quando ti metti in testa di costruire...

Ma quando ti chiedo di costruire giorno per giorno, torni fragile, ti perdi nelle macerie di ciò che hai creato tu stesso e che distruggi subito dopo, per paura che quella casa ti soffochi. Sei lo specchio della tua inconsistenza, della tua contraddittorietà, della tua fragilità.

Per i tuoi ragazzi a scuola, per i tuoi amici sei un grande, la tua armatura di parole luccica al sole della vita come quella del cavaliere inesistente. Ma io ti vedo oltre quell'armatura, io ho guardato dentro quell'armatura e per me sei un ragazzo dai mille buchi...

Quando te lo dico o ti metto di fronte alla tua inconsistenza tu fuggi, pensando che io sia cattiva, mentre sono io ad amarti più di tutti, perché di te vedo tutto e amo tutto. Da te voglio estrarre il tuo migliore tu.

Sai di che colore sono i fenicotteri? Rosa, dirai. No. Sono bianchi. Diventano rosa dopo aver mangiato le alghe di un lago inospitale che scelgono proprio perché lì nessuno può disturbarli. Migrano lì e si nutrono di ciò di cui nessun altro potrebbe nutrirsi. Quelle alghe putride contengono il ferro che rende le piume rosa. E sai perché? Per gli amori. I fenicotteri divenuti rosa si attirano e si accoppiano. Trasformano in vita anche la cosa più putrida, anzi proprio quella. Così è l'amore vero. Non nasconde e trasforma.

Quando vedi qualcuno inciampare per strada e cadere, se sei lontano ti viene da ridere. Ma se ti avvicini e scopri il volto di quella persona contratto dal dolore, incapace di tirarsi su, smetti di ridere e ti viene da piangere. La scena è la stessa, tu sei lo stesso, quell'uomo o donna è lo stesso. Ciò che cambia è la distanza.

Tu non vuoi che gli altri vedano le tue fragilità. Hai paura che ne ridano. Ma quello che ti sfugge è che io ti guardo da vicino. Io ti ho scelto. Io ti amo. Io voglio vivere con te. Qualcuno ha detto che "ti amo" è sinonimo di "è bello che tu esista così come sei e se non esistessi io ti ricreerei esattamente come sei, difetti compresi". L'amore c'entra con le emozioni fino a un certo punto, l'amore è fatto di volontà, di scelta e per questo deve essere anche ruvido, difficile per essere vero. Forse ti sfugge che io sono dalla tua parte, combatto con te. Sono l'anima delle tue paure, dei tuoi dubbi. Mi riguardano. Portami nelle tue battaglie, fammele sentire, vedere: sono con te e avrò il coraggio di dirti quello che hai bisogno di sentirti dire. Non sono una tua nemica, ma la tua forza. Vorrei lo capissi. Decidi tu se vuoi che io guardi da vicino le tue fragilità o se vuoi continuare a nasconderle anche a me e a tenermi distante, sperando che questo le faccia accettare non solo a me, ma anche a te. Io esisto per fartele accettare, perché le amo. Io non ci tengo a essere felice, io preferisco la vita, con le sue ombre. La felicità è una bella schifezza se non le insegni a vivere.

Comunque tua, Stella

P.S. Noi siamo solo al prologo della nostra storia, professore. Non vuoi sapere come va a finire?

Rimase immobile. Poi spense tutte le luci. Se avesse potuto, avrebbe spento la città intera. Si sedette sul balconcino, per terra, da dove si vedeva almeno uno spicchio di cielo. La rilesse come uno che legge davvero, per ferire ed essere ferito. Forse furono le prime parole che lesse veramente, perché furono le prime parole a leggere lui.

Rimase lì come un vecchio mangiatore di stelle, a cui riesce più facile confidarsi con la notte che col giorno, in attesa di sentirle dire il destino.

Usciti dagli inferi, Giulio realizzò che non potevano prendere l'autostrada: non avevano i soldi per il pedaggio. Dovevano tornare indietro e prendere la Statale che costeggiando il mare li avrebbe portati a Sestri: l'Aurelia, che non è solo una strada che affianca il mare, ma l'orma dei Romani, che mescolarono bellezza e utilità come nessun altro dei popoli antichi.

Una melodia di pianoforte della playlist di Giulio dettava il ritmo ai panorami e ai sentimenti. Vicini al mare non ci vogliono parole ma suoni capaci di imitarlo. Il mare riposava sotto la strada grigio perla, il sole di lì a poco vi si sarebbe spento dentro e già lo accendeva dei suoi colori migliori. La strada, simile a un serpente sorpreso spostando una roccia, sfuggiva sotto le ruote e quel pianoforte la invitava a virare verso l'acqua e tuffarcisi dentro. Margherita e Giulio correvano verso la loro meta e ridevano. Ridevano di ogni cosa che dicevano, di ogni dettaglio su cui si posava il loro sguardo, di ogni volto, di ogni insetto spiaccicato sul vetro. Ridevano perché erano senza soldi, senza documenti, ridevano perché erano insieme, ridevano delle cose che Margherita aveva messo nel suo zaino, tutte inutili, ridevano del ciuffo di capelli neri di Giulio, del colore dello smalto di Margherita, degli inquilini della casa-famiglia di Giulio, ridevano della scuola e dei professori. Ridevano. Così succede dopo che la morte ti si è attaccata addosso: viene da ridere, come si ride quando si è scampati a un pericolo. Si ride sino alle lacrime.

Il mare occhieggiava e sembrava partecipare a quella gioia con milioni di palpebre che sbattono contemporaneamente.

«Ti va di fare il bagno?» chiese Giulio.

«Ma è tardi... dobbiamo andare...»

«Fifona!»

«Fifona io?»

«Hai mai fatto il bagno di sera?»

«Mai.»

«Hai paura?»

«No, ho freddo.»

«Tutte scuse» disse Giulio facendo una smorfia. «Abbiamo anche comprato il costume da quindici eulo... Dobbiamo fare in fretta, prima che il sole sparisca.»

Erano quasi all'altezza di Sori, in una zona dove le case erano più rade e la costa più selvaggia.

«Guarda quella spiaggetta lì» rispose Margherita, indicando un breve tratto in cui le rocce lasciavano spazio a uno stretto arenile.

«È la nostra!» rispose Giulio. Si mise in cerca di un posto dove accostare. Lo trovarono poco oltre, in una piazzola dove c'era uno di quei camper che vendono panini, focaccia e bibite, con attorno qualche avventore affamato: A fügassa de Maria.

Margherita ebbe paura, come se qualcuno degli sguardi che seguirono il rallentare della macchina potesse riconoscerla.

Giulio spense il motore.

«Come facciamo per cambiarci?» chiese Margherita, mentre le luci della sera cominciavano ad accendersi progressivamente lungo la costa.

«Come si è sempre fatto: asciugamani.»

«Tu ce l'hai?»

«No. Tu?»

«No.»

«E allora?»

«E allora si vedrà.»

«Io mi vergogno.»

«Di cosa?»

«Di spogliarmi davanti a te.»

«Ma io non ti guardo.»

«Che c'entra... E poi il sole sta tramontando... e poi avremo freddo...»

«E poi... sei una fifona!»

«Io?»

«I limiti esistono soltanto nell'anima di chi è a corto di sogni» disse Giulio con una voce da professore e citando una battuta di qualche film che non ricordava.

«Chi l'ha detto?» rise Margherita.

«Io» rispose serissimo lui, storcendo la bocca alla fine.

«Andiamo» disse Margherita, ridendo.

Scesero dalla macchina e si avviarono lungo una scalinata di pietra spaccata in più punti. Giulio la precedeva e si voltava a proteggerne la discesa più incerta. Raggiunsero la spiaggia composta da piccoli sassi grigi, bianchi e marroni. Le alghe ammassate in mucchi mandavano un odore dolce-amaro che evaporava nell'aria assopita della sera. Si stava bene. Dei ragazzi ridevano sguaiatamente in un angolo della spiaggia. Giulio e Margherita andarono dall'altra parte. Poi Giulio la prese per mano.

«Guarda» le disse indicando con il mento l'orizzonte lungo il quale il sole si spalmava.

Lei si concentrò su quello spettacolo. Giulio vide il suo volto distendersi e illuminarsi della luce del tramonto riflesso sull'acqua. Poi sollevò la mano che stringeva quella di Margherita, se la portò su una guancia e la lasciò lì, fresca e fragile. Margherita imbarazzata sorrise.

«Non aver paura» le disse.

Margherita scosse il capo.

«Vuoi fare il bagno?»

Margherita fece cenno di sì.

«Puoi cambiarti dietro quella roccia» indicò Giulio. C'era infatti una piccola rientranza nella costa, con un masso abbastanza grande da coprire una persona rannicchiata.

«Io faccio la guardia...» aggiunse Giulio strizzando l'occhio.

Margherita si staccò con fatica dal viso di Giulio e si avviò a controllare se il posto era abbastanza sicuro.

«Tu però girati dall'altro lato!» gridò, mentre si assicurava che dall'alto nessuno potesse vederla: la parete infatti calava sulla spiaggia quasi a strapiombo ed era cosparsa di cespugli e arbusti secchi. Giulio si voltò e si sedette sui sassi a fissare tutto quel mare che gli si spalancava davanti. Una lingua di fuoco guizzava dal sole sino a lui, ora allargandosi ora restringendosi, secondo il capriccio del vento e della corrente. Qualche gabbiano planava ancora sulla superficie dell'acqua a caccia delle ultime prede, e il suono delle macchine che passavano sulla strada si perdeva in lontananza, superato da quello più dolce ma vicino della risacca. Un gatto si immobilizzò fissando un gabbiano che sostava sulla battigia, valutando se la sua situazione fosse quella della preda o del predatore.

Giulio rimase a guardare. Si sentì felice di non partecipare a quel duello, grazie a Margherita. L'avrebbe protetta da qualsiasi mostro fosse sbucato dall'acqua, da qualsiasi minaccia il buio potesse vomitare, avrebbe distrutto ogni nemico reale o immaginario. Avrebbe voluto raccontarlo a sua madre, ma non sapeva neanche che volto avesse e gli sembrò un pensiero stupido.

Margherita tornò con il suo bikini color corallo. Possedeva la bellezza delle cose fragili.

«Vai tu» disse, in imbarazzo perché adesso Giulio poteva vedere il suo corpo così com'era. Era un corpo timido e aggraziato. La pelle ancora abbronzata e liscia come quella di una bambina che cela la promessa di una donna bellissima.

«Sei bella» sussurrò Giulio, e si avviò verso la roccia, senza dare il tempo a Margherita di scoprire che anche lui, sempre così sicuro di sé con le ragazze, era arrossito. Lui stesso si chiese da dove saltasse fuori tutta quella timidezza. Non sapeva perché, ma questa volta non aveva alcuna fretta, era come se ci fosse tutto il tempo, tutto il tempo per guardarsi, scoprirsi, accarezzarsi, amarsi. Voleva anzi che ogni cosa fosse lentissima, senza forzature, di una dolcezza calma e perfetta. E le sue mani volevano dare, non solo prendere.

Margherita si voltò a guardare il profilo del suo viso, immaginando che poco più sotto quel ragazzo era nudo, ed ebbe paura. Si sentì nuda anche lei. Lei che d'estate stava sempre in costume e sua madre doveva ripeterle mille volte di cambiarsi. Ora si sentiva nuda e il corpo le tremava: era lì in costume, con un ragazzo quasi sconosciuto, lontana da sua madre e da suo padre. Lontana da tutti.

Ma quella che provava era una paura buona, la paura di chi sa che è tutto pieno di incognite non solo il futuro che ti viene incontro, ma anche il futuro che ti nasce da dentro. E poi c'era Giulio, e la paura si vince sempre in due, come le aveva spiegato Andrea. Si concentrò sul sole che s'ingrandiva lambendo la superficie all'orizzonte, e se avesse voluto l'avrebbe raggiunto in due bracciate. Poi vide sfrecciare qualcosa alla sua sinistra, Giulio spiccare un salto e sparire nell'acqua, che si frantumò in schizzi che ancora per un istante trattennero un frammento di sole prima di trasformarsi in schiuma. È davvero difficile entrare nel cuore delle cose, eppure stavano vivendo uno di quei momenti in cui il cuore spera che il tempo si fermi e invoca che ciò che accade sia per sempre.

«Dài, vieni! È bellissima!»

Margherita si avvicinò all'acqua, immerse un piede, poi l'altro, vide la schiuma della risacca rimanerle delicatamente attaccata alla pelle. L'acqua era tiepida come è solo all'inizio dell'autunno, quando sprigiona il calore accumulato, come i ricordi estivi di uno studente che torna a scuola.

Stava entrando lentamente nell'acqua, quando Giulio si avvicinò e cominciò a schizzarla. Margherita fingeva di difendersi da quell'attacco incapace di ferirla. Poi si lanciò sott'acqua e riemerse nel sole. Giulio guardava i capelli che le scendevano sulla nuca fino alle spalle, le gocce che le imperlavano il viso rendendolo più luminoso. Si misero a ridere e a urlare. Margherita cominciò a ruotare su se stessa a braccia aperte, quasi volesse arrotolarsi il mondo addosso come un asciugamani. Giulio dava qualche bracciata verso il sole.

Margherita lo seguì con un guizzo. Nuotavano nel tramonto liquido.

Giulio si fermò. La sua testa spuntava dalla superficie come uno scoglio solitario. Margherita gli nuotava dietro e gli andò a sbattere contro, non avendolo visto fermarsi. Si arrestò impaurita e vedendo il suo volto contratto per la botta ricevuta scoppiò a ridere, lui con lei. L'acqua era alta e quando si ride è inevitabile andare giù: chissà perché galleggiare e ridere sono incompatibili...

Senza accorgersene si sostennero a vicenda, mescolando i loro corpi, separati solo dall'acqua che li teneva a galla insieme. Ridevano e tremavano. Come quegli aborigeni australiani che ridono e tremano contemporaneamente quando credono di vedere Dio. Poi smisero di ridere e continuarono a tremare, mentre il sole era a metà tra il cielo e gli inferi e l'orizzonte si accendeva di un vapore dorato.

Si guardavano muovendo solo le gambe, tenendosi con un salvagente fatto di braccia. Non dicevano nulla, lasciavano parlare gli occhi e le mani. Gli ultimi sussulti di luce si placarono dietro l'acqua, rimaneva solo uno sbuffo di fuoco che già spariva quando le onde si increspavano un po' di più.

Quando il sole scomparve del tutto, ebbero meno paura che i loro visi fossero così vicini. Margherita chiuse gli occhi. E l'oscurità celò col suo silenzio calmo quel bacio dolce-amaro. I respiri si mescolarono ed entrambi sentirono una parte di sé venire alla luce, la parte più profonda e nascosta, la stanza dove nessuno può raggiungerti se non glielo permetti, la settima stanza.

E si baciavano ancora quando le stelle schizzarono in cielo, e ciascuno respirava il respiro dell'altro, come se fino a quel momento avessero usato un polmone solo. E quando si staccavano avrebbero gridato l'uno all'altra: "Mi manchi!". E quando le labbra si univano di nuovo: "Quanto mi sei mancato!". Come può mancarci chi non abbiamo mai avuto? Cosa ci manca veramente: l'altro o una parte di noi stessi? O abbiamo bisogno che qualcuno ci regali quella parte di noi stessi che ci manca?

Sono cose che nessuno sa.

«Dove sei... dove sei...»

Così ripeteva Eleonora affacciata alla finestra, interrogando le stelle che sicuramente riuscivano a spiare Margherita e magari anche suo marito. Nessuno dei due rispondeva.

Marina le si affiancò.

«Ecco la camomilla.»

«Grazie» disse, guardandola in quegli occhi tranquilli.

Qualche passante ancora si attardava a chiacchierare, come si fa d'estate: se ne poteva sentire la voce e cogliere qualche frase nei momenti in cui le macchine non passavano. Frammenti di conversazioni che rendevano meno anonima la notte, meno malinconica la solitudine.

«Come fai con cinque figli?»

«Come farei senza...» sorrise Marina.

«Troppe preoccupazioni, ansie, dolori...»

«Non lo so, Eleonora. Viene un momento in cui ti rendi conto che tu hai partecipato a qualcosa di più grande. Non sei tu ad aver dato la vita, anche se l'hai portata. A poco a poco ho capito che portarla significa che ti è affidata. Questo mi dà una grande serenità. E poi non hai idea che carica ti dà l'amore di cinque figli...»

«E se tuo marito se ne andasse?»

«C'è stato un momento in cui volevo andarmene io...»

«Tu?»

«Sì. Ero stanca, mi sentivo sola.»

«E poi?»

«Mi sentivo sola, ma alla fine forse non lo ero. Gliene ho parlato e lui ha comprato due biglietti d'aereo e pochi giorni dopo siamo partiti per New York. Ci siamo fermati una settimana. Io non c'ero mai stata e lui mi ha portato nei posti che aveva visitato da ragazzo nell'estate dopo la maturità.»

«E i ragazzi?»

«Sparsi tra amici e parenti...»

«Sembra un film...»

«Nei film certe cose succedono perché qualcuno le fa nella realtà.»

«E come è stato ritrovarvi soli?»

«Strano all'inizio, ma pian piano è stato come riconoscere qualcosa di familiare, eppure nuovo. Mi ha trattato come una bambina e una regina. Io però ero scettica, temevo che una volta tornati sarebbe stato tutto come prima. Poi un giorno mi ha portato a Coney Island e sulla ruota panoramica mi ha sfilato l'anello e mi ha chiesto: "Vuoi tu Marina, madre dei nostri cinque, meravigliosi figli (più per merito tuo che mio), prendere questo piccolo uomo, nella gioia e nel dolore, nella buona e nella cattiva sorte, finché morte non ci separi?". E io ho pensato a tutto quello che avevamo vissuto insieme: dal corteggiamento, quando lui mi pedinava pur di trovare il momento adatto per scambiare due parole con calma, ai pannolini sporchi, alle nottate insonni, alle risate e alle lacrime, dalle conquiste come la prima casa, alle sconfitte come i periodi in cui lui era costretto a prendere molte guardie notturne per tirare su qualche lira in più, dagli spazzolini confusi al calore sotto le coperte, dalla freschezza delle foto del matrimonio alle prime rughe... Ho ripensato a tutto e ho capito che non avrei cambiato niente, neanche una virgola di quella vita, neanche sui dolori avrei fatto marcia indietro. Chi sarei stata altrimenti? Sarei sparita, colpita da una specie di anoressia esistenziale. E così gli ho detto: "Sì... finché morte non ci separi; anzi, anche dopo". Lui si è messo a ridere e poi a piangere. Io a piangere e poi a ridere. Poi lui ha aggiunto: "Senza di te avrei capito così poco di me... Grazie".»

«E tu?»

«Gli ho risposto che era vero. Gli uomini sono veramente un disastro... Se non ci fossimo noi neanche si laverebbero...»

Eleonora sorrise. Poi ritornò seria e disse:

«Quanto tempo passiamo a tenerci tutto dentro, invece di lasciare fuori il mondo con le sue scadenze e parlare sul serio. Invece di cercare la verità insieme. C'è il passo di un libro che ho voluto imparare a memoria: "Come vorrei pensare a noi come a due persone che si sono fatte un'iniezione di verità per dirla, finalmente, la verità. Sarei felice di poter dire a me stesso: 'Con lei ho stillato verità'. Sì, è questo quello che voglio. Voglio che tu sia per me il coltello, e anch'io lo sarò per te, prometto. Un coltello affilato ma misericordioso". Invece ci trasformiamo in coltelli affilati e spietati. Senza misericordia. Quanto tempo passato a discutere per avere ragione, per avere l'ultima parola. Discutiamo. Invece di...»

«Invece di...?»

«Invece di parlare. Come hai fatto tu con tuo marito. Parlare. Dirsi come stanno le cose, perdonarsi, sceglersi di nuovo e scoprire che se la tua vita ha un senso è perché hai amato un uomo per tanti anni. Invece erano secoli che non parlavo con mio marito. Avevamo entrambi ragione. Quando tutti hanno ragione non si parla: si discute, si litiga, ma non si parla.»

«Spesso mi domando perché facciamo così fatica.»

«Non lo so... Ogni tanto mi sembra di aver capito di cosa ho bisogno, la verità sta lì, bella chiara, ma poi... la routine quotidiana, i ruoli, le ferite non curate... è come se me ne dimenticassi.»

Rimasero in silenzio desiderando una pioggia di risposte e certezze da quel cielo oscuro che è il soffitto di una casa troppo grande da tenere in ordine. Anche per una donna.

Uscirono dall'acqua bagnati da un mare ormai inchiostrato dal buio. Non ebbero il tempo di sentire i sassi pungere la pianta dei piedi che videro due sagome sgusciare dalla penombra.

Erano dei ragazzi. Avevano capelli scolpiti dal gel e occhi bianchi nella notte, due relitti vomitati dal mare.

«Guardali, come sono romantici!» disse uno dei due, con la voce strascinata di chi ha bevuto troppo.

«Non dovreste essere a letto a quest'ora?» chiese l'altro, i denti ingialliti e un occhio leggermente chiuso, per i postumi di un pugno o degli stupefacenti.

Margherita restò immobile. Giulio le si mise davanti senza dire nulla, cercando di studiare la situazione con la sua abituale freddezza. Le mani di quei due non promettevano niente di buono. Giulio leggeva nei loro occhi una fame cieca.

«Soldi ne avete?»

«Vediamo un po'...» intervenne l'altro, frugando tra i vestiti e nello zaino di Margherita.

«Non è bene per le bambine venire da queste parti, non sono luoghi per le bimbe, questi» aggiunse il primo avvicinandosi a Giulio e Margherita e allungando la mano verso il viso di lei, che si ritrasse indietreggiando, con il cuore che le batteva nelle orecchie.

Quello con l'occhio mezzo chiuso tirò fuori le chiavi della macchina dai pantaloni di Giulio.

«E queste cosa sono?» disse tenendole ben alte.

L'altro fece ancora un passo avanti, quasi appoggiando la fronte a quella di Giulio, che ne sentì l'alito marcio:

«Cosa sono quelle eh, stronzo?»

Giulio taceva e studiava i movimenti incerti di entrambi.

«Andatevene. Non abbiamo niente!» disse Margherita con la voce rotta.

«Tu stai zitta, che a te ci penso dopo.»

Fu allora che Giulio gli scagliò una testata dritto sul

naso e glielo spaccò. Si sentì uno scricchiolio sordo di cartilagini e ossa. Il ragazzo, sorpreso, si portò le mani al volto, barcollando.

«Scappa!» urlò Giulio a Margherita, che però non si mosse, paralizzata dalla paura.

L'altro ragazzo si lanciò contro Giulio e gli sferrò un pugno non perfettamente a segno sul volto ma tale da sbilanciarlo all'indietro, travolgendo anche Margherita. Giulio non sentì il taglio sullo zigomo, l'adrenalina aveva preso il sopravvento. Si rialzò come una molla e provò a colpirlo, schivando un calcio dritto all'inguine.

«Vai via!» urlò di nuovo a Margherita.

Lei cominciò a correre e urlare verso le luci della strada.

«Aiuto! Aiuto!» Ma nessuno poteva sentirli.

Il ragazzo col naso rotto la raggiunse e le diede uno schiaffo che la fece piegare in due.

Provò a urlare ma le uscì un suono strozzato.

Margherita avvertì il morso del terrore, non della paura, ma del terrore, come se un cane rabbioso le stesse annusando l'anima. Il ragazzo la prese per i capelli e la trascinò a terra. Cercò di resistere, ma il dolore alla testa la faceva muovere come una bambola di pezza. Sentì la pipì scenderle lungo le cosce senza controllo e cominciò a singhiozzare. Il ragazzo aveva il viso coperto di sangue, se lo ripulì con la mano libera e poi cercò di bloccare a terra Margherita, mentre con l'altra mano le frugava fra le gambe. Giulio dov'era finito?

Margherita scalciava e, senza nemmeno rendersene conto, emetteva grida roche, cercando di colpire l'aggressore sul volto, dove già Giulio lo aveva ferito. Non distingueva più nulla, tra la notte e la bestia. Il cielo era fermo e lontanissimo.

«Papà!» gridò, lacerandosi la gola e squarciando il silenzio indifferente delle cose.

«Aveva i baffi il nonno?»

Andrea era già rintanato sotto le coperte e la nonna gli accarezzava la tempia.

«Sì.»

«La barba?»

«No.»

«E i capelli ce li aveva?»

«Prima sì e poi no.»

«E perché?»

«Perché quando si invecchia i capelli cadono.»

«Però tu ce li hai!» disse Andrea toccando l'argento filato dei capelli di Teresa.

«Cadono solo ai *masculi.*»

«E perché?»

«Perché tornano *picciriddi.*»

«Perché tornano *picciriddi*?»

«Perché anche i *picciriddi* quando nascono non hanno capelli, o ne hanno pochi pochi.»

«Anche io?» chiese Andrea toccandosi la testa come se i capelli gli fossero improvvisamente scappati via.

«Anche tu ne avevi *picca picca*, sì.»

«E perché i maschi diventano di nuovo come bambini piccoli?»

«Perché solo chi ritorna *picciruddu* può andare in cielo.»

«E che si fa in cielo?»

«Si canta, si balla, si disegna, si gioca.»

«Allora io sono già in cielo.»

«Gioia mia!»

«E tu non ritorni *picciridda*?»

«Anche io.»

«E tu ci vai con i capelli in cielo?»

«Sì.»

«E perché?»

«Perché per le femmine è diverso. Non cadono... Diventano grigi, poi bianchi...»

«E perché?»

«Perché le femmine devono essere sempre *biedde, biedde comu pupidde.*»

«E perché i tuoi sono un po' grigi, un po' bianchi e un po' azzurri?»

«Tu i perché non li finisci mai... eh?» disse accarezzandogli la guancia. «Perché è il colore delle conchiglie più belle.»

«Tu sei bella con i capelli così, nonna.»

«Gioia mia!»

«E perché Mita oggi non è tornata?»

«Non lo so. Credo sia andata da papà.»

«Da papà?»

«Credo di sì.»

«Allora tornano a casa insieme!»

«Sì.»

«Ma perché papà è andato via?»

«Non lo so, Andrea.»

«Tu sai sempre tutto nonna, perché questo non lo sai?»

«*Unn'u sacciu*. Però è vero e verità: andrà tutto bene. Tutto è *bonu e benerittu*. Adesso è tardi, devi dormire.»

«Non mi hai raccontato niente del nonno Pietro. Parlava un poco strano come te?»

Teresa sorrise.

«*'Nzzz...*» disse la nonna alzando sopracciglia e occhi verso il cielo, per dire di no. «Però nonno Pietro a quest'ora diceva sempre le preghiere.»

«E tu?»

«E io con lui. Vuoi che diciamo insieme quella a Gesù?»

«Sì.»

«Dài, dilla tu.»

«Gesù, la nonna dice che ci sei e io mi fido, perché io ti parlo ogni tanto, quando non parlo con nessuno. Fai tornare Margherita e papà a casa. Parla con loro e digli che io li aspetto. Così tornano e stiamo insieme sempre e andiamo di nuovo al cinema e mangiamo i poc-corn e ridiamo e giochiamo a calcio e saliamo sull'albero e sulla casa costruita sull'albero e poi costruiamo i castelli di sabbia e poi li distruggiamo e beviamo la Coca-Cola e facciamo le bollicine e i rumori con la bocca e apriamo i regali e lanciamo aerei di carta dal balcone e tutte le altre cose che ci piace fare, tipo le bolle. E se ti ricordi portami la scatola piena di tutti i colori...»

«Cosissia.»

«Che vuol dire?»

«Che tutto quello che hai detto è bello e deve succedere.»

«Cosissia» ripeté Andrea.

«Ora dormi, gioia mia» disse la nonna passandogli la mano sugli occhi e chiudendoli delicatamente, mentre lui si abbandonava al buio e alla pace della notte.

La nonna cominciò a cantare a occhi chiusi, mentre le sue mani rugose e fragili passavano sul viso di Andrea, evocando immagini di campi bruciati dal sole, pietra riarsa, acqua sparsa sui pavimenti per vincere lo scirocco, ombra rada sotto il gelso dei nonni contadini, pane cotto a non finire nel forno e cielo azzurro e asciutto, fiori gialli e grilli e cicale e una povertà infinita sotto le stelle e accanto a un fuoco:

Binidissi lu jornu e lu mumentu
to' matri quannu al lato ti truvò
doppu novi misi, cu gran stentu
ngua ngua facisti, e in frunti ti vasò.

Dormi nicuzzu cu l'ancili to'.
Dormi e riposa, ti cantu la vò.
Vo-o-o dormi beddu e fai la vò.
Vo-o-o dormi beddu e fai la vò.

Si di lu cielu calassi na fata
nun lu putissi fari stu splennuri
ca stai facennu tu, biddizza amata
'nta sta nacuzza di rosi e di ciuri.

Dormi nicuzzu cu l'ancili to'.
Dormi e riposa, ti cantu la vò.
Vo-o-o dormi beddu e fai la vò.
Vo-o-o dormi beddu e fai la vò.

Andrea si addormentò tranquillo, trasportato dalla melodia. Dove erano finite le ninne nanne? Chi le ricordava più? Anche la città fuori si placò e sembrò provare nostalgia della Terra che aveva coperto di palazzi, asfalto e luci. Il bambino scivolò nel sonno e la nonna piangeva sul dolore di quel bambino, della figlia, della nipote, e se avesse potuto avrebbe dato *u sangu* perché tutto andasse bene. Piangeva anche sul suo inconfessabile dolore. Il volto di Pietro, con i suoi occhi buoni e fermi, la guardava sorridendo e le ricordava: "Andrà tutto bene, andrà tutto bene". Pietà e attesa fanno l'uomo. Attesa e pietà, non c'è altro.

Quando si svegliò era coricata sulla spiaggia e aveva freddo. Guardò il cielo, sentiva la guancia bruciarle e la testa in fiamme. Giulio le teneva la mano. Aveva uno zigomo gonfio e sanguinante.

Vicino a loro c'erano persone che non riconosceva.

«Come stai?» chiese Giulio.

Margherita provò a sollevarsi e si accorse con sollievo che, a parte il viso e la testa che bruciavano, stava bene.

«Cos'è successo?»

«Ti hanno sentita urlare» disse Giulio, indicando le persone strette intorno a lei.

Margherita mise a fuoco almeno tre persone. Erano quelli del camper di panini. Uno con il grembiule bianco sporco di grasso e maionese le porse un po' d'acqua.

«Come va?» chiese con una dolcezza che contrastava con quel corpo gigantesco.

«Bene» disse Margherita, e scoppiò a piangere.

«Ma che ci fate qui a quest'ora?» chiese una donna, forse la Maria dell'insegna.

«Un bagno» rispose Giulio cercando di abbracciare Margherita.

«Quei due erano ubriachi già prima di comprare le birre e scendere in spiaggia» disse un altro, con un paio di baffi imponenti.

«Li hanno mandati via a calci, Margherita. Non c'è più pericolo» aggiunse Giulio.

«Dài, venite, su. Vestitevi, vi diamo qualcosa da mangiare» disse la donna, accarezzando i capelli ancora umidi di Margherita, che cercava di pulirsi la pelle dal sangue dell'aggressore.

Si rivestirono, infilando gli abiti direttamente sui costumi ancora bagnati. Poi la donna li costrinse a cambiarsi come si deve dentro il camper, mentre preparava una cena sostanziosa.

Sotto la luce al neon della veranda sembravano i reduci di una guerra assurda. Il mare respirava piano sotto di loro e la terra emanava il suo tipico odore notturno di resina e alghe.

Margherita aveva il viso gonfio e la donna le tamponava la guancia con una lattina di Coca-Cola ghiacciata. Intanto l'uomo con i baffi, che si era presentato come il marito di Maria, si complimentava con Giulio per il suo coraggio, mentre gli medicava lo zigomo ferito: «Gli hai ridotto il naso in poltiglia!»

«Ma i vostri genitori vi lasciano andare in giro a quest'ora da soli?» chiese la donna incuriosita.

Margherita taceva, temendo di insospettire quelle brave persone. Allo stesso tempo avrebbe voluto rivelare tutto. Le mani di quella donna le ricordavano la tenerezza della nonna, e avrebbe voluto essere a casa a godersi una serata tranquilla, ascoltando musica o guardando un film, invece di aver rischiato di essere violentata su una spiaggia desolata. Se lo meritava.

«Dove stanno i vostri genitori?» chiese la donna.

«Da qualche parte ci dovrà pur essere chi mi ha partorito» rispose Giulio secco.

La donna non capì quella frase e la considerò una sbruffonata da adolescente.

Le macchine sfrecciavano lungo la Statale.

«E tu?» chiese a Margherita.

«Mio padre è a Sestri. Stiamo andando da lui. Anzi, sarà bene che partiamo, altrimenti si preoccupa» rispose Margherita, sforzandosi di ostentare la sicurezza di Giulio.

«Possiamo fare qualcosa per voi?» chiese il marito.

«Avete già fatto tantissimo» sorrise Margherita, che alla luce triste di un neon – un buon odore di cibo tutt'intorno, un mare di silenzio ondeggiante poco sotto e i sorrisi di uomini semplici che vivono alla giornata – scoprì con sorpresa di sentirsi a casa.

Per tutto il tratto di strada che li separava da Sestri rimasero in silenzio. Il dolce e l'amaro di quelle ultime ore si mescolavano in modo inestricabile ed era difficile gioire dell'uno senza essere irretiti dall'altro. L'Aurelia si snodava lungo la costa simile a un indice che segue il profilo di una donna amata.

Giulio poggiò una mano su quella di Margherita, assorta nei suoi pensieri, e la strinse. Il senso di colpa smise di torturarla e sentì farsi largo in lei il coraggio: stava per arrivare da suo padre e Giulio era con lei, forte e sicuro. Tutto andava bene. Non si accorse che in quel momento la mano di lui chiedeva aiuto, più che darne.

Raggiunsero Sestri in un'oretta. Giulio non aveva voglia di correre: lo zigomo gli doleva, la strada con il mare accanto non imponeva nessuna fretta e lo costringeva a ripensare ai propri fallimenti. Si era fatto derubare come un fesso, era stato aggredito come un principiante e aveva rischiato che Margherita venisse violentata: era lui che aveva insistito per fare il bagno. Non bastava fregarsene delle regole, quando sei in due non puoi più farlo.

Il lungomare era illuminato dai locali, che sembravano riluttanti ad accettare che la stagione estiva fosse ormai alle spalle, e lo stesso facevano gli avventori, seduti a godere il fresco serale e a ripetere le solite quattro chiacchiere.

Margherita fece parcheggiare Giulio e lo guidò a piedi per una via stretta, tra case dai colori chiari, non del tutto distinguibili nella notte. Uno spicchio di mare si intravedeva alla fine della via. Quello spicchio si trasformò a poco a poco in un lembo di costa semicircolare fatta di sabbia e pietre minuscole. Barche di legno multicolori galleggiavano poco distante, come se conversassero tra loro annuendo. Le case affacciate sulla baia erano occhi spalancati su uno spettacolo che non annoia mai. In tanti sedevano sulla sabbia e sussurravano invece di parlare. Il silenzio delle stelle si era appoggiato su quella piccola baia e invitava ogni cosa a bisbigliare.

Ci sono posti in cui non c'è bisogno di gridare per farsi sentire: bisogna solo imparare ad ascoltare, e se si parla è per ascoltare meglio. Sono i posti in cui la gente dice la verità, dichiara un amore, confida un tormento o rimane in silenzio.

«La Baia del Silenzio» annunciò solennemente Margherita. Era uno di quei posti.

Giulio sembrava imbambolato. I pugni contratti si rilassarono. Margherita lo prese per mano e lo portò in un angolo nascosto che conosceva bene, dal quale si vedeva la fila delle case che facevano da quinta alla baia. Le luci dei lampioni erano l'eco delle stelle e l'orizzonte era pieno dell'odore delle alghe, della sabbia fresca e del legno marcio delle barche abbandonate, trattenute da corde cosparse di bava. I due ragazzi si sedettero vicini all'acqua.

Margherita si tolse le scarpe e lasciò che i piedi riconoscessero la sabbia umida e familiare.

Giulio con le braccia chiuse sul petto taceva e non riusciva ad abbandonarsi del tutto al silenzio. Avrebbe anzi voluto squarciarlo con un urlo e buttare fuori gridando tutto l'odio compresso dentro di lui. Per vedere il cuore di un uomo devi chiedergli i suoi sogni o i suoi dolori, ma i dolori in Giulio avevano sempre soffocato i sogni, che ora cercavano, come brace sotto la cenere, di infiammare di nuovo la sua vita. Gli veniva da vomitare, come se dovesse eliminare una sostanza impossibile da espellere tanto era mescolata con il dolore: l'anima stessa.

Strinse le gambe con le braccia e cominciò a singhiozzare come un bambino, tirando su con il naso.

Margherita si voltò pensando che stesse ridendo. Invece piangeva. Giulio nascose la testa tra le ginocchia e Margherita si sentì sola. Il ragazzo a cui aveva affidato la sua avventura piangeva. Lo stesso uomo che l'aveva appena salvata. Lo stesso che aveva allagato la scuola. Era lì con la testa tra le gambe e piangeva. Lei che credeva di essere sola sul filo, scoprì che sullo stesso filo c'era anche Giulio, un funambolo come lei, come tutti.

Il funambolo non ha una risposta al problema dell'equilibrio, sa solo come trasformare la forza che lo fa cadere nella spinta che lo salva. Solo così il destino con la sua forza di gravità diventa compito, la necessità vita.

Giulio piangeva e le lacrime si raggrumavano nella sabbia in piccole palline, una diversa dall'altra. Simili a perle. La madreperla infatti ha la composizione delle lacrime. Acqua e sale che si induriscono attorno alla scheggia avvelenata. Strato dopo strato, cerchio dopo cerchio nella forma dalla simmetria perfetta, che nasconde l'impossibile simmetria del dolore. A guardarle le perle sembrano tutte uguali, ma quelle naturali al tatto tradiscono leggere deformazioni, determinate dalla forma del predatore incastrato dentro. Questo le rende uniche. Acqua e sale scolpiti attorno al pericolo.

Margherita si avvicinò e lo abbracciò. Solo il vento leggero della notte penetrava in quel viluppo di braccia e paura, il vento del mare che accarezza ogni cosa, anche quella più derelitta e consumata dal naufragio del tempo.

Nonostante la paura appena passata, il dolore, la minaccia della notte, quell'angolo sembrò accoglierli come una tana, e il sonno li sorprese così, come una conchiglia adagiata sulla riva da una tempesta, raccolta la mattina da una bambina che passeggia con il padre, ignara di quanto ci sia voluto, di quanto dolore sia costato quel viaggio, di quanto tormento ci sia dentro una cosa bella.

Perché ogni cosa bella troppo spesso è quel che resta di un naufragio.

Quando aprì gli occhi, la superficie dell'acqua era ancora grigia e le stelle vacillavano. Il respiro del mare era freddo e il silenzio in attesa. Non l'aveva svegliata sua madre, né l'orribile suoneria del cellulare, ma il freddo e il rumore della risacca che rimescolava i sassolini della riva. Ogni più piccola cosa aveva un suono, un sussurro che il volume della vita ordinaria nasconde, e chissà cosa diceva... Giulio dormiva con un braccio sotto la guancia, come un bambino contento di quello che sta sognando. Poco distante da loro c'era una sagoma grigiastra. Margherita, intirizzita, si irrigidì ancor di più, ricordando ciò che era successo poche ore prima. Fissò la figura vicina alla riva: era accartocciata come una statua di pensatore.

Era un vecchio con la pipa che pendeva dalle labbra e un fuoco acceso davanti a sé, un piccolo fuoco che sfrigolava mescolando il suo suono a quello della risacca, sulla quale crepitava ancora il riverbero della luna. Non si accorse dello sguardo di Margherita: sembrava irretito da un altro suono sottile e suadente, un canto di sirene, e si riscaldava a quel fuoco come se fosse a casa sua, al sicuro tra pareti salde. Fissava l'orizzonte.

Margherita, infreddolita, si alzò e si avvicinò con circospezione al fuoco. Lui non si mosse. La ignorava.

Lo sciacquio era sommesso e il mare di lì a poco sarebbe divampato come il fuoco del vecchio, ma con la potenza infinita, regolare, eterna del sole. Margherita si sedette accanto al falò e allungò le mani per riscaldarsi. Il vecchio con la pipa continuava a ignorarla. Margherita sentiva di aver messo piede in uno spazio sacro, di cui quell'uomo silenzioso sembrava il sacerdote.

«Non c'è niente di più amaro dell'alba» disse il vecchio senza voltarsi.

«A me l'alba è sempre piaciuta.»

«Solo se accadrà qualcosa.»

«Accade sempre qualcosa...»

«Non alla mia età. Alla mia età è tutto inutile. Rimane solo questo» disse il vecchio accennando all'orizzonte.

«Cosa?»

«L'ordine del giorno e della notte.»

Una stella verdognola galleggiava in alto, l'ultima spia della notte.

«Non capisco...»

«Quando sei vecchio rimane solo questo. Tutto diventa lentissimo e ripetitivo quando non aspetti più nulla. Tu sei lì che aspetti ogni mattina e non accade nulla. Solo l'alba.»

«Non è poco.»

«Val la pena che il sole si levi dal mare e una lunga giornata cominci?»

Margherita rimase in silenzio, sia perché non aveva una risposta, sia perché quella domanda era rivolta al mare, al cielo e a quella stella.

«Domani tornerà l'alba e sarà come oggi e come ieri...» Fece una pausa, inspirò il profumo del mare sempre più pieno di luce e poi aggiunse: «E nulla accadrà».

«Qual è la cosa più coraggiosa che lei abbia mai fatto?»

«Perché me lo chiedi?»

«Perché io la sto facendo adesso.»

«Raccontami.»

«Cercare mio padre.»
«Perché lo cerchi?»
«Perché forse lui adesso ne ha bisogno... E poi non posso fare a meno della colazione che lui prepara la domenica mattina.»
Il vecchio sorrise.
«Gli somigli?»
«Dicono tutti di sì, più a lui che alla mamma, ma io non lo so. E lei? Non mi ha risposto...»
«La cosa più coraggiosa?» chiese il vecchio per prendere tempo e coraggio, e poi sentenziò: «Alzarmi stamattina.»
«Perché sei così triste?» chiese Margherita dandogli del tu come fanno i ragazzi, non quando sono maleducati, ma quando parlano direttamente al cuore di chi hanno di fronte.
«Ho perso mio figlio.»
«Com'è successo?» chiese lei d'impulso.
L'uomo non rispose.
Margherita in imbarazzo si girò verso Giulio. Il suo corpo era abbandonato sul grembo della Terra, senza protezione, in attesa di venire alla luce.
Margherita continuava a riscaldarsi per evitare che il freddo di quel silenzio le entrasse nel cuore. Guardò in cielo la stella che resisteva a stento, finché non si estinse insieme al fuoco del vecchio, che ravvivò il tabacco spento dall'umidità del mattino, in attesa di niente.
Quando il predatore arriva al cuore e lo mangia, non c'è via di scampo. Ci sono predatori che vincono. Ci sono predatori che solo il Grande Predatore, la Morte, sconfigge. Di quelle conchiglie puoi trovare i gusci aperti e desolati su una spiaggia. Sono solo un ricordo senza futuro. E la risacca li sbatte e li leviga sino a farli diventare i granelli di sabbia di bianchissime spiagge.

«Ho trovato questo in camera di mia figlia Margherita» disse Eleonora, indicando i versi dell'*Odissea* sottolineati.

Il professore non capiva se si trattasse di un sogno o del colpo di scena di un thriller. Cosa ci facevano faccia a faccia sulla soglia del suo monolocale, lui in pigiama, ancora intontito, e la madre di una sua alunna, così agitata da sembrare fuori di sé?

Non si era ancora rassegnato al fatto che non c'è niente di scritto che non sia già accaduto, niente che la vita non abbia già inventato.

«Non ho capito, mi scusi. Che cosa c'entro io? Chi le ha dato il mio indirizzo?»

«Mia figlia è scappata. Ieri non è andata a scuola. Qualcuno le ha riempito la testa di scemenze, come dimostra questo libro. La stiamo cercando dappertutto. Ho dovuto chiedere al preside. Lei mi deve aiutare!»

«Ma cosa c'entro io? Io cerco di fare il mio lavoro meglio che posso!»

«Anche io. Ma qui c'è di mezzo la vita di mia figlia!»

Il professore fu costretto a ritornare alla realtà ancora una volta. Accettò quell'intrusione e cambiò atteggiamento di fronte agli occhi stravolti di sonno e ansia di quella madre.

«Entri signora, mi spiace ci sia questo disordine... Mi spieghi che cosa è accaduto con calma. Vuole un caffè?»

«No.»

La stanza del professore era una babele di libri dispersi in torri di varia altezza e non c'era un posto dove sedersi. Rimasero in piedi l'uno di fronte all'altra.

«È sparita. E ha preso la macchina. Lei ha qualche idea? Ha notato qualcosa?» Eleonora agitava il libro come fosse la causa di tutto.

Il professore tacque e abbassò lo sguardo, aveva i capelli ancora sconvolti dalla notte. Non aveva mai pensato di affrontare un colloquio scolastico in quelle condizioni e non avrebbe mai immaginato che l'*Odissea* fosse capace di provocare simili incendi.

«Cosa le ha detto?» incalzò Eleonora interpretando correttamente quel gesto di sconfitta.

«Niente... Mi ha chiesto di accompagnarla a cercare il padre... Si era infervorata leggendo di Telemaco che va a cercare Ulisse ed è venuta a parlarmene.»

«E lei?»

«Ho minimizzato. Le ho detto che la vita è molto diversa dai libri... Davvero non vuole nulla?»

«Voglio mia figlia. Lei non ha figli, vero?» chiese Eleonora gettando uno sguardo alla casa del professore, che scosse il capo per dire di no.

In quel momento il telefono di Eleonora squillò. Il professore vide la durezza sparire dal suo sguardo, gli occhi spalancarsi insieme alla bocca, poi chiudersi. Quando li riaprì, erano pieni di lacrime. La mano in cui stringeva il libro le ricadde lungo il fianco.

Il professore taceva.

Eleonora si voltò e andò via lentamente.

Il professore la raggiunse a piedi nudi sul pianerottolo, cercando di trattenerla.

«Che cos'è successo?»

«Ha avuto un incidente in auto.»

Il professore non reagì, era tutto troppo vero per essere vero.

Eleonora senza guardarlo aggiunse quasi tra sé e sé:

«Le avevo chiesto di aiutarmi...»

Lui rimase immobile, in boxer e maglietta. Così lo trovò la signora Elvira richiamata da quello strano trambusto, con un casco di bigodini multicolori in testa e una vestaglia verde smeraldo.

Buio. Aveva gli occhi sigillati e si muoveva in un labirinto. Percepiva movimenti attorno: fruscii, voci e tentacoli umidi. Qualcuno le aveva tolto la pelle. Era scorticata dal dolore, la polpa a contatto con le cose, improvvisamente appuntite e pesanti, anche le più leggere e delicate. Nella notte, poco prima di addormentarsi, negli angoli bui crescono zanne e lame, spigoli pronti a ferire. Tutto il suo corpo era una ferita scoperta.

La prova del fuoco, la chiamano i pescatori di perle: per verificare se una perla è autentica, se è nata dalla carne viva di un mollusco minacciato di morte o dalle combinazioni della chimica. Solo la madreperla stillata dalla carne ferita genera cerchio dopo cerchio un tessuto unico, per forma, colore, lucentezza. La chimica produce sfere perfette, ma fasulle; la bellezza nella vita è imperfezione. Al tocco del fuoco la perla autentica imprigiona luce e calore nei suoi strati e rimane intatta, la perla fasulla rivela la sua consistenza gessosa e si spacca.

Era sospesa tra la disperazione e la dolcezza del possibile definitivo abbandono delle cose, lo sentiva sotto la pelle, più sotto ancora, in quella stanza chiusa che ora avvertiva davvero dentro di sé e che le avevano insegnato a chiamare *cuore*. Le batteva in ogni lembo di pelle. Nel sogno vide una macchina volare nel fuoco. Lei bruciava, bruciava dappertutto, cieca. La gola bruciava, come se inghiottisse pezzi di vetro. Le labbra tiravano, provò a passarvi la lingua sopra. Sogno e realtà si confondevano, e lei era sveglia dentro un sonno invincibile.

Non riusciva ad avere presa sul proprio corpo, benché in alcuni momenti ne avesse una percezione chiarissima, mai sperimentata prima: il sangue risaliva un'arteria, l'acqua attraversava un tessuto, i fluidi si spostavano nelle zone cave. Era scomposta in mille movimenti e flussi, come se si stesse disgregando e la vita pulsasse isolata in singole zone. Sentiva l'urgenza di piangere, ma le lacrime non potevano uscire. Allora cominciarono a fluire dentro di lei, calcificandosi lentamente attorno al predatore.

Il corpo era diventato pesante come la terra stessa. Un serpente le strisciava dentro la bocca ed entrava dentro di lei, raschiando le labbra, la lingua, la gola. Ne seguì la discesa e piombò in una zona di se stessa buia e muta, una terra di nessuno, incastrata tra la paura e la speranza. L'armadio si chiuse, escludendo ogni altra cosa. Ma dentro l'armadio c'era una crepa, che dava su una stanza più profonda. Mise la mano dentro la fessura.

«Margherita...»

Sentì quella voce che conosceva bene. Veniva dalla fessura simile a una bocca. Infilò il braccio e appoggiò l'orecchio là dove il legno era spezzato.

«Margherita!»

Non veniva dalla fessura. No. Dentro il buio sentì il braccio avvolto da un calore bruciante, mentre il resto del suo corpo era di ghiaccio, adesso. Si rese conto di essere nuda.

«Margherita!»

Questa volta era un urlo.

Sfilò il braccio dalla fessura e si voltò indietro, ma le ante dell'armadio erano sigillate. Qualcuno batteva su quel muro che si era chiuso attorno a lei. Solo suo padre avrebbe potuto abbattere quel muro. Lui ne aveva la forza.

«Margherita. Sono io, la mamma.»

Provò ad allungare la mano, ma non aveva forze. La crepa dietro di lei si allargava scricchiolando, risucchiandola nel buio dell'armadio, pieno di mostri rintanati e pigiati in quell'angolo. Andrea aveva ragione: era da lì che entravano i mostri che divoravano tutto. E ringhiavano.

«Dobbiamo tenerla in coma farmacologico almeno quarantotto ore. L'emorragia cerebrale è estesa... Poi si vedrà.»

Eleonora fissò la dottoressa, con una domanda chiara negli occhi umidi, ma senza una parola.

«Tutto quello che si doveva fare è stato fatto. Bisogna essere pronti a tutto. Ora dobbiamo starle vicino. Margherita sente quel che accade attorno a lei. Possiamo raccontarle delle storie, accarezzarla, ridere, parlare, tenerla per mano, farle ascoltare la musica che ama... e sperare che il corpo reagisca.»

«Quando torna?»
«Presto.»
«Ma dove è andata? Perché non mi porta all'asilo? Dov'è Mita? Oggi torna? Facciamo un dolce?»
«Quante domande, Andrea... Non riesco a rispondere a tutte.»
«Io voglio giocare con Mita e fare un dolce.»
«Adesso la chiamiamo e vediamo quando torna.»
La nonna compose il numero della figlia, per avere notizie più precise sull'incidente. Forse era stata una cosa da poco e stavano già tornando.
Il volto diventò inespressivo. Le labbra le tremavano, ma si sforzò di contenersi. Chiuse.
Era colpa sua. Lei l'aveva incoraggiata a intraprendere quel viaggio folle, come una falena che si lancia nella luce che la brucerà. Si guardò le mani e tremavano, colpevoli di qualcosa.
«Quando torna?» chiese Andrea.
«Presto» rispose la nonna.
«Quando è presto?»
«*Unn'u sacciu*. Facciamo un dolce per Margherita, per quando torna?»
«Sì! Per quando torna!»
«Quale facciamo?»
«Il suo preferito! Quello con la ruchetta...»
«Con la ruchetta?»
«Quella tutta bianca...»
«La ricotta! Non la ruchetta...»
«La ritotta. Sì, con la ritotta!»
«Facciamo quella con la ritotta... Vai a lavarti le mani, prima. *Amunì!*»
Andrea sfrecciò verso il bagno ripetendo la parola *ritotta* come la formula magica che avrebbe fatto comparire Margherita dal nulla.
Intanto la nonna fissava Ariel nella sua boccia di vetro e avrebbe voluto essere come lui e dimenticare tutti i dolori della vita. Ma amori e dolori non si posso-

no dimenticare. Forse perché coincidono con la vita. Il pensiero di Margherita in pericolo fece riaffiorare in lei il dolore antico e celato sul fondo della sua anima.

Il ragazzo aprì gli occhi. Non sapeva il proprio nome. Un collare gli teneva ferma la testa. Il volto gli bruciava, le braccia erano distese lungo i fianchi e in uno entrava un filo collegato a un flacone di vetro sospeso sopra di lui. Una goccia saliva ed esplodeva con ritmo regolare. In un letto accanto al suo un vecchio dormiva. Nessun altro. Poi improvvisamente alcune immagini presero corpo. La strada. Una macchina dei carabinieri e una paletta rossa che si muove su e giù. L'accelerazione. L'urlo di una ragazza. Una mano di ferro che da destra afferra la macchina e la spazza via. Come un tornado la mano la fa girare su se stessa, finché la scaglia via facendola precipitare in una notte innaturale senza luce né dolore.

Una donna vestita di bianco si avvicinò al letto.

«Come ti chiami?»

«Dov'è Margherita?»

«Ehi, qui le domande le faccio io.»

La donna cominciò a massaggiargli i piedi.

«Li senti? Prova a muoverli...»

«Certo che li muovo» rispose lui, e si mise seduto con un guizzo felino.

«Ma che fai? Ti sei quasi spaccato la schiena! Stai fermo!»

«Dov'è Margherita?» urlò confuso.

L'infermiera lo spinse delicatamente perché tornasse a distendersi. Lui cercò di resistere ma gli mancarono le forze.

Piombò di nuovo in un sonno pieno di mani e artigli, ma non riuscì a urlare.

Il tubo che entrava nel suo corpo era un filo lunghissimo: usciva dalla sua bocca e raggiungeva il cielo, superava le nubi ed era ancorato a un albero dalle foglie bianche, sulla luna, accanto alla bandiera americana. Margherita salì su quel filo e riusciva a stare in equilibrio, anche se doveva continuamente bilanciarsi con le braccia. Un passo alla volta, saliva. Prima incontrò finestre che lasciavano vedere donne e uomini che lavoravano, litigavano, si amavano. Si fermò a osservare i tetti di quella città che le conteneva tutte: c'erano le cupole di Firenze e i grattacieli di New York, i tetti di Genova e le guglie di Parigi. Si trovò in compagnia di rondini e martin pescatori, poi salendo incontrò gabbiani e aquile. Alcuni di quegli uccelli si posavano sul filo e quando lei piano piano si avvicinava per parlare con loro, subito spiccavano il volo, creando un leggero tremore e costringendola a cercare di nuovo l'equilibrio. La luna era sempre più grande e il buio era ormai dappertutto, il filo brillava luminoso come l'argento.

Poi vide una figura venirle incontro dall'alto. Qualcuno scendeva dalla luna. Come potevano stare in due su quel filo? Era impossibile. Qualcuno doveva tornare indietro; forse sarebbe toccato a lei. Lo guardò. Era un uomo. La sua sagoma si stagliava sulla luna come in un film in bianco e nero. Anche lui muoveva le braccia in cerca dell'equilibrio.

Aveva occhi bianchi e lunghi capelli neri. Uno di fronte all'altra cercavano di bilanciarsi, ma i tentativi compiuti dall'uno minacciavano l'equilibrio dell'altra. Poco a poco cominciarono a fare gli stessi movimenti e si trovarono in perfetta armonia. Però non sapevano come scavalcarsi, come superarsi e continuare il loro percorso.

Si guardarono, senza trovare una soluzione. Poi il mare sotto di loro sussurrò un suggerimento.

Lei si avvicinò alle sue labbra e lui la baciò. Le loro braccia si agitavano nel cielo per tenere l'equilibrio attorno a quel bacio, che rimaneva fermo e in bilico. Si staccarono. Lui la guardò, sorrise e si lanciò nel vuoto, sparendo nella notte. Lei si sedette a guardare giù e le lacrime cadevano nel buio e un gatto bianco si sfregava contro la sua gamba, miagolando.

Aveva sete ma non parole per dirlo. Muoveva le labbra alla ricerca di acqua. C'erano le mani di qualcuno ad accarezzarle i capelli, c'erano labbra che si posavano sulla sua fronte.

«Sei bella, sei la più bella» diceva una voce. «Devi restare qui per potermi raccontare la tua prima interrogazione, voglio che mi racconti di quel ragazzo che ti piace, di quel bacio, di quel primo amore, di quelle lacrime nascoste per un amore non corrisposto, dell'amica che ti ha tradita. Non voglio perdere nulla di tutte le tue prime cose: il primo esame, il primo figlio, la prima ruga. Non chiedo nient'altro. Non mi importa nulla di tutto il resto. Voglio che tu mi dica tutto quello che ti passa per la mente, che ti sieda accanto a me in una sera qualsiasi e mi dica che non ce la fai, che va tutto storto, che hai paura, che sei felice, che hai visto la tua stella, che hai provato un nuovo smalto, che hai visto un maglione che ti piace, che vuoi farti un tatuaggio a forma di farfalla e un piercing sul sopracciglio destro...»

Margherita ascoltava e tutto finiva dove lei era rinchiusa o racchiusa. Lacrime uscirono dai suoi occhi, almeno così le parve. Una avanzò fino alle labbra e le inumidì appena.

«Di cosa hai bisogno Margherita, cosa stai pensando? Forse hai sete?»

Prese un fazzoletto, lo bagnò e cominciò a tamponare le labbra secche della figlia, poi lo tenne appoggiato perché anche la lingua, sfiorandolo, si rinfrescasse. L'infermiera le aveva vietato di darle da bere. Le inumidì il viso e il collo, le braccia e le gambe.

Margherita sentiva la dolcezza di quei gesti e lottava per poter dare a sua madre tutto quello che lei le aveva chiesto, ma non sapeva come fare. Nulla si muoveva in lei, nulla. Solo i pensieri. Eleonora le passò una crema idratante sulle guance, sul collo. Margherita sentiva il corpo rinascere sotto le sue mani. Tutto accadeva in un altro tempo, in differita. Infine la sete si acquietò e lei sprofondò in un vuoto perlaceo.

Il tempo scorreva lentissimo dentro di lei. Quasi che un minuto potesse durare più di sessanta secondi. Accelerava solo quando qualcuno riusciva a penetrare il muro dietro cui era nascosta. Uno dei primi fu il professore: in piedi accanto al letto di Margherita, immobile e intubata. Lei avrebbe voluto un compagno di viaggio, un alleato, e lui si era tirato indietro. Non aveva capito l'importanza della sua richiesta. Se lo avesse fatto adesso lei non sarebbe stata lì. Tirò fuori un libro dalla borsa.

«Margherita, voglio raccontarti come continua la storia di Telemaco. Noi ci siamo fermati al primo libro, ma la storia va avanti. Volevo leggertela. Non so fare altro. Io non so se puoi sentirmi, ma volevo finire quello che non ho avuto il coraggio di continuare.»

Quando mattutina apparve Aurora dalle rosee dita,
il caro figlio di Ulisse sorse dal letto...

Margherita aspettava il verso successivo, come una bambina che vuole ascoltare una storia ogni sera, prima di addormentarsi. Le parole non le arrivavano più, ed ebbe il terrore di essere precipitata nel silenzio. Poi sentì una goccia sul braccio. E un suono strozzato. Quell'uomo, il professore, stava piangendo. Singhiozzava come un bambino: le lacrime di un padre che per la prima volta capisce cosa vuol dire avere una figlia. Capisce che una persona che la vita ti ha affidato è un figlio. Piangeva su tutte le parole con le quali aveva costruito un'armatura attorno al cuore. Piangeva su tutte le sue metafore e sulle sue paure. Piangeva perché avrebbe voluto che Margherita fosse sua figlia e avrebbe dato tutti i suoi libri, la vita stessa, perché aprisse gli occhi e sorridesse ascoltando la storia di un ragazzo che cerca suo padre.

Pensò a Stella madre dei suoi figli.

Margherita, la più fragile di tutti su quel filo, stava portando ciascuno di loro lassù, a considerare quanto fossero fragili. L'unica forza per stare in equilibrio sul filo della vita è il peso dell'amore. Le parole, il lavoro, i progetti, il successo, i piaceri, i viaggi... niente basta a stare in equilibrio, né serve andare in fretta. I bravi funamboli non poggiano il piede di colpo, ma prima la punta, poi la pianta e infine il tallone. Con lentezza, scoprono ciò che appartiene loro. Solo così il passo diventa leggero e la camminata danza.

I nostri piedi cercano la sicurezza facile, l'àncora forte, la gravità nelle cose che poi si rovinano, la fretta della corsa che arriva subito alla meta. Il coraggio del funambolo invece trasforma la gravità in leggerezza, il peso in ali.

Il professore finì di leggere e quelle parole lo ferirono come mai avevano fatto. E quel lasciarsi ferire non lo abbatteva ma lo spronava a resistere. Poi uscì lentamente dalla stanza e incrociò lo sguardo stanco di Eleonora, seduta in corridoio. Lei accennò un sorriso, al quale rispose imbarazzato. Proseguì lungo il corridoio: dalle porte aperte intravedeva altre scene di tenerezza e di dolore. Ci sarebbe stata Stella a prendersi cura di lui un giorno?

Immaginò una bambina con i suoi occhi, veglie notturne riempite da pianti affamati, amori dolci e lunghissimi, stanchezza, colazioni, lavatrici e paesaggi di una bellezza struggente, libri letti ad alta voce in una sera piovosa, e nuotate, fino a perdere il fiato, con un figlio. Vita che entrava da tutte le parti, anche quando non era attesa, vita ferita da curare con altra vita. Si affacciò a una finestra e sollevò gli occhi verso il cielo, come fa solo chi è innamorato, e quel cielo sembrava capace di soddisfare ogni attesa. Non voleva perdere altro tempo. Tirò fuori il cellulare, e stringendolo in pugno, neanche fosse una spada, selezionò il numero. Appena sentì la voce dall'altra parte, disse:

«Ti amo.»

Lo disse così com'era, in un corridoio d'ospedale, gli occhi rossi di pianto, mille paure e altrettante speranze, perché, a differenza dei vestiti molto usati, solo la vita vissuta ha una qualche eleganza.

La mattina comparve alla finestra molto presto, come accade negli ospedali, e un uomo entrò nella stanza dove Margherita dormiva. Sua madre era abbandonata su una poltrona accanto al letto, tenendole la mano. Non le svegliò. Prese l'altra mano di Margherita e rimase lì in silenzio a fissare il corpo di sua figlia, che come una ferita aperta teneva uniti i due lembi della cute, le due valve della conchiglia: lui ed Eleonora.

Con le braccia semiaperte Margherita teneva per mano i suoi genitori, come quando da bambina passeggiava con loro e al ritmo di uno, due, tre si faceva sollevare in aria. Lei rideva e chiedeva di volare ancora e ancora. E non si stancava mai. Adesso quel rito si ripeteva, ma era lei che chiedeva loro di mettere le ali per raggiungerla dove solo i poeti e gli innamorati hanno osato, fallendo troppo spesso, come Orfeo. Non erano loro a tenerla per mano, ma lei a tenere loro e a renderli di nuovo padre e madre, marito e moglie. Eleonora aprì gli occhi.

«Sono tornato» disse.

Una giostra con cavalli, carrozze, macchine, astronavi. Ciascun bambino sceglieva quello che preferiva. Margherita scelse il cavallo. Suo padre la teneva per mano mentre lei andava su e giù al ritmo di una musica da carillon. Non ricordava quanti deserti, campi, boschi avesse attraversato su quel cavallo, mano nella mano con suo padre.

Dove vuoi andare con questo cavallo?

A fare un giro del mondo.

E ce la fa?

Certo, è il mio cavallo.

E come si chiama?

Babbo.

Ma non è un nome da cavallo...

Per il mio va bene. Perché è forte, si alza tutte le mattine e va al lavoro.

E non si stanca mai?

Mai.

L'infermiera entrò nella stanza del ragazzo. L'odore dei corpi costretti a letto era intenso e la penombra ne era impregnata. Alzò la tapparella e aprì la finestra perché entrasse l'aria. Respirò il mattino che fuori aveva già intriso ogni cosa, anche se all'orizzonte una spessa striscia di nubi lasciava presagire pioggia. Si fermò a considerare la calma del giardino nel quale solo dottori e infermiere si muovevano, salutò una collega che passava da lì. Si voltò.

«Come andiamo?»

«Meglio» rispose il vecchio, ancora intontito.

Un ragazzone alto, in jeans e maglietta, entrò nella stanza, sorridente.

«Chi è lei? Che ci fa qui? Non è ancora l'orario di visita!» proruppe l'infermiera.

«Ha ragione, ma sono fuori da stanotte. Sono venuto a trovare lui», e indicò il ragazzo che continuava a dormire.

«Ma non si può, adesso noi dobbiamo fare i controlli, devono passare i medici...»

«Sono suo fratello, abbia pazienza.»

«Allora ce l'ha qualcuno! Era qui solo, non sapevamo

neanche chi fosse... Macchina rubata, senza documenti... Meno male che aveva il cellulare...»

«Come sta?»

«È un po' confuso, ma sta bene. Per fortuna che è arrivato qualcuno. Questi giovani di oggi proprio non li capisco... Sempre a far danni...»

Il ragazzo aprì gli occhi disturbato da quelle voci. L'infermiera e l'altro ragazzo lo fissavano.

«Filippo?»

«Sì, Giulio, sono io» disse quello chinandosi verso di lui.

Giulio non rispose, gli si aggrappò addosso e rimase in silenzio.

Quella mattina attorno a lei si muovevano ombre. La maschera dell'ossigeno agitava tentacoli luminescenti come le meduse dell'acquario, avvolgendole il volto. Percepì voci che non riusciva a riconoscere. Poi le labbra di qualcuno le si poggiarono sulla guancia e sentì all'orecchio:

«Ehi, Marghe! Sono Marta. Come stai? Sai che dice il tuo oroscopo di oggi? L'ho imparato a memoria: "Non lasciatevi rubare il tempo dai cattivi pensieri del passato, ma guardate al presente. Anche se non vi sembra un granché, è il migliore possibile per mettere alla prova le vostre risorse. Uscite, parlate, amate. Forse vi aspettate troppo dal mondo e invece è il mondo che si aspetta qualcosa da voi".»

A Margherita venne da ridere, ma non sapeva come fare. Era contenta di avere di nuovo la sua amica vicina.

«E poi devi sapere una cosa che mi ha detto mio fratello ieri, te la dico all'orecchio: nel mondo il 23 per cento dei guasti alle macchine fotocopiatrici sono causati da persone che ci si siedono sopra per fotocopiarsi il sedere... Ma non dire che te l'ho detto io...»

Margherita teneva gli occhi chiusi e nulla si mosse sul suo viso, però Marta sentiva che stava sorridendo.

«Quando torni? A scuola è una noia senza di te... C'è la biondina che rompe tutto il giorno... Le gemelle ti mandano un bacio, anzi due.» Glieli diede sugli occhi. «Mio padre dice che facendo così puoi baciare i sogni di una persona, perché gli occhi guardano nella direzione dei sogni e dei desideri.»

«Le condizioni sono stabili, non migliorano, ma non peggiorano. Non sappiamo se si risveglierà e come si risveglierà, se potrà ancora camminare, parlare... Non lo sappiamo» disse la dottoressa.

«Noi cosa possiamo fare?» chiese lui, con gli occhi pesti.

«Starle vicino.»

«Come?»

«Come se tutto proseguisse. Più riuscite a farle sentire la vita a cui è legata, più sarà felice, qualsiasi cosa le accadrà.»

Quando la dottoressa uscì dalla stanza, lui aprì lo zaino di Margherita e trovò il suo spazzolino. Passò le dita sulle setole consumate e sentì tutto quello che aveva abbandonato, vide tutto quello che aveva perso.

«C'era anche questa dentro» disse Eleonora mostrandogli la scatola con le loro lettere.

Lui rimase in silenzio.

«Dove sei stato?»

«Al mare...»

«Perché?»

«Perché non ci amiamo più, Eleonora.»

«C'è un'altra?»

«Sì.»

«È per questo che non mi ami più?»

«Io... non lo so.»

«La conosco?»

«Che importanza ha?»

«Be', forse ne ha, se te ne sei andato di casa... E tu? Tu la ami?»

Non rispose. Improvvisamente consapevole della differenza che c'è tra sentirsi innamorati e amare.

«La ami anche tu?»

«Non lo so.»

«Torna.»

«Non è il momento...»

«È l'unico momento. Guarda tua figlia.»

«E tu?»

«Io cosa?»

«Mi perdonerai?»

Eleonora non rispose, stringeva la scatola di latta delle lettere come se potesse accartocciarla, bisognosa di una forza simile a quella che Margherita cercava per risvegliarsi dal nulla: perdonare è uscire dal coma nell'amore.

Quella mattina rimase sola con suo padre. Non sentì altre voci. Suo padre le parlava, ma lei non capiva nulla, era come se il mare le fosse entrato in testa. Avrebbe voluto ascoltare ogni sua parola, ma non riusciva. Lui le inumidiva le labbra, le accarezzava il viso, le baciava la fronte, le sussurrava qualcosa all'orecchio. Margherita cercava di avanzare sul filo sottile, ma rimaneva sempre allo stesso punto. È il pezzo forte del funambolo: la camminata a occhi bendati. *La camminata della morte*, la chiamano. Lei camminava e non vedeva nulla, neanche i propri passi. Si sentiva così sola su quel filo. Non si posavano più neanche gli uccelli, che prima le facevano un po' di compagnia. Anche il gatto bianco era sparito. Era davvero sola. Attendeva che qualcuno la prendesse in braccio e le dicesse: adesso basta camminare, adesso ti porto io.

Forse per questo gli antichi immaginarono dee che filavano la vita. La lana grezza era la vita affidata a ciascun uomo, e quando la lana terminava, la vita si spegneva. Questo faceva Lachesi: assegnava la quantità di lana. Poi Atropo con la sua conocchia la trasformava in filo e Cloto, abile tessitrice, faceva passare il filo dell'ordito nella trama. L'ultimo nodo, quando il filo finiva, lo chiamavano morte.

Adesso Margherita era nelle mani di Cloto: aveva mani veloci e spietate, il volto duro e inespressivo.

Però sentiva la presenza di suo padre, lui avrebbe potuto aiutarla, se solo lei fosse riuscita a urlargli: Papà, perché non mi aiuti?

Andrea entrò nella stanza. Vide sua sorella dormire e si arrestò impaurito dai tubi che le uscivano dalle braccia e dalla bocca. La nonna Teresa lo spinse avanti e le mani le tremavano. Andrea teneva tra le braccia un pacco.

«Gioia mia, ti abbiamo portato una cassata» disse la nonna avvicinandosi al letto, come se Margherita potesse svegliarsi al suono del nome del suo dolce preferito.

Andrea salì su una sedia per guardare Margherita da vicino e le diede un bacio sulla guancia.

La nonna Teresa si sedette dall'altro lato.

«Gioia mia. Sei sempre *biedda*, anche quando dormi. Che cuore c'hai avuto, figlia mia. Che coraggio. Manco io ce l'avrei fatta...»

La accarezzava e la baciava sulla fronte e sulla testa. Poi le prese una mano.

«Sai, Margherita, c'è una casa in Sicilia che ti devo fare vedere. Ha le pareti di pietra gialla, i muri spessi, così spessi che è fresco anche d'estate. Basta tenere le persiane chiuse e bagnare il pavimento quando fa scirocco, perché lo scirocco se ti entra in testa ti fa impazzire e se ti arriva nel cuore te lo brucia, come fa con gli alberi di arance. Sulla parete esterna c'è un rampicante di bouganville e di gelsomini che pare una mano che l'accarezza e riempie di *ciavuru* la terrazza, dove si prende *u friscu* la sera: si parla e si ascolta il mare. La sera non *s'addumano* le luci, perché *abbastano* le stelle. Lì io ascoltavo le storie di mio padre, le storie di mia madre. Lì il nonno Pietro venne un giorno a chiedere la mia mano ai miei genitori. Quando ti risveglierai, io voglio che tu vada in quella casa, che ti sieda in quella terrazza e che ascolti *u ciatu du mari, u scrusciu* delle stelle, *u ciavuru du ventu*.»

Poi la nonna si avvicinò all'orecchio di Margherita, perché Andrea non la sentisse.

«Ricordi quella domanda che mi *facisti*? Ti voglio rispondere. In quella prima notte, Margherita mia, c'è il segreto di tutto. Quando il nonno Pietro e io... ho capito che era una di quelle cose che non si sapranno mai, tanto sono *inturciuniate* e misteriose. L'amore è come fare l'amore: avvicinarsi e allontanarsi, a cercare qualcosa che nessuno sa. Vicino e lontano, dolce e amaro, come i sapori migliori. L'amore non si ferma mai, *nicariedda* mia. È come *u mari ca sale e scinne* senza stancarsi, *cu malutiempo e cu beddutiempo*. Sempre. Se *u Signuruzzu* fece l'amore *accussì, iddu u sapìa picchì...*»

La nonna arrossì e tacque, tirò fuori una spazzola dalla borsa e cominciò a pettinare la nipote. Margherita sentiva la carezza delle punte morbide sui capelli e sull'anima. Poi posò dei fiori di gelsomino sul comodino, e il loro profumo penetrò il muro del coma.

Andrea intanto disegnava. Quando ebbe finito, diede il disegno alla nonna.

«Che bello! Daglielo tu.»

Andrea salì sulla sedia e mise il disegno davanti agli occhi chiusi di Margherita:

«Qui c'è la casa gialla della nonna. Questo qui è il mare che è dello stesso colore del cielo perché di notte hanno lo stesso colore, però il cielo è qui, dove ci sono le stelle. Questo è nonno Pietro che tiene la mano della nonna Teresa...»

Margherita vide quella casa gialla sollevarsi sul mare, trascinata da una mongolfiera composta di palloncini di ogni colore. Sul tetto di quella casa erano seduti il nonno Pietro e la nonna Teresa: si tenevano per mano e guardavano le stelle.

«Mita, te lo lascio qui sulla pancia, così quando ti svegli lo puoi guardare meglio. Però ti devo dire una cosa...» Fece una pausa. «Una volta io ti ho preso due caramelle di quelle all'arancia, ho usato i tuoi colori a spirito per fare un disegno, ho premuto i tasti del tuo cellulare e ho messo l'orecchio, ma non si sentiva niente. Poi una volta ti ho detto che non ti volevo bene perché non mi avevi prestato il tuo libro da colorare... Non era vero. Io ti voglio bene. Ti voglio bene sempre, anche quando non me lo presti. Mita, torna presto, fare la torta senza di te è noioso. Io ti aspetto. Ma non so come si conta fino a *persempre*.»

Nonna Teresa smise di pettinare Margherita e nascose gli occhi dietro le mani, per trattenere le lacrime.

La notte tornò con cadenza inesorabile e la stanza le sembrava piena di mani pronte ad afferrarla e smembrarla. Tutte le mani che l'avevano accarezzata, sostenuta, abbracciata adesso la prendevano e la graffiavano, la tormentavano, la dilaniavano. La pelle le si staccava per l'arsura e l'aria rimaneva incastrata nel tubo. Suo padre era lì. Eleonora, distrutta, doveva riposare. Quella notte sarebbe rimasto lui, a vegliare, accarezzare, inumidirle il corpo e le labbra. Sussurrare storie, come faceva quando lei era bambina. Ci vuole poco perché un uomo sappia chi è: basta metterlo accanto a sua figlia, quando ha dimenticato che prima di essere padre è stato figlio e che per diventare padre non bisogna smettere di essere figlio. Aprì la scatola delle lettere. La mania di sua moglie di conservare tutto... Riconobbe la sua grafia, che gli sembrò di un altro, ora che scriveva solo al computer. Lesse ad alta voce.

Eleonora, amore mio, un giorno in cui non ti vedo è un giorno perso. Mi chiedo come ho fatto a resistere fino a oggi e non prendere un treno, il primo che potesse avvicinarci, e chiederti di raggiungermi lì, a quella stazione, anche solo per vederti dal finestrino. Adesso so cosa vuol dire aspettare e desiderare. Mi è capitato di innamorarmi nella mia vita, però io non sono soltanto innamorato di te. Io ti amo.

Non so come spiegarlo, dovrei essere un poeta e non lo sono.

Se la nostra casa andasse a fuoco, io vorrei essere l'unico a sapere che cosa salveresti. Se la nostra memoria andasse in rovina, io vorrei essere l'unico a conoscere l'ultimo ricordo che ti è rimasto.

Io guardo le stelle e mi consolo sapendo che anche tu le baci. E sono qui a scriverti, sulla soglia di un giorno nuovo, e scriverti è come attenderti. Rende meno amara la tua assenza.

Cosa sarebbero quelle stelle se tu non le guardassi e quel cielo se tu non lo fissassi, e quell'albero, e quella rosa e quel film?

Amore mio, se questa è la felicità non voglio perderla.

P.S. Stai attenta alle porte aperte e alle finestre, non uscire senza la giacca di lana grigia.

Dove era finita l'anima che aveva scritto quelle righe, in quale stanza si era nascosta quell'anima amante?

«Margherita, dove hai trovato questa scatola? Hai sentito che poeta ero una volta? Sicuramente ti chiederai che fine ha fatto quell'uomo. Come ho potuto lasciarti così, senza dire una parola, senza spiegarti nulla...»

Margherita sentiva ogni parola.

«Vedi, amore mio, mi sono innamorato di un'altra donna. Mi vergognavo di ammetterlo a tua madre e a voi. E sono scappato. La felicità che provavo era più grande del dolore che sapevo di infliggervi, ma non avevo il coraggio di dire che ero più felice con lei. Sono stato egoista. Ho avuto paura di me stesso: dove era finito l'uomo che vi amava? Non lo trovavo più ed ero preso da un nuovo amore. Mi sembrava di tornare a respirare.

Sono scappato come un vigliacco. Come avrei potuto spiegarti che me ne andavo con un'altra donna? Che saremmo rimasti vicini ma in un altro modo? E ora che ti guardo in questo letto, con queste cicatrici, mi chiedo come ho fatto a pensare solo a me stesso. E tu a cercarmi... da sola. Che coraggio che hai figlia mia, sei proprio come tua madre. Testarda, coraggiosa, bella.

Sai come l'ho conosciuta?

Aveva smesso di piovere da poco. Ero in auto. Andavo forte, non ricordo perché. Senza farci caso, ho sollevato un'ondata d'acqua. È stata questione di un momento. Mentre l'acqua si alzava, ho visto quella figura, bianca, candida. Era tua madre. Sono tornato indietro. Aveva un bellissimo cappotto bianco. Le ho dato il mio indirizzo, per farle lavare il cappotto o poterla risarcire. Lei mi ha detto di no, che non ce n'era bisogno, ma mi ha chiesto di darle un passaggio. Non poteva certo andare in giro conciata a quel modo... Quando è scesa dalla macchina, mi ha detto solo "grazie", con un sorriso che ancora ricordo: io non so bene cosa significhi la parola *grazia,* ma so che quel sorriso di mare, di vento e di fuoco l'aveva. Quella notte ho pensato solo ai suoi occhi e volevo che la mia vita fosse guardata da quegli occhi. Solo così sarebbe stata migliore.»

Il padre fece una pausa, come se il disco del cuore si fosse incantato su quel ricordo. Margherita ascoltava l'archeologia dell'amore che l'aveva generata. Chissà perché non aveva mai chiesto a suo padre come si erano conosciuti, cosa lo aveva conquistato della madre. In fondo lei era in quel primo sguardo, in quella pioggia, in quel cappotto bianco, in quel "grazie".

«Passavamo tantissimo tempo insieme, come se il tempo non l'avessimo mai conosciuto se non per la polvere che lasciava sulle cose vecchie. E desideravo che i miei figli avessero lo stesso sorriso, gli stessi occhi e la stessa anima di lei. Un giorno l'ho portata nella nostra casa qui al mare e in una notte di stelle e silenzio le ho chiesto di diventare mia moglie. E lei, senza pensarci perché ci aveva già pensato, mi ha detto: "Per tutta la vita e con tutta la vita".

Ancora me lo ricordo... I preparativi, il matrimonio, il viaggio di nozze, la vita insieme. Tutto era nuovo, le cose di sempre cambiavano aspetto, tutto era un'avventura: la casa, il lavoro, la stanchezza, la paura, la gioia, il vento, il fuoco, il mare... Tutto era nostro. Poi un giorno mi ha detto che c'eri tu, come una perla nel suo grembo. Ci siamo amati ancora di più e non credevamo fosse possibile, ma tu ancora invisibile eri già capace di fare miracoli.

Ricordo quei nove mesi, lei mi raccontava di te, di come crescevi e di quello che vi dicevate senza parole, nel sangue e nel latte. Abbiamo deciso di chiamarti Margherita, perché tuo nonno ripeteva che era un bellissimo nome e che saresti stata una perla. Poi lui è morto prima di vederti e quella sua richiesta è diventata una promessa: Margherita.»

Il padre rimase in silenzio. Ogni parola gli costava una gran fatica, doveva riprendere fiato. Non si ricorda una vita felice a cuor leggero. Margherita non poteva vederlo asciugarsi gli occhi, sentì però per un istante la sua barba ispida sulla guancia e il profumo del dopobarba. Poi lui le raccontò di Andrea e di quell'amore che si era fatto più quieto e forte, ma purtroppo anche più scontato. Da qualche angolo buio era entrata non la noia, ma la sorella maggiore: l'abitudine.

«So così poco dell'amore, amore mio. So tutto del mio lavoro, so tutto di barche, ma so così poco di quello che conta. Amore mio, sono stato così cieco. Vorrei prenderti l'anima in braccio e risvegliarla con dolcezza dal sonno, incollarla di nuovo al tuo corpo con un abbraccio.»

Margherita sentì l'abbraccio del padre e le labbra sui suoi occhi chiusi. Poi si staccò e continuò a parlare.

«Sai, ho conosciuto il tuo professore, un tipo in gamba, anche se un po' distratto... Ha dimenticato qui l'*Odissea*. Chissà quante volte l'ha letta, le pagine sono quasi consumate. Mi sono messo a rileggerla. Sai, quand'ero bambino, io avevo un'edizione illustrata. Mi faceva paura soprattutto il Ciclope che mangiava gli uomini... Il mio episodio preferito era quello di Calipso che viveva in un'isola bellissima di palme e di frutta. Ulisse vuole tornare a Itaca, ma Calipso lo trattiene nella sua isola incantata. Ulisse sta lì, in riva al mare, a piangere ricordando la moglie. Il suo cuore non è lì, anche se quell'isola è un paradiso. Calipso è una dea e gli promette l'immortalità se rimarrà lì con lei. Ulisse risponde che lui non vuole l'immortalità, ma tornare da sua moglie.

A me è successo lo stesso, Margherita. Il mio cuore cercava di ringiovanire. Questo accade quando uno si innamora: sente tutto, possiede tutta la vita. Fuggivo dalla fatica della vita quotidiana. E ho trovato un'isola dove dimenticare il passato. Ma il mare, il mare, come per Ulisse, ci sarebbe stato sempre, a ricordarmelo... Non ci si strappa il cuore senza conseguenze...

Ho cercato il mistero che avevo visto negli occhi di tua madre in altri occhi, come se lei l'avesse perso, ma sbagliavo... Spesso ci tuffiamo nella novità come se fosse la soluzione o un rimedio, come se la vita che sentiamo palpitare di nuovo dentro di noi ci facesse provare l'ebbrezza dell'immortalità, ma non è di sentirci immortali che abbiamo bisogno. Abbiamo bisogno di amare. Tua madre aveva smesso di essere quel mistero di mare, vento e fuoco – ci si abitua a tutto – e l'amore si era spento. Io davo la colpa a lei e la colpa era mia. Non poteva essere suo il mio amore, se io l'avevo consegnato a un'altra.»

Eleonora, insonne, aprì leggermente la porta per dare uno sguardo a Margherita. Il corridoio dell'ospedale era ormai immerso nel buio. Il marito non si accorse di nulla.

«"Per tutta la vita e con tutta la vita." Aveva ragione tua madre. Che coraggio!

Solo adesso che darei tutto per riaverti capisco. Se non riesco più a bere dagli occhi di tua madre, la colpa è mia. Se il pozzo è vuoto, non era finita l'acqua, ma bisognava scavare più in profondità. Ma io sono stato vigliacco e mi sono tirato indietro quando i giorni hanno inghiottito il bianco di quel cappotto, la luce di quegli occhi. Volevo sentire ancora la vita, dovunque fosse. Io la cercavo da un'altra parte ed era solo più in profondità.»

Il padre prese l'*Odissea* e lesse ad alta voce:

Dea possente, non ti adirare per questo con me: lo so
bene anche io, che la saggia Penelope
a vederla è inferiore a te per beltà e statura:
lei infatti è mortale, e tu immortale e senza vecchiaia.
Ma anche così desidero e voglio ogni giorno
giungere a casa e vedere il dì del ritorno.

«Ha ragione Ulisse, figlia mia. Io non sapevo più cosa desiderava il mio cuore veramente. Se solo avessi saputo ascoltarlo e sentire che chiedeva profondità, non una facile novità...»

Margherita avrebbe voluto imparare tutto a memoria, ogni singola parola.

«Non mi sono preso più cura del mistero che avevo visto negli occhi di tua madre... E si è spento. Tra marito e moglie accade così, Margherita. L'altro diventa lo specchio di tutto ciò che non ci piace di noi stessi: così lei è diventata tutte le mie ombre, le mie bugie, i miei sotterfugi e soprattutto la mia pretesa di essere amato come volevo io invece di crescere nell'amarla.

Ma sarà disposta tua madre a perdonarmi? Io avrei dovuto proteggerti e invece ti ho abbandonato, alla ricerca di chissà quale felicità... Adesso darei la vita per te, figlia mia. Sono tornato. Torna anche tu, Margherita, torna...»

Il corpo di Margherita ebbe un fremito, quasi stesse per liberarsi dalle tenebre, ma la mano implacabile di Cloto la trattenne. Il suo filo stava per terminare.

Eleonora, nascosta dal buio, si ritrasse, si sedette per terra in corridoio. L'immagine di quel cappotto bianco la avvolse e lei strinse le braccia intorno al corpo nel tentativo di riappropriarsi della parte di sé che, trascurata e messa a tacere per tanto tempo, aveva smesso di amare. Sembrava una conchiglia che deve abbracciare il nemico nella sua madreperla, se vuole salvarsi.

La mattina dopo c'era sua madre accanto a lei. Le carezze non erano frettolose come quelle di suo padre. Nessuno la accarezzava come sua madre: partiva dalla base dei capelli e ci affondava le dita come se cercasse i pensieri, i dolori, le gioie, i tormenti, per eliminare le cose buie e lasciare solo quelle fatte di luce. Poi seguiva il profilo della fronte, del naso e delle labbra, alla ricerca di ogni piccolo segno di dolore o gioia tra le pieghe della pelle.

A un certo punto si mise ad armeggiare tra le lettere della scatola, che sembrava essersi trasformata in una macchina del tempo. Sfogliando quelle lettere Eleonora sentì i ricordi trafiggerla e capì che non bastavano per guarire, perché l'amore non è durata, ma pienezza di ogni singolo istante: *per sempre* è sinonimo di *ogni ventiquattro ore*. Lesse anche lei qualche frase, ma saltando, non aveva il coraggio di leggere una lettera per intero, quasi si vergognasse dell'anima che era stata ma che desiderava tornasse di nuovo.

... voi vi concentrate su una cosa alla volta. Noi donne no, noi siamo come le matrioske: un pensiero dentro l'altro, dal più importante al meno importante. E tu sei il mio pensiero più intimo... Nessuno mi ha mai guardata come te, è come se io mi scoprissi e mi conoscessi attraverso i tuoi occhi... Sono troppo gelosa, lo so. Ma ricordati che sono sici-

liana... Vorrei allontanare le pietre dal tuo petto, liberare la tua mano dalle spine e ascoltarti cantare... Non mi lasciare mai, mai, mai...

Chiuse gli occhi e tenne stretta la mano abbandonata della figlia. «Grazie, Margherita. L'ho sentito, come ti parlava, come parlava di me... Erano mesi che non mi parlava così. Sei tu che lo hai riportato qui, figlia mia. E lo hai riportato anche a se stesso. Che stupidi che siamo stati... Lasciarci sorprendere dalla routine, dalle paure, dai rancori e dalla mancanza di tempo... Quando si ama, Margherita, si è convinti che sia per sempre. Anche tu un giorno avrai un uomo. Lo sceglierai. E sai come? Quando sentirai che quell'uomo è casa. Una casa che è ovunque voi siate insieme. Ma lui ha cercato un'altra, Margherita... Ha distrutto la nostra casa.»

Eleonora teneva adesso le mani della figlia chiuse nelle sue e non riusciva a considerare la zona oscura di ogni tradimento, perché il più delle volte il tradimento è solo il punto di arrivo di qualcosa che è cominciato molto prima, di tanti piccoli tradimenti che come tarli svuotano le giunture di un armadio, che poi crolla all'improvviso e nessuno sa perché.

«Io non so se ci riesco... vorrei ci fosse tuo nonno. Lui mi dava consigli su tutto. Aveva una grande cultura e raccontava storie in continuazione. Aveva questo modo di spiegare le cose: le raccontava. Forse perché aveva sempre insegnato ai bambini. Diceva che *spiegare* significa togliere le pieghe alle cose, sapeva sempre da dove venivano le parole e questo le rendeva più interessanti, quasi sacre... Se fosse qui adesso avrebbe una storia per suggerirmi cosa fare... Per aiutarmi a comprendere tuo padre. Stanotte quando l'ho sentito parlare a te mi ha ricordato mio padre: la sua tenerezza e la sua forza. Mi diceva che l'amore non è per raggiungere la felicità, che quella è fuggevole e a cercare di procurarsela scappa sempre, ma l'amore è per raggiungere la gioia di vivere, che non c'entra con la felicità ma con la vita. E la gioia di vivere non te la toglie nessuno, succeda quel che succeda, neanche il dolore. Solo una cosa diceva che era simile alla gioia di vivere: guardare gli occhi del Cristo a Monreale... E io non li ho mai visti.»

Sua madre era lì senza maschere: quanto avrebbe voluto chiederle scusa per come l'aveva trattata.

Eleonora le aggiustò il cuscino come se percepisse ogni sua scomodità. Poi cominciò a massaggiarle le gambe, perché non rimanessero troppo tempo inerti.

«Non è questo che ti avevamo promesso... Perdonaci. Margherita, torna. Ti prego, torna da me.»

«Come sta Margherita?»

«Chi è Margherita?» chiese Filippo, mentre gli versava un po' d'acqua.

«La ragazza che era in macchina con me.»

Filippo rimase in silenzio.

«Come sta?»

«Dorme.»

«Che vuol dire "dorme"? Come sta?»

«Per ora dorme e basta, Giulio.»

«È in coma?»

Filippo non rispose.

Giulio lanciò via il lenzuolo, scese dal letto e trascinò con sé l'albero della flebo. Un frastuono di ferro e vetro rotto riempì la stanza. Il vecchio, che sonnecchiava, fece un balzo.

Filippo riuscì a placcare Giulio che, immobilizzato, allungò la mano con la rapidità di un gatto e afferrò i frammenti di vetro e chiuse il pugno. L'altro gli strinse il polso perché li buttasse via. Giulio resisteva, ma poi aprì la mano, piena di sangue.

L'infermiera accorse, richiamata dal trambusto. Filippo le lanciò uno sguardo che chiedeva solo comprensione. Lei si chinò su Giulio.

«Non ti preoccupare, succede. Molti pazienti dimenticano di avere la flebo... Adesso ti medico subito.»

Ritornò con l'occorrente e fece una medicazione accurata e lenta, perché Giulio sentisse il calore delle sue mani. Giulio guardava dall'altro lato e tratteneva lacrime di rabbia. L'infermiera gli sorrise e poi strizzò l'occhio a Filippo.

Erano rimasti soli, anche il compagno di stanza era uscito per qualche esame.

«Distruggo tutto ciò che tocco.»

«Non è così, Giulio.»

«Non cercare di consolarmi, non ci riesci... Ho fatto l'ennesima cazzata. È tutta colpa mia.»

«Forse il modo... ma per il resto avrei fatto lo stesso anche io...»

«Stronzate.»

«Stronzate? Io penso sempre a quello che ha detto una volta un calciatore: "Sbaglia i rigori solo chi ha il coraggio di tirarli". Sarà banale, ma è così. Tu, Giulio, hai la capacità di metterti in gioco. Guardati attorno: è pieno di ragazzi che non fanno un cavolo, che se ne stanno incollati alla PlayStation o al computer, tutti bravini bravini a obbedire a quello che gli si dice o a far finta di farlo per quieto vivere, così poi la mamma gli compra la moto, il videogioco e i jeans. Io li vedo, là fuori è pieno. Dormono. Vivono in una quieta disperazione. Non investono su nulla, scelgono la via più facile, non sono creativi, nell'età fatta per esserlo. Solo chi ha fame crea, solo chi cerca crea. Tu hai fame, Giulio. Per questo mi piace quel tuo modo di fare provocatorio, strafottente, che mette tutto in discussione, perché è l'atteggiamento di chi cerca, di chi vuole sapere per cosa valga la pena giocarsi la vita. Tu ti metti in gioco per ciò che ancora non si vede, molti altri solo per ciò che è sicuro. Ma non esiste alcun investimento sicuro: vivere e amare significa, in ogni caso, essere vulnerabili... Per questo tu sbagli i rigori. Ma tu provi a tirarli, Giulio. C'è chi non è neanche sceso in campo...»

«Sì, ma devo sbagliare sempre? Tutto quello in cui mi impegno finisce male, l'unico posto dove non farei danno è in prigione... E questa è la volta che ci finisco...»

«Ti verrò a trovare» sorrise Filippo, e proseguì: «Qualunque sia la cosa che ti è cara, il tuo cuore prima o poi dovrà soffrire per quella cosa, magari anche spezzarsi. Vuoi startene al sicuro? Vuoi una vita tranquilla come tutti gli altri? Vuoi che il tuo cuore rimanga intatto? Non darlo a nessuno! Nemmeno a un cane, o a un gatto, o a un pesce rosso. Proteggilo, avvolgilo di passatempi e piccoli piaceri... Evita ogni tipo di coinvolgimento, chiudilo con mille lucchetti, riempilo di conservanti e mettilo nel freezer: stai sicuro che non si spezzerà... Diventerà infrangibile e impenetrabile. Sai come si chiama questo, Giulio?» chiese Filippo, che si era infervorato nel parlare. Gli era spuntata una vena sulla fronte.

Giulio scosse la testa. Voleva sentire il seguito.

«Inferno. Ed è già qui: un posto dove il cuore è totalmente ghiacciato. Sicuro, ma freddo. Là fuori è pieno di queste persone. Glielo leggi in faccia che hanno il cuore freddo: per paura, per mancanza di fame, per pigrizia. Tu non sei così, Giulio. Questo ti salva, anche se fai delle gran cavolate... Perché c'è modo e modo di tirare i rigori!»

«Non c'è un modo meno incasinato di vivere?»

«Quando lo trovi mi telefoni?»

Giulio rise. Filippo si alzò e lo abbracciò. E Giulio non si sottrasse, anzi lo strinse più forte. E avrebbe voluto dirgli "grazie", "ti voglio bene", ma qualcosa glielo impediva: vergogna, paura, sospetto che non fosse vero... In quel momento la vita gli sembrava semplice come sembra semplice un rigore, finché non ti avvicini al dischetto per calciarlo.

Quando Giulio entrò non c'era nessuno. Era l'ora preclusa alle visite e Margherita era sola. Giulio si avvicinò. Si chinò su di lei e le diede un bacio sulle labbra.

Margherita sentì quelle labbra e le riconobbe. Nel buio della sua mente si accesero i fuochi d'artificio, creavano disegni mai visti in quella notte oscura della coscienza, esplodevano in rose d'argento e d'oro. Poi divenivano cascate rosse, bianche, azzurre.

«Margherita, scusami. È tutta colpa mia. Se mi vedono i tuoi genitori mi uccidono. Se non fosse stato per me tutto questo non sarebbe successo... Perdonami.»

Lei non lo incolpava di nulla. Avrebbe rifatto tutto, ogni singola cosa, ogni singolo gesto, ogni singolo sbaglio.

Margherita non si risvegliò come le principesse nelle favole. Cloto la fissava torva. Quella non era una favola. Giulio lo sapeva. Ma in quel momento lui capì che *bacio* significa soffiare l'anima in un corpo perché viva.

«Vorrei poterti amare.» Giulio si chinò e la baciò di nuovo. Quell'amore non aveva una terra su cui posarsi, né giorni in cui essere vissuto. Era un grande amore sospeso. Dove lo avrebbero mai ritrovato quel bacio? Su un letto di sabbia, di onde, di cenere? E quando? Domani, fra un anno o fra mille? Nessuno dei due lo sapeva, entrambi però sapevano che sarebbe stato, prima o poi. Vivi o morti, sarebbe stato.

«Io non so perché ti ho seguito in questa follia, ma so che questa follia mi è sembrata normale accanto a te. Io che non parlo mai, ho parlato. Io che non ho mai paura, sono diventato debole e mi sono sentito più forte così. Io che non ho mai avuto una casa, mi sono sentito a casa sotto il cielo. Io voglio guardare i tuoi occhi ancora, voglio proteggerti da tutti i pericoli. Non voglio più salire da solo sui tetti, entrare nei cimiteri per poter amare la vita. Io non voglio più rubare nulla se non per regalarlo a te» le sussurrò Giulio in un orecchio.

Poi prese l'iPod. Si era salvato dall'incidente perché quella mattina lo aveva lasciato in tasca, srotolò gli auricolari e con tenerezza gliene infilò uno nell'orecchio destro e tenne l'altro per il suo orecchio sinistro. La musica entrò dritta nell'anima di Margherita e si aggirava come Orfeo che va a chiedere Euridice al re dell'Ade. Questa volta l'avrebbe salvata, questa volta Orfeo non si sarebbe voltato indietro per paura di perderla di nuovo.

Margherita vide un filo accendersi. Nel buio si vedeva solo quel filo sospeso e lei cominciò a danzarci sopra. Non appena vi salì scorse sotto di lei un mare immenso, che respirava costante. Quanto si soffre a cercare di rendere solida e confortevole la vita. Margherita invece voleva correre il rischio tutto intero, voleva danzare su quel filo con la grazia dei veri artisti, quando danza e danzatore diventano un'unica cosa, il funambolo e il filo un unico gioco. La vita la faceva tremare, ma non aveva più paura.

Abbandonò la bicicletta impolverata nell'atrio. Per tutto il tragitto aveva girato e rigirato tra gli scaffali del suo cervello a caccia di soluzioni già escogitate da poeti e scrittori per fare quello che lui voleva fare. Qualcuno aveva detto che il genio fa quello che deve e il talento quello che può. Lui approfittava del genio e del talento di altri per mandare a segno i suoi pensieri, i suoi sentimenti, le sue azioni. Poi estrasse dallo scaffale il volume dei sonetti di Shakespeare. Da quelle pagine saltava sempre fuori qualcosa di nuovo, qualcosa che avrebbe voluto vivere e si accontentava invece soltanto di leggere: ci vuole coraggio a vivere come cantano i poeti.

Dietro il libro vide il maledetto buco: ogni volta che prendeva in mano quel volume si riprometteva di tapparlo. E invece era ancora lì, come un occhio impassibile. Fissò il buco di rimando e poi la fila di libri ordinati come soldati in assetto difensivo. Ma quel buco sulla parete lo guardava più di qualunque altro occhio, era l'occhio più penetrante di tutti. Corse dalla signora Elvira.

«Finalmente sei venuto a saldare...»

«Veramente avevo bisogno dello stucco e del materiale per una riparazione. Magari suo marito...»

«Stai bene?» Lo squadrò perplessa la signora.

«Benissimo!»

«Non hai mai riparato nulla in quella casa, professore...»

«È ora che cominci.»

«Sei capace?»

«Sì.»

Si ricordò di quando da bambino aiutava suo padre nel faidate casalingo: aveva imparato a fare i buchi con il trapano, a distinguere i tipi di tasselli, viti e chiodi. Sapeva come usare un cacciavite a stella e una chiave da 12, come spellare un filo elettrico e come rendere più forte un buco che non tiene. Poi aveva dimenticato tutto.

Quando cominciò a stendere lo stucco su quel buco, dopo aver spostato i libri, provò un piacere che non sentiva da anni. I movimenti della mano erano lenti e precisi, i gesti di un direttore d'orchestra. In pochi minuti la parete era liscia, ora bisognava aspettare che si asciugasse per scartavetrarla. La guardò, tornata finalmente uniforme. I buchi del cuore non si possono nascondere, bisogna riempirli con più amore, anche se tradiranno macchie e irregolarità.

Shakespeare non avrebbe più coperto ciò che lui non voleva vedere, dentro e fuori di sé. Non glielo avrebbe più permesso. E proprio allora Shakespeare si decise a parlare, suggerendogli qualcosa...

Cercò come un forsennato tra i libri, alcuni li girava e li buttava a terra, altri li prendeva e li metteva da parte. Alla fine ne scelse una ventina e li ficcò dentro uno zaino. Afferrò una mela dal fruttivendolo davanti a casa, mentre sfrecciava in bici sul marciapiede.

«Oh! Ma che fai?» gli urlò dietro il proprietario.

«Vivo!» gli urlò il professore in fuga con la refurtiva.

«Te la do io la vita a te! Ma guarda questo...» sbraitò l'altro.

«Questi giovani di oggi... Vogliono tutto subito. Non sono disposti a faticare neanche un po'. Ai miei tempi non era così» commentò una signora impegnata a tastare dei pomodori.

Il professore teneva la mela con una mano e l'addentava, con l'altra reggeva il manubrio e lasciava che l'aria autunnale gli impregnasse la faccia di ritrovata gioia di vivere. Scovò Stella in un angolo della libreria dove si rifugiava a leggere nei momenti di tranquillità.

Tirò fuori i libri dallo zaino e li dispose nell'ordine giusto. Depose la torre di libri sul bancone vicino alla cassa, come se dovesse pagarli. Stella alzò lo sguardo dal libro che stava leggendo e lo vide. Rimase seria, benché gli occhi tradissero curiosità verso quella muraglia di libri da cui balenava lo sguardo così apertamente felice di lui. Si avvicinò alla cassa come fosse un cliente da servire.

«Cos'è?»

«Libri.»

«E chi l'avrebbe mai detto!?»

«Un regalo.»

«Libri a una libraia? Che pensiero originale... Guarda che non attacca...» disse lei seria.

«Non sono solo libri.»

«Ah no? Non ci casco più, prof.»

Il professore girò la torre con le coste rivolte verso Stella che lesse dal più basso al più alto.

«*L'idiota. Pene d'amor perduto. Vedi alla voce amore. Ragione e sentimento. Guerra e pace. La Vita Nuova. Grandi speranze. Le metamorfosi. Tempi difficili. La casa desolata. Inferno-Purgatorio-Paradiso. Le notti bianche. Confessioni. Io non ho paura. La vita davanti a sé. Qualcuno con cui correre. La Tempesta. Il mondo nuovo. Alla ricerca del tempo perduto. Come vi piace.*»

«Che vuol dire?»

«C'è un idiota che da quando sei lontana soffre e si sente perduto. Si era illuso che la soluzione fosse alla voce "amore" di vocabolari, libri, enciclopedie. Ma ha capito che c'era troppa ragione e poco sentimento. E che la pace è frutto di una guerra con se stesso: le sue paure e i suoi limiti. Adesso è pronto per una nuova vita. Ha grandi speranze, vuole cambiare e spera che tu lo aiuti anche a rimanere se stesso. Sa che ci sono e ci saranno tempi difficili, ma non vuole che la sua casa resti vuota e desolata. Insieme attraverseremo tutte le regioni della vita: dalle ombre dell'inferno alle luci del paradiso, passando per i chiaroscuri del purgatorio. Vivremo notti luminose come il giorno, in cui ci ameremo e ci confesseremo cose vecchie e cose nuove. Adesso non ho più paura. Tutta la vita che ho davanti la voglio correre insieme a te. E dalla tempesta vedremo nascere un mondo nuovo. Solo così avrò tutto il tempo che ho perduto. E forse di più.

Io, Stella, voglio che tu sia.»

Il professore aveva capito che non era necessario buttare via le buone vecchie metafore, bastava usarle per mostrare di più invece di nascondersi dietro di loro.

Stella rimase inebetita dalla sincerità che leggeva negli occhi del professore. La vita era ancora tutta da scoprire, ma lo avrebbero fatto insieme.

«E l'ultimo titolo?»

Il professore si fece serio, aspettava quella domanda. Poi si sciolse in un sorriso e con la sincerità di un bambino le disse:

«Quando ti piace, ci sposiamo.»

«Sposarmi? Ma non vuoi provare un po' a vivere insieme?»

«Io non ho bisogno di provarti, Stella. Io voglio superare con te le prove che ci saranno. Che tristezza doverle affrontare da solo...»

Stella abbassò lo sguardo e corse via, lasciando il

professore al banco, perplesso e preoccupato. Sperò che non entrasse nessuno. Lei tornò dopo qualche secondo, danzando sulle punte e con un libro in mano. Lo girò:

La voce a te dovuta. Il libro che li aveva uniti.

Stella sorrideva mentre teneva la copertina di quel libro ben in vista davanti agli occhi del professore, che amò quel sorriso.

«La mia voce dirà solo a te: ti amo» disse Stella e un'altra diga crollò lasciando dilagare nel mondo la vita, che è fare uno di due.

Lui l'abbracciò e lei gli sussurrò qualcosa all'orecchio che avrebbe ricordato per tutta la vita. Qualcosa che risolveva il segreto dell'amore e vinceva la paura che l'amore fa, perché per amare bisogna perdersi ogni giorno e morire un poco. Per questo ci vogliono così tante metafore. Lei non ne usò.

Ma cosa lei disse nessuno lo sa.

Le tende si muovevano al respiro di un vento leggero. Suo padre le teneva la mano destra, sua madre la sinistra. Lui si era assopito. Lei vegliava e li guardava entrambi. Margherita aprì gli occhi, fissò la danza della tenda in una specie di tango fatto d'aria e seta, simile a una vela. Non sapeva ancora se si trattava di un sogno, della realtà o di entrambi mescolati insieme, ma riconobbe la bellezza che c'è in ogni cosa, anche la più piccola, usuale e semplice: segni e intermittenze di un ordine più grande. Strinse le mani dei suoi. E capì che era realtà. Suo padre si destò. Sua madre tremò. Margherita si sforzò di parlare e riuscì a biascicare:

«Vorrei dei fiori bianchi in questa stanza, come quelli della nonna. Freschi e profumati.»

Poi chiuse gli occhi verdi e li sentì riempirsi di lacrime perché lo sforzo di quelle parole le aveva lacerato la gola e le sembrava di soffocare. Anche se non riusciva a respirare come avrebbe voluto, Margherita sentì l'aria entrarle nei polmoni. Voleva respirare di nuovo tutta la vita, la vita tutta intera, con il dolore che avrebbe portato con sé, se il dolore era la fessura attraverso cui la luce doveva entrare.

Cloto riprese a tessere, dopo aver annodato il filo a un altro filo.

Epilogo

Al vincitore darò la manna nascosta e una pietruzza bianca, sulla quale sta scritto un nome nuovo, che nessuno conosce all'infuori di chi lo riceve.

Apocalisse 2, 17

Margherita fissa la superficie del mare che scappa via sotto lo scafo e viene rigurgitata in schiuma, che sparisce lentamente dietro di loro. Guarda la costa, gli alberi radi, il cielo e le case, immobili. Spira lo scirocco. È una belva che scioglie le ginocchia e quando soffia c'è quel silenzio che hanno le cose in equilibrio subito prima di crollare. Persino il mare respira più piano, più stanco e affannato. Una busta di plastica svolazza e si adagia sulla superficie, si abbatte, galleggia e poi affonda, in una danza lenta e strana. Planerà in luoghi misteriosi, cimiteri di cose quasi indistruttibili. Chissà quanto ci metterà il mare a distruggere quella plastica, quanto tempo gli ci vorrà per trasformarla in qualcosa di buono. La Terra è un sistema chiuso, dicono gli scienziati. Tutto quello che viene generato poi muore e rientra nel ciclo vitale. L'uomo ha alterato questo ciclo, perché ha fatto cose che hanno bisogno di secoli prima di rinascere.

Margherita ascolta la lezione del mare, padre vigoroso e aspro, mite e costante. L'acqua ha memoria. Persino le molecole d'acqua del nostro corpo registrano le nostre emozioni e si dispongono in modo diverso, se siamo felici o infelici. Così il mare ricorda le proprie ferite, custodisce memoria di tutto: lo sanno gli antichi cercatori di perle dei mari caldi, nati e cresciuti nel sole e levigati dall'azione purificante e invisibile del sale.

Si lanciano dalle loro barche trattenendo il respiro. In una mano stringono una pietra legata a un piede e nell'altra un cesto. Con la mano accarezzano il fondale cosparso di conchiglie, come un tappeto ruvido e tagliente. Staccano le ostriche, le ripongono nel cesto e cantano. Sott'acqua. Sono canti senza parole, e quello delle perle è speciale, perché segue il battito del cuore. Cantano e raccolgono le ostriche, sperando che in una di esse ci sia la perla. Solo i pescatori che sanno ascoltare quel ritmo riescono a trovarla. Quando sente la musica delle profondità farsi più forte, allora il pescatore prende l'ostrica che vede per ultima e la stringe al petto, scioglie il cappio che trattiene il piede e risale. È un antico rito. Proprio quando il respiro viene meno e il cuore soffre, la canzone si fa più potente e la mano più fortunata e sensibile.

Nessuna perla è uguale all'altra. Nessuna perla è mai perfettamente simmetrica. E nelle cose di questo mondo è meglio tenersi lontani dalla perfezione: la luna quando è piena comincia a calare, la frutta quando è matura cade, il cuore quando è felice già teme di perdere quella gioia, l'amore quando raggiunge l'estasi è già passato. Solo le mancanze assicurano la bellezza, solo l'imperfezione aspira all'eternità. La perla se ne sta lì con quella sua irraggiungibile imperfezione, nata dal dolore. E dall'amore che lo abbraccia.

La perla dice che la felicità non è in ciò che dura un giorno e poi passa, ma si cela là dove non si inciampa nella morte, e se vi s'inciampa, è solo per una nuova nascita. E questa trasformazione non si chiama felicità, ma gioia di vivere.

Margherita vede la busta di plastica sparire. Due forme ha il dolore, pensa.

C'è un dolore che accade, che l'uomo non sceglie, e appartiene alla Terra ed è parte di quel ciclo, fa morire e porta a rinascere: è il dolore del parto, sono le doglie della Terra, i terremoti, le eruzioni, le inondazioni o le più silenziose stagioni e il tranquillo succedersi del giorno e della notte. È il dolore quotidiano della monotonia, della fatica di amare, di alzarsi dal letto, di trovare qualcosa di nuovo in ciò che si ripete. Ma solo chi accoglie il dolore che la giornata offre si fa la pelle nuova. Anche le perle sono il parto di questa forma di dolore, trasformato dalla madreperla in luce.

C'è poi il dolore che l'uomo crea, il dolore non biodegradabile, il dolore che si riesce a smaltire solo dopo secoli. È il dolore procurato volontariamente dall'uomo all'uomo e alle cose. Ferite che si rimarginano dopo un lungo tempo, a volte lunghissimo: le menzogne, le violenze, le guerre... Ma anche per questo tipo di dolore c'è una soluzione. Dove il tempo fallisce, il perdono è capace di smaltire quel dolore. Solo il perdono rimette il dolore nel circolo della vita. È madreperla divina, concessa di rado alla Terra. Produce perle rarissime e ci vogliono anni perché si formino. Si contano sulle dita di una mano.

Margherita apre la mano e ne trova una.

È la lettera che la nonna le ha lasciato. La deve aprire nel luogo in cui la nonna voleva che l'aprisse. Le mani le tremano. Ora che nonna Teresa se n'è andata, la lettera è il filo che la lega a lei. Sono davanti al cancello della grande casa. È arrugginito, ma mantiene la foggia vigorosa di un tempo. Lo scirocco morde l'aria, screpola le persiane chiuse, allontana persino i cani randagi. Suo padre apre il cancello, vincendo la resistenza della ruggine e delle erbacce. Uno stretto viale, infestato da cardi e cespugli di oleandri bianchi e rossi, immette sulla facciata di mattoni di tufo giallo. Il mare mormora poco sotto, anche se non si vede ancora. Lontani e improvvisamente vicini strepitano i gabbiani, che hanno fatto di quei tetti la loro dimora. Il cielo è azzurro e fermo. Margherita capisce perché la nonna lo chiamava firmamento, perché qui è così. Perché abbandonare quel paradiso? Che cosa nascondono quei muri levigati da tutti i venti del mare? Perché la nonna aveva deciso di trasferirsi al Nord? La lettera contiene ogni risposta.

La chiave fa scattare la serratura due, tre, quattro volte. Ogni giro è un rintocco del destino. Tutti tacciono, intimiditi e meravigliati. La porta si apre e la luce entra in quelle stanze fatte per la luce, che da troppo tempo hanno dimenticato. Tutto è immobile e impregnato di umidità, muffa e ragnatele. Passettini in fuga tradiscono la presenza di topi, che hanno preso possesso di sottotetti e solai. Andrea si nasconde dietro Eleonora, Margherita dietro suo padre. Marito e moglie avanzano l'uno accanto all'altra, come scopritori del Nuovo Mondo inaugurano stanze e scoperchiano ricordi.

In ciascuna aprono le altissime finestre e liberano le persiane scrostate dai loro cardini arrugginiti. La luce svela i misteri delle stanze dagli alti soffitti, dei lenzuoli che coprono oggetti e masserizie come fantasmi. La casa è un labirinto di stanze e scale. I corridoi sono lunghi e le finestre lasciano intravedere un mare calmo, marmoreo.

Eleonora e suo marito sembrano una coppia di sposi che prende possesso della propria casa. Si guardano e gli occhi tradiscono le ferite di anni difficili, ma più luminoso brilla un amore rinnovato, proprio perché nato dalla sua stessa morte.

Il padre di Eleonora l'avrebbe paragonato alle pale di ficodindia, che per tutto l'inverno immagazzinano acqua sino a rendere le foglie carnose, e poi nutrono i loro fiori gialli e i loro frutti infuocati per tutta la stagione secca, fino a regalare una dolcezza inspiegabile per le condizioni in cui è nata.

«Sei stata tu a insegnare loro a dire papà.» Così le aveva detto lui un giorno. Quelle parole erano state per Eleonora la grazia definitiva dell'amore rinato.

Lui adesso le porge la mano a ogni gradino da affrontare, a ogni pericolo reale o supposto. Lei si lascia condurre, sposa e madre. Il filo che li conduce fino alla terrazza del fresco si dipana. Una porta grande si spalanca e immette in un giardino abbandonato, che tutti riconoscono, anche se non ci sono mai stati. Del rampicante resta il ricordo e i segni sul muro. I vasi dove un tempo fiorivano i gelsomini ormai contengono soltanto uno strato di terra grigia, indurita e secca. Margherita immagina petunie, pomelie, mimose, gerani, rose selvatiche e persino l'uva fragola sul pergolato spoglio, spezzato in più punti, roso da nidi di tarme e percorso da file ordinate di formiche. Il mare si stende come un tappeto persiano di azzurri, gialli, arancioni, verdi, arabescato dal vento che li ha sospinti fino a lì. È l'estate dei suoi diciannove anni. Il tempo del ritorno a casa. La promessa di suo padre è stata mantenuta.

Hanno affittato una barca a vela e da Sestri, dal silenzio della sua baia, hanno attraversato il Mediterraneo sino ad approdare nel porticciolo più vicino all'antica casa, che la nonna non voleva vedessero prima della sua morte. Troppo amaro era il ricordo dei fatti a cui quei muri, quelle stanze, quel mare avevano assistito. Sarebbe stata Margherita a richiamare i morti con quella lettera e a farli risorgere dai ricordi.

L'odore del sole sulla terra si mescola a quello dei cespugli di rosmarino e salvia. Lo scirocco si smorza risvegliando la freschezza che vive giù in fondo alle cose. Cicale e grilli ripetono la nenia che la nonna ha sentito quando riposava sotto i pini, la stessa che ha ascoltato il nonno Pietro, la stessa che hanno ascoltato i loro genitori e i genitori dei loro genitori. La natura non cambia mai e in certi posti cambia ancora meno: dolce e matrigna.

Ha tirato fuori la lettera dalla busta, la apre. È scritta con la grafia elegante ma ormai un po' tremolante della nonna. Margherita guarda le cose che la circondano e sente gli occhi della nonna su di sé.

Solleva lo sguardo prima di cominciare a leggere e lo vede lì il mare, sempre lì ad assistere allo spettacolo delle navi che lo solcano, delle vele che si gonfiano, degli scafi che faticosamente si aprono una via. Poi gli occhi cominciano a seguire le parole, simili all'incresparsi delle onde.

Margherita, amore mio,

quando ero nica mi meravigliavo che mio nonno, mio padre e i suoi fratelli riuscissero a indovinare i banchi di pesce in mare standosene fermi sulla riva o su uno scoglio. Uscivano con la barca e tornavano con le reti piene: lampughe, ombrine, spigole, saraghi, occhiate, triglie e mangiaracina. Sussultavano mandando un odore aspro, l'odore della vita che sfugge via e lotta per non spegnersi. E io che ero una làstima come Andrea chiedevo tutto:

«Ma come avete fatto a vedere i pesci da terra?»

«A sapiri taliari» diceva mio nonno Manfredi: bisogna saper guardare. E mi spiegava che il mare riflette la luce in modo diverso dove ci sono i banchi di pesce. Basta saper guardare i colori. Anche se da terra non si vede quel che c'è sotto il mare, bisogna osservare quel che accade sulla superficie: il gioco di luce sull'acqua, il tremolio, i mulinelli delle correnti. Se sei capace di vedere quei segni, quei piccoli particolari, riesci a trovare i pesci anche da riva. A vedere dove non si vede. Altrimenti il mare resta muto, le reti pescano solo acqua. Solo chi guarda vede. Margherita, continua tu a guardare anche per me. Spesso sarai tu a dover mostrare ad altri quello che non riescono neppure a sospettare. Questo è quello che la vita ti ha chiesto e che tu hai fatto e dovrai continuare a fare. Ci saranno momenti tinti, brutti, in cui non troverai risposte, ma nella vita è megghiu diri chissacciu ca chissapìa: non bisogna scappare, una risposta c'è anche se ancora non la sai e magari non la trovi. Per questo adesso è venuto il momento di affidarti il mio ultimo segreto, amore mio.

Il segreto. Smette di leggere. Fissa lo sguardo sulla linea dell'orizzonte e ripercorre le parole che ha letto, per prepararsi. Quante cose le ha chiesto la vita in quegli anni di liceo, quante ne ha viste da quel filo su cui ha imparato a danzare? E quanto le sue reti hanno saputo trattenere di ciò che ha vissuto?

Sua madre indica a suo padre i punti dell'orizzonte e spiega cosa nascondono quelle coste scolpite dalle mani dei Ciclopi. Suo padre la ascolta e fa domande. È un uomo innamorato, di nuovo innamorato di sua moglie. Anche Margherita vuole quello sguardo, anche lei vuole ritrovarsi innamorata alla loro età. Forse alcune ferite non si chiuderanno, ma il destino di alcune ferite è rimanere aperte proprio per non abituarcisi, proprio per non consentire mai alle maschere dell'abitudine, della noia, del disamore di aderire alla carne viva.

Andrea, che adesso ha dieci anni, è appollaiato sul muretto a secco che delimita il giardino del fresco. Tra le pietre fanno capolino le lucertole disturbate nelle loro cacce. È chino sui fogli bianchi del suo quaderno di schizzi e ha srotolato il suo set di oltre cento matite colorate, al quale tiene quanto la sua stessa vita. Non ha mai smesso di disegnare. È diventato un bambino taciturno, secondo alcuni troppo. Lui preferisce i disegni alla sintassi. Chissà se un giorno sarà un artista. Certo è che tutte le parole che non dice si trasformano in figure e colori.

Alza lo sguardo verso il panorama, poi lo riporta sulle sue matite, deluso.

«Non mi bastano» dice.

«Che cosa?» chiede Margherita.

«I colori.»

«Ma se ne hai quanti ne vuoi?!»

«Ma non quanti ne vuole lui» risponde Andrea, indicando l'orizzonte.

Margherita sorride al suo principe saggio. Poi quell'orizzonte così ampio le ricorda che presto toccherà a lei: dovrà affrontare l'esame per entrare alla Scuola d'Arte Drammatica. Il futuro le si srotola davanti pieno di incognite, aperto come il mare che ha di fronte.

Marta la raggiungerà tra qualche giorno, sono come sorelle ormai. Lei si iscriverà a Biologia, il suo amore per gli alberi ha fatto nascere in lei una curiosità inesauribile per l'origine della vita. Tutto l'affascina: dalla disposizione perfetta dei semi del girasole, all'apparente negligenza dei petali della rosa, dalla geometria della tela di ragno ai disegni variegati sulle ali con i quali le farfalle stregano i corteggiatori e allontanano i predatori. L'attirano la simmetria presente nell'universo e la sua asimmetria, altrettanto presente e sconcertante, che finisce col fare parte di un ordine più grande, che sempre sfugge, come tutti i misteri. Non ha perso il suo umorismo strampalato. Continua a leggerle l'oroscopo ogni giorno e a incuriosirsi per le cose che nessuno sa. È riuscita a piazzare una delle sue bizzarre nozioni anche durante l'orale della maturità, spiegando che una mucca può salire le scale, ma non può scenderle. La commissione è scoppiata in una sonora risata e Marta si è quasi stupita di quella reazione così poco accademica.

Margherita pensa quanti volti le ha portato la scuola e quanti volti la scuola le ha portato via. I pezzi del puzzle sono tutti al loro posto. Il professore ha avuto la supplenza anche il secondo anno, all'inizio del triennio ha cambiato scuola e si è sposato. Ha avuto una bambina. L'ha chiamata Nausicaa: sono rischi che corrono i figli dei professori. E quel giovane pieno di paure e parole si è trasformato in un padre e un marito pieno di paure, parole e gioia di vivere.

Stella e Margherita sono diventate amiche e lei è una delle più assidue frequentatrici del Parnaso Ambulante. A volte Stella, quando deve allontanarsi per qualche ora, le lascia persino il negozio, e lei ne approfitta per leggere tutti i libri della sezione di teatro. Organizzano insieme incontri di letture per i bambini, e Margherita si incanta quando li guarda ascoltare, occhi e bocca aperti. In quei momenti ha avuto conferma che quello è il suo mondo: recitare e incantare gli occhi e i cuori di chi ascolta. Adesso Stella è di nuovo incinta e il professore sempre più innamorato di lei. Aspetta un maschio e tutti pregano che non voglia chiamarlo Telemaco.

Margherita guarda il mare e le onde la riportano sulle righe della lettera, come se continuassero su quel foglio bianco il loro movimento. Si siede sul muretto, ne ha bisogno. Le agavi levano al cielo minacciose le loro foglie dure e spinose e dimostrano che la bellezza non è solo tenerezza, ma anche violenza. La superficie del mare è rugosa, quasi coriacea.

Ti ho raccontato tante volte di tuo nonno Pietro. Adesso voglio che tu sappia qualcosa che nessuno ha mai saputo, neanche tua madre. Aspettavo il mio primo figlio, si erano ormai compiuti i giorni del parto e nacque una splendida bambina. La chiamammo Margherita, come la mamma di Pietro: in Sicilia si usa così. È nata nella stanza da letto grande, quella con il pavimento di graniglia gialla e azzurra e il crocifisso appeso alla parete, con Cristo ancora con gli occhi aperti.

Pochi giorni dopo, un terribile giorno, mi cadde dalle braccia e volò via, come un angelo. Per colpa mia. Le mani con cui avevo preparato centinaia di dolci non erano state capaci di tenere mia figlia. Le mani che tutte le volte che le guardavo mi parevano macchiate.

Piansi tutta la notte. E le notti successive. Non volevo più bambini. Ero una strega, una madre incapace. Mi vergognavo, non uscivo di casa e il senso di colpa mi divorò i nervi. Lo scirocco mi entrò nel cuore e me lo bruciò tutto, come gli alberi di arance. Ma tuo nonno venne sino a lì dentro. Mi venne a prendere lì. Io non parlavo più, il dolo-

re mi consumò, ma non riuscì a ridarmi indietro mia figlia e con lei la mia vita. Diventai magra come le canne. Vuota come le canne. Non mi aspettavo più nulla. Ma tuo nonno non mi lasciò cadere. Mi portò via da quella casa, da quella terra, purché io guarissi. Cercò un lavoro al Nord e andammo a vivere a Milano. Lui mi raccontava di quel nome, Margherita, che vuol dire "perla" e mi diceva che Margherita era viva. Mi guarì dal dolore così, lentamente, dolcemente, aiutandomi a perdonare me stessa e Dio per la disgrazia che ci aveva mandato. A poco a poco ho ritrovato la gioia di vivere, ho ricominciato a preparare dolci, a parlare di nuovo con Dio e ho aperto una piccola pasticceria tutta mia: La Siciliana. Così la chiamai. C'è ancora, ma le hanno cambiato nome. Mai avrei sognato di aprirne una tutta mia. Al Nord. Nel Continente. Misi in pratica tutto quello che il signor Dolce mi aveva insegnato e le lacrime si asciugarono.

Così tuo nonno mi strappò dal dolore, con le sue cure, con le sue storie, con la sua presenza costante, come il mare che tu adesso guardi. Così è nata tua madre, così poi sei venuta tu. E ti hanno chiamata Margherita, perché il nonno diceva spesso che era il nome di sua madre ed era un bel nome per una bambina. La perla. Sapevo che non saresti morta, amore mio. Tu eri la mia Margherita, la Margherita che io ho perso per non averla saputa tenere nelle mani. Anche tu ne porti i segni, come ogni perla. U pani crisci miezzu ai spini mi diceva mia madre. E che buono quel pane appena sfornato, fatto in casa, che aspettavo davanti al forno quando ero picciridda! Doveva durare otto giorni e lo nascondevano sotto le coperte. E non finiva mai. Non finiva mai ed era così buono.

Gioia mia. Arrivederci.

Le lacrime cadono su quelle pagine scritte a mano, lacrime con le quali abbraccia sua nonna, che tiene l'altro capo del gomitolo che le lega e l'ha salvata dal suo labirinto in quei cinque anni di superiori. Gli anni che ci vogliono a fare una perla.

Si alza e si avvicina all'inferriata che dà sul mare. Zoppica leggermente. Questi sono i segni lasciati sul suo corpo dall'attacco del predatore. E ha una lunga cicatrice sul fianco sinistro, come quella grazie alla quale Euriclea riconobbe Ulisse, tornato a Itaca sotto mentite spoglie. Piange e neanche lo scirocco riesce ad asciugare le lacrime, mentre il frumento ondeggia sui campi in paziente attesa di essere schiacciato per poter diventare un pane buono, come quello che mangiava la nonna. Il rosso, l'arancione, il verde dei fichidindia vanno ben oltre i racconti della nonna e l'immaginazione di Margherita. Lì tutto è più vero della più bizzarra fantasia. Tutto è possibile.

Allora braccia forti la stringono, serrandosi sul suo grembo come uno scrigno. Si è accorto delle sue lacrime e adesso si è avvicinato: prima sarebbe stato troppo presto, dopo troppo tardi. Lui sa leggere i segni delle mani e degli occhi.

«Che hai?»

Margherita agita la lettera sotto gli occhi di Giulio e non riesce a parlare tra i singhiozzi. Giulio ha ventidue anni, ora, e sta per terminare gli studi di Giurisprudenza.

Ci ha messo molto tempo per perdonarsi. Più tempo di quanto è servito a Eleonora e suo marito. Molto più di quello che c'è voluto per Margherita. Quando lei l'ha cercato, gli ha ripetuto parola per parola la dichiarazione che lui le aveva fatto nel silenzio del coma. Non gli ha lasciato scampo.

«Una volta le ho chiesto: "Nonna, secondo te perché non sono morta?". E lei mi ha risposto raccontandomi un film che il nonno amava moltissimo: c'era un tale che voleva suicidarsi perché tutto gli era andato storto. Poi un angelo gli faceva vedere come sarebbe andato il mondo senza di lui, che fine avrebbero fatto tutte le persone che lui aveva aiutato nella vita, anche solo con un sorriso... Il nonno Pietro era fissato con quel film, e glielo faceva rivedere ogni anno, per ricordarle che spesso pensiamo che le cose dovrebbero andare come vogliamo noi, ci aspettiamo tutto dalla vita e la vita ci delude continuamente. Invece è la vita che si aspetta qualcosa da noi. *Dio fici l'omo per sentirsi cuntare u cunto.*» Fa una pausa e ricorda quel momento:

«Così mi ha detto.»

«Che vuol dire?»

«Che Dio ha creato l'uomo per sentirgli raccontare storie. Poi diceva che verrà un giorno in cui saremo di nuovo insieme a tutti i fili delle vite che si sono intrecciati a noi e guarderemo il disegno splendido che abbiamo creato insieme. E racconteremo l'uno all'altro tutto ciò che è stato, e non ci sarà più invidia, rancore, paura. Solo gioia.»

«Come sta succedendo adesso, Margherita» dice lui stringendola a sé, guardando l'orizzonte.

«Che vuoi dire?»

«Adesso, in questo posto, è il tuo turno. Per questo tua nonna voleva che leggessi qui la lettera. Adesso il testimone passa a te, amore mio. A noi.»

Le parole di Giulio sono come le conchiglie: ci poggi l'orecchio contro e promettono l'infinito. Ha ragione: molte cose sono morte e ne sono nate di nuove, come gli alberi che si nutrono delle foglie che hanno perso.

Margherita fissa gli occhi di lui e guarda l'orizzonte attraverso i suoi occhi. Quante domande ancora senza risposta! Ogni volta che il destino ne presenta una è il momento di lasciare fluire la madreperla dentro di sé, perché trasformi la vita stessa nella risposta a una delle tante cose che nessuno sa. È il momento di chiudere le valve e lasciare che il cuore suggerisca piano piano, come in confidenza, dalla sua stanza più remota, che non c'è risposta soddisfacente, perché l'unica risposta è un amore più grande per la vita e la sua incompiutezza.

Stringe le mani su quelle di Giulio, attorno al grembo che un giorno passerà il testimone ancora una volta.

E le pare così dolce essere al mondo che vorrebbe dire grazie alla vita per quello che è, dirglielo direttamente.

Guardano il mare dinanzi a loro. Paziente, costante, eterno spettatore di questo passaggio di consegne tra le creature fragili che lo solcano. E la luce è rimasto l'unico comandamento in questo tramonto, concede alla notte di venire per poi tornare ancora. Con una nuova speranza e un nuovo pianto.

Margherita sente il cuore battere, sistole diastole sistole diastole sistole diastole, come accade quando qualcuno ti abbraccia. La gioia di vivere la invade. Batte forte, potente, simile alla risacca, nel ritmo antico e sacro delle cose del mondo che ripetono l'incessante e silenziosa eco che la vita come una conchiglia porta nel suo grembo.

Ringraziamenti

Sulla soglia dei trentacinque anni sto iniziando a capire perché dicono che sia "il mezzo del cammin di nostra vita".

Ci si scopre al centro dell'esistenza, all'incrocio fra le generazioni, e si assiste alla dipartita dei nonni, all'anzianità dei genitori, alla nascita dei figli. Questo romanzo nasce dal privilegio di sostare al crocevia, dove si mostrano più chiari il cammino compiuto e quello ancora da percorrere. La mia gratitudine va quindi a chi sulla strada mi ci ha messo e ogni giorno mi accompagna: la mia famiglia (papà, mamma, Marco, Fabrizio, Elisabetta, Paola e Marta, alla quale va un grazie aggiuntivo per la foto di copertina e per quella del risvolto), fonte inesauribile di gioia e ispirazione.

Un grazie a chi ha seguito passo dopo passo queste pagine: Antonio Franchini, Marilena Rossi, Giulia Ichino, che con delicatezza mi aiutano a dare il meglio di me; Gabriele Baldassari, per il suo attento lavoro di revisione.

Grazie ai miei alunni e ai colleghi del liceo in cui insegno, ai miei amici e amiche più cari, che non nomino perché non basta lo spazio. Un grazie speciale ad Alessandro Rivali, che mi ha iniziato ai misteri di Genova e dintorni.

Il mio grazie più sentito va a tutti i lettori del mio primo libro, in particolare i professori e i ragazzi che ho incontrato in tante scuole. Le loro domande urlate o sussurrate, spensierate o inquiete, hanno nutrito la scrittura di questo secondo romanzo, che sin dal titolo racconta la mia incapacità di rispondere a quelli che sono veri e propri enigmi. Domande sul senso della vita, del dolore, su Dio, i sogni, le scelte... Domande che mi hanno portato lontano dai luoghi comuni e costretto a rivedere convinzioni troppo schematiche. A molti lettori devo poi chiedere scusa, perché non sono riuscito a rispondere alle loro lettere, mail, richieste, commenti sul mio blog. Leggo tutto quello che scrivono i lettori, ma purtroppo non riesco a rispondere che a pochi.

Ringrazio anche chi ha criticato il mio primo libro: mi ha aiutato, senza saperlo, a non illudermi che il successo possa bastare a rendere felice una persona.

Tolstoj in una lettera ha scritto: "Lo scopo dell'arte non è quello di risolvere i problemi, ma di costringere la gente ad amare la vita. Se mi dicessero che posso scrivere un libro in cui mi sarà dato di dimostrare per vero il mio punto di vista su tutti i problemi sociali, non perderei un'ora per un'opera del genere. Ma se mi dicessero che quello che scrivo sarà letto tra vent'anni da quelli che ora sono bambini, e che essi rideranno, piangeranno e s'innamoreranno della vita sulle mie pagine, allora dedicherei a quest'opera tutte le mie forze".

Questa è l'unica ragione per cui scrivo: perché amo la vita, comprese le sue ombre. Se anche solo un lettore la amasse un po' di più grazie a queste pagine, sarei soddisfatto.

Proprio te ringrazio, lettore, che hai accostato l'orecchio a questa storia, come si fa con una conchiglia. E spero che tu abbia provato nel leggerla ciò che ho sentito io nello scriverla: un po' più di amore per la vita e un po' più di misericordia per l'uomo.

Indice

9 *Prologo*

PRIMA PARTE
15 Il predatore

SECONDA PARTE
213 La madreperla

315 *Epilogo*

331 *Ringraziamenti*

«Cose che nessuno sa»
di Alessandro D'Avenia
I Miti
Mondadori Libri

Questo volume è stato stampato
presso ELCOGRAF S.p.A.
Stabilimento - Cles (TN)
Stampato in Italia. Printed in Italy